Gwaed y Gwanwyn

gan

Gareth F. Williams

Cyhoeddwyd gan y Ganolfan Astudiaethau Addysg, Aberystwyth
(www.caa.aber.ac.uk)

Noddwyd gan Lywodraeth Cynulliad Cymru.

ISBN: 978-1-84521-393-0

Golygwyd gan Delyth Ifan
Llun y clawr gan Anne Lloyd Cooper
Dyluniwyd gan Richard Huw Pritchard
Argraffwyd gan Y Lolfa

PROLOG

Y Ferch o Lithwania

Janina oedd ei henw.

"Îa-nî-naa," meddai wrth bawb, bron, yn y wlad ddieithr hon oedd yn mynnu ynganu'r J fel y sŵn sydd ar gychwyn "Janet" a "John". "Îa- nî-naa".

Ystyr Janina yn iaith Lithwania yw "Mae Duw wedi bod yn garedig". Roedd ei rhieni, meddai ei mam wrthi un tro, wedi dewis yr enw hwn oherwydd ei bod yn fabi mor hardd. Ond wrth i Janina dyfu a dechrau craffu'n ofalus arni hi'i hun yn y drych, daeth i amau os, yn wir, y bu hi'n hardd erioed. Teimlai fod ei thrwyn yn rhy smwt, ei gwefusau'n rhy denau, ei choesau'n rhy fyr a'i chorff yn rhy dew. Ond roedd hi'n hoffi ei gwallt hir, du, ac yn ei gwely bob nos breuddwydiai mai tywysoges sipsi oedd hi mewn gwirionedd, wedi'i gadael y tu allan i ddrws fflat ei rhieni pan yn fabi, ac y byddai'r Romani un diwrnod yn dychwelyd i ddinas Vilnius a mynd â hi i ffwrdd efo nhw.

Un diwrnod, plîs, gweddïai, gan gyffwrdd â'r groes fach arian a wisgai bob amser am ei gwddf.

Ond roedd hynny flynyddoedd yn ôl. Heddiw, a hithau bellach yn ugain oed, roedd gartref yn bell, bell i ffwrdd, ac roedd ei gwallt – er ei fod yn hir o hyd, a chyn ddued ag erioed - wedi colli'i holl sglein. Roedd hi hefyd wedi rhoi'r gorau i freuddwydio am fod yn dywysoges y Romani. Wedi rhoi'r gorau i freuddwydio o gwbl, a dweud y gwir.

Dysgodd ers tro mai dim ond hunllefau sy'n dod yn wir yn yr oes sydd ohoni heddiw. A bod un noson o ofn yn gallu dileu blynyddoedd o freuddwydion hyfryd.

A bod yr ofn yn gallu aros gyda chi. Nos a dydd. Drwy'r amser.

Ond daliai i gyffwrdd yn aml â'r groes fach arian am ei gwddf.

Rhag ofn.

* * * * * * *

Roedd yr ofn gyda hi'n awr wrth iddi frysio i ffwrdd o'r tŷ, yn chwyddo y tu mewn iddi fel cyfog, yn hofran uwch ei phen fel aderyn mawr du. Bron y gallai glywed ei adenydd yn fflapian; bron y gallai deimlo'i grafangau'n crafu'n erbyn ei chorun.

A hithau wedi dechrau meddwl ei bod hi'n ddiogel! Janina fach wirion. Dwyt ti ddim yn ddiogel yn unman – pryd wyt ti'n mynd i sylweddoli hynny? Does nunlle'n ddiogel. Mae'r ofn yn sicr o ddod o hyd i ti, dim ots lle'r ei di. Alli di ddim ymguddio oddi wrtho.

Dechreuodd groesi'r ffordd, ond i neidio'n ei hôl ar y palmant gyda sgrech fechan, sgrech debyg i'r un a roes breciau'r car y bu hi o fewn dim i gerdded o dan ei olwynion. Clywodd gorn yn canu'n uchel, a chafodd gipolwg ar wyneb cynddeiriog y gyrrwr yn ei rhegi wrth iddo godi'i ddwrn arni a gyrru i ffwrdd yn ei flaen.

Roedd hi yma bellach ers bron i flwyddyn, a byth wedi arfer efo'r ffaith fod pawb yn gyrru ar yr ochr chwith yn y wlad yma.

Llwyddodd i groesi o'r diwedd. Roedd hi'n dechrau tywyllu'n awr a doedd hynny ddim yn iawn, ddim yn naturiol: roedd yn rhy gynnar iddi dywyllu, a gallai weld bod yr haul yn dal i dywynnu ar y bryniau a'r mynyddoedd yn y pellter. Ond uwchben y dref roedd cwmwl anferth, tywyll, fel petai rhywun wedi tynnu cwrlid mawr du dros y strydoedd, y siopau ar tai.

Ac roedd yr awel yn fain ac yn finiog.

Arhosodd yn stond ar ôl cyrraedd ochr arall y ffordd. Lle oedd hi'n dychmygu'r oedd hi'n mynd? Doedd hi ddim wedi meddwl o gwbl; yn hytrach, roedd hi wedi troi a ffoi yn hollol reddfol, fel anifail gwyllt. Wedi rhedeg i ffwrdd o'r unig le oedd yn hafan iddi.

Ond dim mwyach.

Roedden nhw wedi dod o hyd iddi, ac yn awr yn gwybod ym mhle'r oedd hi'n byw.

Oedden nhw'n dal i'w dilyn? Edrychodd o'i chwmpas yn wyllt. Roedd digon o bobl ar y stryd, ond doedd neb i'w gweld fel petaen nhw'n edrych arni hi. Roedden nhw i gyd ar ormod o frys i fynd adref i'w cartrefi clyd, efo'u llygaid wedi'u hoelio ar y palmant neu ar eu traed.

Dechreuodd fwrw glaw.

Ond mae'n well i mi fynd o'r golwg, meddyliodd. Trodd i lawr un o'r strydoedd cefn a brysio ar ei hyd, gan geisio peidio â meddwl am yr holl faw ci oedd yn sicr o fod yn gorwedd yn lympiau slwjlyd ym mhobman. Edrychai'n ei hôl dros ei hysgwydd yn aml, gan deimlo'n sicr fod rhywun yn ei dilyn, ond welodd hi neb.

Disgynnodd y glaw yn drymach a thrymach.

Cyrhaeddodd ben pella'r stryd gefn, yn fyr ei gwynt ac yn domen o chwys oer, annifyr a'i gwallt hir yn wlyb socian ac yn mynnu mynd i'w llygaid. Roedd hi mewn stryd o dai teras yn awr a brysiodd heibio i'r ffenestri, llawer ohonyn nhw'n rhoddi cip iddi o ystafelloedd cynnes gyda'r teledu ymlaen. Rhoddai'r byd petai hi'n gallu troi i mewn i un o'r tai hyn, un o'r tai *diogel* hyn, cau'r drws ar ei hôl, tynnu'r llenni ac ymlacio'n braf o flaen y teledu.

Brathodd ei gwefus isaf wrth deimlo pigyn poenus yn ei hochr, ac er gwaethaf ei hofn, teimlodd ei chamau'n dechrau arafu.

Na!

Mae'n rhaid i mi frysio!

Neidiodd pan glywodd sŵn drws car yn cau gyda chlep. Ond dynes oedd yno, newydd gyrraedd adref o'i gwaith yn ôl ei siwt fusnes smart a'i chês dogfennau. Aeth at gefn y car ac agor y bŵt gan estyn dau fag siopa llawn ohono.

Cyffyrddodd Janina eto â'r groes fach arian am ei gwddf.

Ciliodd y boen o'i hochr rhyw gymaint wrth iddi redeg ar draws y ffordd drwy'r glaw a diflannu i mewn i dywyllwch stryd gefn arall.

Gwelodd y ddynes hi'n mynd, ond feddyliodd hi ddim llawer am y peth: wedi'r cwbl, peth hollol naturiol oedd gweld rhywun yn rhedeg drwy law mor drwm. P'run bynnag, roedd ei meddwl ar fynd i mewn i'r tŷ cyn i'r glaw wlychu dim mwy ar ei dillad Armani drud, ar gael eu tynnu a'u hongian a chael bath poeth cyn hwylio'i swper, ac ar ba raglenni teledu roedd hi am eu gwylio'r noson honno.

Yn sicr, doedd ei meddwl hi ddim ar Janina.

Ond cofiodd amdani drannoeth, ac aeth cryndod drwy'i chorff fel petai yna ysbryd wedi rhwbio asgwrn ei chefn efo'i fysedd oerion, pan sylweddolodd mai hi, fwy na thebyg, oedd y person olaf i weld y ferch ifanc o Lithwania'n fyw.

Heblaw, wrth gwrs, am ei llofrudd.

RHAN 1

Y LLOFRUDD

Panig.

Panig llwyr, fel rhywbeth byw a ddeffrodd yn ddirybudd y tu mewn iddo. Deffro dan sgrechian nerth ei ben, fel rhywun gwallgof yn dihuno o freuddwyd gas.

Panig oedd yn rheoli'i gorff, ei feddwl a hyd yn oed ei enaid.

Oedd raid iddi hi ei weld?

Damwain, ffliwc, cyd-ddigwyddiad – rhywbeth na fyddai wedi digwydd tasa fo ddim wedi penderfynu gwneud rhywbeth nad oedd arno fawr o eisiau ei wneud yn y lle cyntaf. Ond dyna lle'r oedd o, ar gynffon y prynhawn ac wedi gorffen gweithio ychydig yn gynt nag arfer; yn wir, roedd ar ei ffordd adref, yn y car, pan feddyliodd: Waeth i mi wneud hyn rŵan, mi fydda i wedi'i wneud o wedyn, mi fydd o allan o'r ffordd am ychydig a fydd dim rhaid i mi feddwl am orfod ei wneud o eto am ddeufis neu dri arall o leiaf.

Newid lôn, felly, yng nghanol y dref a chymryd yr un ar y chwith yn hytrach na mynd yn syth yn ei flaen dros y rowndabowt ac yna i fyny'r A55 ac adref i'w fflat ger y marina. Cyrraedd y tu allan i'r tŷ a pharcio'r car, canu'r gloch a churo wrth y drws a chael dim ateb.

Neb gartref, wel dyna inni wastraff ar amser, ond o, wel, mi wnes i drio. Troi'n ôl oddi wrth y tŷ am y car, a digwydd edrych dros y ffordd ...

... a rhewi.

Efallai, tasa fo ddim wedi rhewi yn y fan ar lle ... na, doedd dim 'efallai' o gwbl - y ffaith ei fod wedi rhewi, wedi aros yn stond, oedd wedi cipio'i sylw hi; roedd hi wedi dechrau troi i ffwrdd oddi wrtho, ond roedd o wedi aros fel tasa fo wedi cerdded i mewn i ryw wal anweledig ac roedd hynny, damia hi, wedi gwneud iddi edrych arno eilwaith.

A'i adnabod.

Oedd raid iddi hi ei adnabod?

Ond dyna a wnaeth, a hynny fwy neu lai'n syth bin. Hyd yn oed o'r ochr arall i'r ffordd, gallai weld y sicrwydd yn llenwi'i hwyneb a'r ofn yn llenwi'i llygaid. Agorodd ei cheg fel petai hi am weiddi neu sgrechian, ond yn hytrach trodd a rhedeg i ffwrdd.

Dyna pryd y deffrodd y panig gyda'i floedd, gyda'i sgrech. Agorodd yntau ei geg efo'r bwriad o weiddi arni i aros, ond sylweddolodd nad oedd unrhyw bwynt. Aros oedd y peth olaf ar ei meddwl, roedd hynny'n amlwg, a meddyliodd yntau: Sut, o sut mae rhywun mor dew, rhywun mor lletchwith, yn gallu symud mor gyflym? – oherwydd roedd hi bron â chyrraedd pen pella'r stryd tra oedd o'n sefyll yno, wedi'i barlysu, efo'r panig yn sgrechian arno i WNEUD RHYWBETH, wir Dduw, neu byddai'n RHY HWYR, byddai AR BEN arno ...

... a bron heb iddo sylweddoli ei fod yn gwneud hynny, roedd yntau hefyd yn symud, ar draws y ffordd ac ar hyd y palmant a heibio i'r tai mawrion, moethus ac ar ei hôl.

* * * * * * *

Trodd y gornel mewn pryd i'w gweld yn dod yn agos iawn at gael ei tharo i lawr wrth geisio croesi'r ffordd brysur. Roedd hi wedi camu allan, ei phen yn edrych i'w chwith, y gloman wirion iddi, yn hytrach nag i'r dde, wedi anghofio yn ei braw a'i hofn mai ar yr ochr chwith yr ydyn ni'n gyrru yma ym Mhrydain, yng Nghymru fach.

Mor agos ...

Tasa'r gyrrwr ond wedi blino rhyw fymryn yn fwy, tasa fo ddim wedi sylwi arni nes ei bod yn rhy hwyr, yna, gyda lwc, byddai'r broblem wedi ei datrys unwaith ac am byth heb iddo fo orfod gwneud dim mwy na'i gwylio'n diflannu o dan olwynion y car. Ond na – sathrodd y gyrrwr ar ei frêc a neidiodd hithau'n ei hôl ar y palmant.

Yn ddiogel…

… am y tro.

Gwyliodd hi'n croesi'r ffordd gyda llawer iawn mwy o ofal y tro hwn, a chyrraedd yr ochr arall. Edrychai'n ôl dros ei hysgwydd yn aml, ond roedd gormod o bobl o'i chwmpas iddi fedru ei weld, a manteisiodd yntau ar bresenoldeb lori fawr rhyngddo ef a hi i groesi'r ffordd heb iddi sylwi arno'n gwneud hynny.

Cafodd gip arni'n troi i mewn i un o'r strydoedd cefn. Lle goblyn oedd hi'n mynd? Sut oedd merch o'i rhan hi o'r byd yn gwybod ei ffordd o gwmpas cefnau'r dref yma?

Na, dydy hi ddim yn gwybod, sylweddolodd. Rhedeg yn wyllt y mae hi, yn hollol ddigyfeiriad, fel iâr sy newydd gael torri'i phen, heb hyd yn oed gyfrwystra anifail sydd yn cael ei hela – cwningen, ysgyfarnog, llwynoges.

Dim ond ffoi i rywle-rywle, yn ddall.

Wel, dwi ddim yn ddall, meddyliodd – ac roedd o'n adnabod y dref a'i holl strydoedd cefn yn well o lawer nag yr oedd hi.

Arhosodd wrth geg y stryd gefn dywyll, yn sbecian heibio'r gornel nes iddo weld ei siâp yn ymddangos yng ngoleuni oren gwan y pen pellaf. Gwyliodd hi'n petruso, yna'n troi i'r dde.

Aha, meddyliodd, dwi'n gwybod lle mae hi'n mynd. Ar hyd Stryd yr Eglwys, stryd o dai teras cyffredin – ac os ydw i'n gywir, yna mi fydd hi'n croesi'r lôn tua thri-chwarter y ffordd i lawr am y stryd gefn honno a fydd yn ei harwain i ganol y Stryd Fawr. I ganol goleuni a phobol.

I ddiogelwch.

Nid fod ganddo unrhyw fwriad o adael i hynny ddigwydd.

Brysiodd drwy'r stryd gefn, ond yn lle troi am Stryd yr Eglwys, croesodd y ffordd ac i mewn i stryd gefn arall; ychydig fetrau i fyny honno, roedd stryd gefn arall i'r dde a fyddai'n ei arwain i'r un yr oedd yr eneth yn ei chymryd.

Os oedd o'n iawn…

Gyda lwc, byddai wedi cyrraedd honno ymhell o'i blaen hi, ac yn aros yno amdani.

Yn y tywyllwch.

* * * * * * *

Safodd o'r golwg yn y cysgodion.

Oedd raid iddi hi fy ngweld? Oedd raid iddi hi f'adnabod? Ni fasa angen hyn i gyd tasa hi ond wedi parhau yn ei blaen heb sylwi arna i o gwbwl.

Does gen i ddim dewis rŵan.

Yna crynodd drwyddo wrth i frawddeg arall wibio trwy'i feddwl.

Dwi ond yn gobeithio y bydd Y Llais yn deall!

Teimlai'n swp sâl.

Na, byddai'r Llais yn siŵr o ddeall, ceisiodd ei sicrhau'i hun; bydd Y Llais yn gweld nad oes gen i unrhyw ddewis.

Yna ymddangosodd y ferch yng ngheg y stryd gefn.

Roedd o'n gwisgo dillad tywyll, diolch byth ... ond oedd hynny'n ddigon? Safai a'i gefn yn erbyn giât gefn uchel, bren. Tybed os... ? Gwthiodd yn ei herbyn yn ofalus a'i theimlo'n agor rhywfaint. Ardderchog! Camodd yn ei ôl nes ei fod fwyfwy mewn tywyllwch. Tynnodd ei felt lledr wrth i'r eneth nesáu. Gallai glywed sŵn ei thraed, a'i hanadlu trwm, llafurus.

Yna roedd hi gyferbyn ag ef.

Arhosodd nes ei bod wedi'i basio cyn rhuthro o'r tywyllwch a lapio'r gwregys am ei gwddf yn dynn, dynn o'r tu ôl iddi. Ceisiodd y ferch sgrechian ond roedd y gwregys wedi dechrau brathu i mewn i'w gwddf yn syth ac ni allai wneud sŵn uwch na chrawc wantan. Gwthiodd ei benglin yn giaidd i mewn i'w chefn er mwyn iddi syrthio'n ei hôl yn ei erbyn.

Y nefoedd, roedd hi'n drwm! Ond roedd hynny'n beth da, oherwydd roedd ei phwysau'n achosi i'r gwregys dynhau fwyfwy am ei gwddf. Roedd hi ar ei chefn ar y ddaear yn awr, ei thraed yn cicio'n ofer wrth i'w hysgyfaint sgrechian am aer. Safai drosti yn ei gwman, yn gwylio'i llygaid yn chwyddo'n fwy ac yn fwy, ei hwyneb yn newid lliw a'i thafod yn ymwthio o'i cheg fel malwoden dew.

"Marwa!" chwyrnodd arni. "Marwa!"

O'r diwedd, fe'i teimlodd yn llonyddu drwyddi wrth i'r asgwrn haioid bychan, bregus dorri y tu mewn i'w gwddf. Serch hynny, arhosodd uwch ei phen, yn ei gwman, am bron i funud arall. Jest rhag ofn.

Yna ymsythodd a dad-lapio'r gwregys oddi am ei gwddf. Clywodd sŵn rhywbeth yn tincian.

Damia!

Beth oedd o?

Tynnodd leitar sigaréts o'i boced a'i gynnau, gan geisio'i orau i beidio ag edrych ar yr wyneb chwyddedig, marw efo'r llygaid fel llygaid llyffant a'r tafod hyll hwnnw'n ymwthio'n bowld o'r geg agored. Symudodd y fflam yn ôl ac ymlaen dros y ddaear...

Ah!

Plygodd a chodi cadwyn denau gyda chroes fach arian arni. Gwthiodd hi i mewn i'w boced cyn cerdded i ffwrdd ac allan o'r stryd gefn, o'r tywyllwch ac i mewn i'r goleuni.

ERIN

(i)

Efo Miss Naomi Williams, ein hathrawes gofrestru, y cychwynnodd yr holl hanes i mi. Nyrfys Naomi, yn cyhoeddi un bore yn ôl ym mis Chwefror fod y Prifathro am i ni i gyd weithio ar brosiect, i'w orffen a'i roddi i mewn erbyn diwedd y tymor. "Cywaith sydd yn ymwneud â pha bynnag waith sydd yn apelio atoch chi fel proffesiwn, unwaith y byddwch chi wedi gorffen eich addysg," meddai.

Wrth gwrs, roedd 'na gryn dipyn o gwyno uchel iawn am hyn, ac edrychai Miss Williams yn fwy nerfus nag erioed.

"Ylwch – syniad y Prifathro ydy o, felly plîs peidiwch â chwyno wrtha i," crefodd efo'i llygaid yn neidio i gyfeiriad y drws. Symudodd ychydig yn nes ato wysg ei hochr, dwi'n cofio, yn amlwg yn barod i droi a sgidadlu allan drwyddo fo unrhyw funud. Nid am y tro cyntaf, fe'm hatgoffodd o lygoden fach ofnus sy wedi crwydro'n ddamweiniol i ganol cynhadledd o gathod.

"Bydd angan i chi gynnal cyfweliadau gyda phobol sydd yn y swyddi hyn yn barod," meddai. "Er enghraifft, os 'dach chi'n ffansïo bod yn athro neu'n athrawes mewn ysgol uwchradd ... " – corws uchel o fŵio a chellwair ar hyn – " ... yna mae croeso i chi gyfweld unrhyw un o'r staff. Ond y cyntaf i'r felin gaiff falu – cheith mwy nag un ohonoch chi ddim cyfweld yr un person. Ia, Meirion - ?"

"Dwi'm yn nabod neb sy'n gweithio fatha *hit man*, Miss,"

meddai Mei Harris, y cês. Sbiodd o'i gwmpas gan wenu fel giât ond gwyliais ei wên yn llithro pan welodd o fod neb arall yn chwerthin: roedd pawb ohonan ni'n rhy *pissed off* i chwerthin, yn enwedig ar ôl deall bod disgwyl i ni gychwyn ar y prosiectau hyn dros y gwyliau hanner tymor.

"Dydy o'm yn deg!" arthiodd Beca Parri wrtha i ar ôl i Nyrfys Naomi ffoi am ei bywyd. "'Dan ni'n mynd i Gaerdydd dros hannar tymor, yn mynd yno bob blwyddyn! Lle ydw i'n mynd i ga'l yr amsar i 'neud rhyw *shit* fel hyn?"

"Dwi'm yn gwbod, yn nac 'dw," atebais. Ro'n inna'n lloerig hefyd: roedd gynnon ni fwy na digon o waith cartref i'w wneud fel roedd hi, heb i'r *soding* Prifathro wthio'i big i mewn.

"Eniwe," meddai Becs, "dwi'm hyd yn oed yn gwbod be dwi isio'i 'neud ar ôl gada'l 'rysgol. W't ti?" Yna cofiodd. "O, ia – rw't ti isio bod yn ffilm star, yn dw't."

(ii)

Wel, ydw – tydy pawb, tasan nhw'n cael y dewis? Ond dwi'n ddigon call i sylweddoli mai go brin y digwyddith hynny. Mi setla i am gael bod yn actores (er, tasa Hollywood yn galw, faswn i ddim yn dweud wrthyn nhw lle i fynd, chwaith), yn y theatr ac ar y teledu o bryd i'w gilydd, falla. Gawn ni weld. Ond newydd gael fy mhen-blwydd yn bymtheg oed yr o'n i ar y pryd, ac mae gen i flynyddoedd lawer o addysg a hyfforddiant o'm blaen cyn y medra i gamu ar unrhyw lwyfan proffesiynol – a phwy a ŵyr? Ella'n wir y byddaf wedi diflasu ar y syniad o actio ac wedi dewis rhyw yrfa arall erbyn hynny.

Ond dwi wedi rhyw ddechrau drwy ymaelodi efo'r gymdeithas ddrama leol. Mam ydy'r ysgrifenyddes, ac yn un o'r criw bychan a ddechreuodd y gymdeithas bron i ugain mlynedd yn ôl, newydd iddi orffen yn y coleg. Llyfrgellydd ydy hi rŵan ond mae hi wastad wedi hoffi'r theatr ar ôl astudio drama yn y coleg, ac mae'n siŵr mai oddi wrthi hi dwi wedi etifeddu'r awydd yma i wneud ychydig o actio fy hun rhyw ddiwrnod.

Cyn belled ag yr oedd holi actorion yn y cwestiwn, credais y byddai digonedd o ddewis gen i yn y gymdeithas ddrama ... nes i Tod f'atgoffa ar ein ffordd adref o'r ysgol nad oes yr un ohonyn nhw'n actor proffesiynol.

Rhythais arno. "Ydy'r ots - ?"

"Wel, yndi, siŵr. Wa'th i chdi heb â holi rhywun sydd ond yn gneud y gwaith fel rhyw fath o hobi, yn na wa'th? Roeddan ni'n gorfod gneud rhwbath tebyg y llynadd, a dwi'n cofio Glyn Mason yn cal *rollicking* am 'i brosiect o."

"Pam?" gofynnais.

"Mae o isio bod yn ffotograffydd – ne' mi oedd o'r llynadd, beth bynnag – ond yn lle mynd a holi ffotograffydd go iawn, mi setlodd o am roi cyfweliad i'w dad ... "

" ... sy 'mond yn 'i 'neud o fel hobi," gorffennais yn llipa.

"Yli – pam na wnei di holi Medi Grug?" meddai Tod.

Troais ato mewn syndod. "Ti'n gwbod pam."

Cododd ei ysgwyddau'n ddi-hid – a hefyd yn ddiamynedd, rhywbeth roedd o wedi dechrau 'i wneud yn aml yn ddiweddar, a bob un tro y gwnâi hynny, gallwn deimlo rhywbeth bach pigog yn trio deffro y tu mewn i mi, fel tasa gen i ddraenog yn byw yn fy mol. Roeddan ni'n mynd allan efo'n gilydd ers dau fis, tair wythnos a chwe diwrnod, ond ro'n i'n gweld llai a llai ohono fo erbyn hynny: gan ei fod o flwyddyn yn hŷn na fi, roedd o'n brysur yn paratoi ar gyfer ei arholiadau TGAU ac yn methu â dŵad allan mor aml ag yr oedd o. Roedd ei rieni wastad yn swnian arno fo i weithio, mae'n siŵr, ac roedd hynny'n egluro pam ei fod o weithiau'n ymddangos yn fyr ei amynedd efo fi.

"Dw't ti ddim yn gallu dŵad allan heno 'ma, w't ti?" gofynnais heb fawr o obaith, felly doedd o ddim yn fy synnu pan ysgydwodd ei ben yn syth bin. Ond teimlais yr hen ddraenog bach hwnnw'n deffro unwaith eto.

"Fedra i ddim," meddai'n swta.

"Ond ma hi'n nos Wenar..."

"Wel?"

"Rydan ni'n arfar mynd allan bob nos Wenar."

"Oeddan, wn i – ond ma'r arholiada yna'n dŵad yn nes ac yn nes."

"Dydyn nhw ddim yn disgwl i chdi aros i mewn yn gweithio bob un noson o'r wsnos, siawns," meddwn.

"Ma nhw heno 'ma," meddai. "Yli – wela i di ddydd Llun, ocê?"

"Yn yr ysgol. *Wow*! Tydw i'n hogan lwcus..."

"Blydi hel, Erin!"

Neidiais. Do'n i ddim wedi disgwyl iddo droi arna i fel hyn. Ydy o'n wir, tybed, yr hyn maen nhw'n ei ddweud am bobl bengoch – fod ganddyn nhw dymer sy'n gallu bod yn wyllt fel matsen ar brydiau?

"Dydy o'm yn hawdd, 'sti," meddai. "Dwi'n cal hasl yn yr ysgol a'r un peth wedyn ar ôl mynd adra. Ma'n ocê arna chdi 'leni, ond gwitshia di tan y flwyddyn nesa, ella y byddi di'n gallu dallt."

"Ia, ocê. Sori..." dywedais, yn llywaeth i gyd.

"Wela i di ddydd Llun," meddai eto, a brysiodd ar draws y ffordd ac o'r golwg. Doedd o ddim wedi gwenu arna i, hyd yn oed, heb sôn am roi sws i mi.

Roedd y draenog rŵan yn neidio'n wyllt yn fy mol, damia fo.

(iii)

"'Sgen i'm dewis, ma'n *rhaid* i mi fynd i'w gweld hi," taerais.

Edrychodd Mam o gwmpas yr ystafell fel tasa hi'n chwilio am rywbeth i'w dorri neu 'i luchio.

"Ocê," dywedais, "fedrwch *chi* feddwl am actor neu actoras broffesiynol arall sy'n byw'n lleol? Achos fedra i ddim..."

"Actoras broffesiynol!" Dwi'n siŵr fod Mam wedi dŵad yn

agos iawn at ddweud 'Pah!' neu 'Pshaw - !', fel rhywun mewn hen nofel. Dwi eto i glywed rhywun yn ebychu fel hyn ond dwi'n byw mewn gobaith. "Ma'r gair 'proffesiynol' yn golygu llawar iawn mwy na dim ond ennill dy fara menyn, Erin. Mae o hefyd yn golygu dy agwedd di tuag at dy broffesiwn yn gyffredinol, a phetha fel *etiquette* proffesiynol, a ... a ... chwrteisi a ballu. A phan ti'n cymryd yr holl betha yna i ystyriath, yna ma Heather Siop Tsips yn fwy o amatur na neb o'r gymdeithas ddrama!"

Ro'n i wedi amau mai fel hyn y basa pethau. Doedd gan Mam affliw o ddim i'w ddweud wrth Heather Siop Tsips – neu 'Medi Grug' i ddefnyddio'i henw *proffesiynol* – ers i Heather roi'r gorau i fynychu'r gymdeithas ddrama ar ôl cael ei rhan broffesiynol gyntaf. Rhan fechan oedd hi, yn y gyfres deledu *Rownd a Rownd*, felly dydan ni ddim yn sôn yma am y Dame Judi Dench nesa. Ymadawodd â'r gymdeithas ar ôl ei hymddangosiad cyntaf gan ddweud na fyddai'n deg ar yr "amaturiaid hoffus ac annwyl" i orfod cystadlu'n erbyn rhywun *proffesiynol* fel y hi.

Datgelwyd hyn ar ffurf llythyr at bwyllgor y gymdeithas, a daeth Mam adref o'r cyfarfod y noson honno dan boeri gwenwyn i bob cyfeiriad fel cobra. "Pwy gythral ydy hi'n meddwl ydy hi?" taranodd. "Hi a'i 'Medi Grug'! Doedd hannar y pwyllgor ddim callach pwy oedd hi – roeddan nhw'n meddwl mai llythyr wedi cyrraedd y cyfeiriad anghywir oedd o nes i mi ddeud mai Heather Siop Tsips oedd hi. Yr unig reswm gafodd hi'r rhan yna oedd am eu bod nhw'n chwilio am ddynas dew a choman i actio rhan dynas dew a choman!"

Ers hynny, roedd hyd yn oed dweud ei henw'n ddigon i wneud i Mam edrych fel Van Helsing yn clywed enw Draciwla – a dyma fi rŵan yn dweud fy mod i'n gorfod mynd draw i'w thŷ hi er mwyn ei chyfweld ar gyfer y prosiect hwnnw.

Ond ro'n i'n iawn, ac roedd Mam yn gwybod hynny: doedd yna'r un actor proffesiynol arall yn byw yma. Felly'r noson honno mi es i draw i weld Heather ... sori ... Medi. Deffrodd y draenog eto wrth i mi gerdded yno achos ro'n i wedi methu â pheidio â meddwl am Tod, rhywbeth a ddigwyddai bob tro yr o'n i ar fy mhen fy hun.

Roedd o'n gwybod yn iawn am deimladau Mam tuag at Medi: roeddan ni'n dau wedi chwerthin digon am y peth, ond heddiw dyna lle'r oedd o'n ymddwyn fel tasa fo wedi anghofio bob dim amdano.

Oedd o'n barod wedi dechrau fy nghlirio i o'i feddwl, gan gychwyn efo'r pethau doniol roeddan ni'n dau yn arfer eu rhannu? Ysgydwais fy mhen yn ffyrnig wrth ganu cloch drws tŷ Medi fel taswn i'n gallu ysgwyd y syniadau bach annifyr rheiny allan o'm clustiau.

"O, cariad – sori, ond mae rhywun wedi achub y blaen arnat ti, mae arna i ofn," meddai Medi, ar ôl i mi egluro pam fy mod i wedi galw. Aeth â fi trwodd i'r parlwr. "Un o'th ffrindia, ia?"

Naci – *no way, José.*

Caren Ifans oedd yn eistedd ar y soffa, yn gwenu arna i fel y blydi Cheshire Cat.

"Haia!"

Rhythais arni. "Ers pryd w't *ti* isio bod yn actoras?"

Ffliciodd Caren gudyn o'i gwallt melyn, hir yn ôl oddi wrth ei llygad. "O, ers pan dwi'n ddim o beth."

"Uchelgais ganmoladwy dros ben, hefyd," gwenodd Medi Grug.

"Rwtsh," dywedais wrth Caren. "Model roeddat ti isio bod ychydig oria'n ôl, mi glywis i chdi'n deud wrth Beca Parri."

"Ia, wel – 'run peth ydy o'n de?" meddai Caren.

Diflannodd gwên lydan Heather Siop Tsips – a oedd yn brawf solet nad yr un peth o gwbl oedd bod yn fodel ac yn actores.

"Mae angen talent ac ymroddiad a chryn dipyn o waith caled i fod yn actoras, Caren," meddai, a diolchais i'r drefn nad oedd Mam yno i glywed hyn.

"Dw't ti 'rioed wedi dangos 'run owns o ddiddordab mewn actio!" chwyrnais ar Caren. "Dwi 'rioed wedi dy weld di ar gyfyl y gymdeithas ddrama."

Trodd llygaid gwyrddion Caren Ifans yn gul fel llygaid cath. "Naddo, dwi'n gwbod," meddai gan roddi fflic arall i'w gwallt. "Isio bod yn actoras go iawn ydw i. Dydy Medi ddim yn aelod o'ch cymdeithas chi chwaith, sy'n deud y cwbwl."

Dychwelodd y wên i wyneb Medi Grug. Dwi ddim yn siŵr a ydw i isio bod yn actores rŵan, dwi'n cofio meddwl wrth gerdded yn ôl adref. Be taswn i'n troi yn berson fel yna? Ro'n i'n cofio Heather Siop Tsips yn iawn, ac roedd hi'n ddynes llawer iawn mwy hoffus na 'Medi Grug'.

Cyrhaeddais adref dan felltithio Caren Ifans. "Fasa ddim cymaint o ots gen i tasa hi isio bod yn actoras, ond dydy hi ddim!" cwynais wrth fy rhieni. "'Mond isio cal 'i gweld ma hi."

"Dyna be ma pawb sy'n actio'i isio," meddai Llio, fy chwaer. "Pôsyrs sy 'mond isio sylw ydyn nhw i gyd."

"Cau hi," dywedais wrthi.

Tair ar ddeg oedd Llio ar y pryd, ac yn mynd drwy fywyd yn gweld bai ar bawb am rywbeth neu'i gilydd. Ond roedd Mam yn cydymdeimlo efo fi, er y gallwn ddweud ei bod, yn ddistaw bach, yn reit falch na fyddwn i'n gorfod ymweld â thŷ Heather Siop Tsips drwy'r amser – ac wrth gwrs, golygai hynny na fyddai'n rhaid iddi hithau fod yn neis-neis efo Heather tasa hi'n digwydd taro arni yn rhywle.

"Fedrwch chi ddim meddwl am *rywun*, Mam?"

"Dwi 'di bod yn trio meddwl ers i chdi fynd allan i weld ... y ddynas honno," meddai Mam. Roedd ei llyfr rhifau ffôn yn agored ganddi ar y bwrdd o'i blaen. "Ma pawb proffeisynol y gwn i amdanyn nhw yn byw o gwmpas C'narfon ne' Fangor. A 'mond trw'r gymdeithas dwi'n eu nabod nhw, cofia. Ella nad ydy hynny'n ddigon da i mi ofyn iddyn nhw os gawn ni biciad â chdi draw yno i'w mwydro nhw."

"Sawl gwaith fydd yn rhaid i ti 'u holi nhw, beth bynnag?" gofynnodd fy nhad.

"Dwn i'm. Fwy nag unwaith, yn bendant. Lot o weithia, ma'n siŵr. Mi fydd o'n golygu sawl trip lle bynnag ma nhw'n byw."

Gwelais yn syth nad oedd hynny'n apelio rhyw lawer at fy rhieni.

"Pam na ddewisi di rwbath arall?" meddai Llio. "Dyna be 'swn *i'n* 'i 'neud."

"Be ti'n feddwl?"

"Rhyw job arall, yn de."

"Yli," cychwynnais, "os nad oes gen ti rwbath call i'w ddeud … "

"Na, na – gwitshia," meddai Dad. "Ella fod gan Llio bwynt."

"Be - ?"

"Ond actoras ma arni isio bod, Heddwyn," meddai Mam. "Dw't ti ddim isio i'r hogan ddeud clwydda, gobithio?"

"Fasa fo ddim y tro cynta." Llio, wrth gwrs.

"Cau hi..."

"Wnewch chi'ch dwy roi'r gora iddi? Yr hyn dwi'n 'i ddeud," meddai Dad, "ydy fod parêdio'n ôl ac ymlaen i Fangor ne' le bynnag yn mynd i fod yn wastraff ar amsar – heb sôn am betrol – os y bydd Erin wedi newid ei meddwl ymhen y flwyddyn ac yn ffansïo rhyw yrfa arall. Chwara teg, 'mond pymthag ydy hi. Doedd gen i'r un clem be ro'n i isio bod pan o'n i'n bymthag."

Rhythais arno. Cyfrifydd ydy Dad, a fedra i ddim yn fy myw feddwl amdano fo'n gwneud unrhyw waith arall. Mae o bron fel tasa fo wedi cael 'i eni i fod yn gyfrifydd – fel tasa'r nyrs wedi troi at Nain pan gafodd o'i eni a dweud, "Llongyfarchiada, ma gynnoch chi'r acowntant bach dela welodd neb erioed."

"Cweit," cytunodd Llio. "Ddwy flynadd yn ôl, roedd hi isio bod yn dditectif."

"*Plentyn* o'n i ddwy flynadd yn ôl," dywedais wrthi.

"Yr un oed â dwi rŵan!" meddai Llio.

"Yn hollol – plentyn. Felly..." – a thynnais fy mys a bawd ar draws fy ngwefusau fel taswn i'n tynnu sip ynghau dros fy ngheg.

Roedd Mam yn edrych arna i'n feddylgar. "W't ti'n dal falla'n rhyw hannar isio bod yn dditectif, Erin?" gofynnodd.

"Nac 'dw!"

"Ond ti'n mwynhau gwylio'r holl raglenni ditectif rheiny ar y teledu, hefyd."

"Wel, yndw, ond..." Teimlais fod Mam – a oedd mor awyddus i mi fod yn un o sêr y theatr ar teledu – yn fy mradychu, i gyd oherwydd doedd ganddi hi na Dad yr amynedd i fynd â fi'n ôl ac ymlaen i weld yr actorion yma. "Dydy hynny ddim yn deud fod arna i isio *bod* yn un, yn nac 'di? Ma Dad wastad yn gwylio cyngherdda roc ar y teledu, hefyd, ond dydy hynny ddim yn deud fod arno fo isio bod yn Bruce Springsteen ne' rywun, yn nac 'di?"

Edrychodd Mam arno gyda pheth tristwch. "Nac 'di, decini," ochneidiodd.

"Hei! Sut 'dach chi'n gwbod?" protestiodd Dad. "Ma gen hyd yn oed ddynion bach di-nod sy'n gwisgo siwtia parchus i'w gwaith eu breuddwydion, dalltwch."

"Meddylia amdano fo, Erin," meddai Mam mewn tôn a ddywedai fod y sgwrs yn ei thyb hi, drosodd.

"Y? Meddwl am be?"

"Wel – am yrfa ditectif fel dy ail ddewis. A gan nad w't ti'n gallu cyfweld neb ar gyfer dy ddewis cynta, wel..."

"Mam!"

"Cofia fod yna dditectif yn aelod o'r gymdeithas ddrama," meddai, a mynd allan o'r ystafell gyda hanner gwên ar ei hwyneb.

(iv)

Erfyl Preis...

Ochneidiais... i fyny yn fy llofft, ar fy mhen fy hun, efo'r drws wedi'i gau'n dynn ac ymhell o olwg llygaid gweld-bob-dim Llio. Er nad o'n i wedi hyd yn oed sbio ar yr un hogyn arall ers i mi ddechrau mynd allan efo Tod, roedd Erfyl Preis yn dal i wneud i mi ochneidio. A breuddwydio. A ffantasïo. A melltithio nad o'n i ddeng mlynedd yn hŷn ac yn edrych fel Myleene Klass neu rywun.

Ond roedd o'n cael effaith fel yna ar bawb – wel, ar y rhan fwyaf o'r merched yn y gymdeithas ddrama, beth bynnag. Efo'i wallt cyrliog du, ei groen lliw haul a'i wên wen, barod, roedd o'n llwyddo i droi hyd yn oed Miss Hilda Hughes, ein pianydd surbwch, yn dalp chwyslyd o gigls. Does dim rhyfedd fod y rhan fwyaf o'r dynion – a gwŷr bob un wan jac o'r merched – wedi ei gasáu â chas perffaith ers iddo ddŵad i'r ardal ychydig cyn y Nadolig. Roedd o'n un o'r dynion rheiny sy'n gallu gwneud bob dim, gan gynnwys actio a chanu. Yr unig bechod (neu, yn nhyb y dynion, yr unig beth da) amdano oedd nad oedd o'n gallu mynychu cyfarfodydd o'r gymdeithas mor aml â hynny – doedd ei swydd, fel ditectif-sarjiant yn y CID, ddim yn caniatáu hynny – neu fel arall buasai wedi cael y brif ran ym mhob un cynhyrchiad, dwi'n siŵr.

Dim rhyfedd, felly, fod Mam wedi hanner gwenu wrth fynd allan o'r ystafell: roedd hithau'n bell o fod yn ddiogel rhag yr hud a lifai oddi wrth Erfyl Preis, ac roedd y ddwy ohonon ni wedi giglan fel tasan ni'r un oed wrth yrru adref o sawl cyfarfod o'r gymdeithas. Dim rhyfedd, chwaith, fod Dad wedi harymffio a Llio wedi rhowlio'i llygaid.

Er fy mod i wedi troi fy nhrwyn ar y syniad, roedd yn wir fod gen i awydd bod yn dditectif tan yn gymharol ddiweddar. O, do'n i ddim yn ddigon naïf i'm dychmygu fy hun fel rhyw fersiwn ifanc o Miss Marple, yn darganfod *whodunit* tra oedd yr heddlu'n gallu gwneud dim byd mwy na chrafu'u pennau mewn dryswch llwyr. Ro'n i wedi gwylio hen ddigon o gyfresi drama am yr heddlu i sylweddoli mai gweithio fel rhan o dîm mawr y mae pob ditectif go iawn, ac i wybod na fyddai creaduriaid unigol ac unigryw fel Inspector Morse yn para pum munud yn y CID iawn.

Do'n i ddim wedi meddwl am fod yn dditectif ers i mi ymaelodi â'r gymdeithas ddrama, ac roedd dwy flynedd ers hynny. Rhyw uchelgais plentynnaidd oedd o erbyn hyn, rhywbeth yr o'n i wedi tyfu allan ohono bellach.

Ond o'n i?

Ro'n i'n dal i fwynhau gwylio *The Bill*, *Taggart* a hyd yn oed *Midsomer Murders*, o'n, ond hefyd wedi dechrau gwylio perfformiadau'r actoresau. A'u beirniadu, nes i bawb arall wylltio efo fi a'm gorchymyn i gadw fy meirniadaethau i mi fy hun, plîs, o leiaf tan yr o'n i wedi cael profiad o actio ar y teledu fy hun ac felly mewn gwell lle i droi fy nhrwyn ar actoresau eraill.

Wrth gwrs, basa cael bod yn actores yn chwarae rhan ditectif yn ddelfrydol i rywun fel fi. Actores oedd hefyd yn ditectio... nid yn unig ar y sgrin ond hefyd mewn bywyd go iawn...

Ymysgydwais. Na! meddwn wrthyf fy hun, dwi wedi rhoi'r gorau i fod isio bod yn dditectif. Actores dwi isio bod, a dyna be fydda i hefyd, un diwrnod – a dydy hynny ddim yn golygu y byddaf yn fersiwn arall o 'Medi Grug'. Bron fy mod i'n teimlo dros Caren Ifans: os mai Heather Siop Tsips oedd ei rôl model, yna Duw a'i helpo. Ond roedd Caren yr un mor llawn ohoni'i hun ers blynyddoedd, meddyliais yn greulon: hwyrach mai efo Medi Grug y dylwn i gydymdeimlo.

– cat-cat-miâwww!

(v)

"Meddylia amdano fo, Erin," oedd geiriau Mam, a dyna'n union be wnes i dros y penwythnos cyn dod i'r casgliad nad oedd gen i fawr o ddewis, a dweud y gwir. Roedd cyfarfod o'r gymdeithas ddrama ar y nos Lun, ac os byddai Erfyl Preis yno, penderfynais, yna ro'n i am ofyn iddo fo os y cawn ei gyfweld.

Dwi ddim yn cofio llawer am y diwrnod ei hun, mae'n rhaid i mi gyfaddef, ar wahân i'r ffaith fod Beca Parri yn hefru'n ddi-ben-draw am y prosiectau, gan ofyn drosodd a throsodd – nes yr o'n i'n teimlo fel ei thagu – be oedd rhywun i fod i'w wneud os nad oedd ganddyn nhw unrhyw glem ynglŷn â pha yrfa i'w dilyn.

Dim ond ambell gip ges i ar Tod, dwi'n cofio cymaint â hynny, a llwyddais i lonyddu rhywfaint ar y draenog drwy feddwl tybed a fyddai Erfyl Preis yn y gymdeithas ddrama gyda'r nos.

"Dwi'm yn gwbod be goblyn wna i os na fydd o yno," dywedais wrth Mam wrth i'r ddwy ohonan ni adael y tŷ efo'n gilydd.

"Ma'n siŵr nad y chdi ydy'r unig un sy'n cal y traffarth yma," atebodd. "Falla bod gofyn i'r ysgol fod ychydig yn fwy hyblyg ynglŷn â gadal i fwy nag un ohonoch chi holi'r un pobol." Tynhaodd ei gwefusau fymryn wrth iddi feddwl amdana i'n gorfod mynd ar ofyn Heather Siop Tsips wedi'r cwbl.

Ond roedd Erfyl Preis yno, roedd hynny'n amlwg o'r criw o ferched oedd wedi ymgasglu o'i gwmpas fel haid o adar wrth fwrdd bwydo. Wrth i mi eu gwylio fel hyn o bellter cymharol y drws, yn twitran ac yn giglan o'i gwmpas ond eto'n gwylio'i gilydd yn hynod ofalus, neidiodd brawddeg ddilornus i flaen fy nhafod.

"Argol, dydyn nhw'n pathetig - ?"

Yr un mor druenus â'r clwstwr bychan o ddynion oedd nid nepell oddi wrthyn nhw, fel brain pwdlyd, yn gor-chwerthin yn uchel gan geisio cymryd arnynt nad oedd unrhyw beth yn eu poeni.

"Mmmm - ?"

Doedd Mam ddim wedi fy nghlywed, roedd hi'n rhy brysur yn ymsythu a thwtio'i gwallt. Cochodd at ei chlustiau pan sylweddolodd fy mod i'n rhythu arni.

"Ti'n-lwcus-mae-o-yma-dacw-fo-yli," byrlymodd. "Reit... well i mi drio cal pawb at 'i gilydd... ma gen i un ne' ddau o gyhoeddiadau i'w gneud."

Cynhelir cyfarfodydd o'r gymdeithas yn theatr yr ysgol, sydd hefyd yn theatr fach gymunedol: yma y bydd cwmnïau fel Bara Caws yn dŵad pan fyddan nhw ar daith. Cynhyrchiad nesaf y gymdeithas oedd *West Side Story*: ro'n i yn y corws, yn un o ffrindiau Maria. Sharon Watkins oedd Maria (fy meirniadaeth: actores ofnadwy, ond llais canu bendigedig ganddi), ac roedd hi eisoes wedi mynegi ei siom mai Dewi Criciath, is-reolwr y gangen leol o Tesco, oedd yn chwarae rhan Tony, ac nid Erfyl Preis, oedd wedi dweud ar ddechrau'r tymor na fasa fo ar gael yn ddigon aml, oherwydd ei swydd, i gymryd rhan amlwg iawn yn y cynhyrchiad.

Llwyddodd Mam i wasgaru'r adar oddi wrtho a gwelais innau fy nghyfle. Unwaith roedd Mam wedi gorffen ei hanerchiad, troais at Erfyl a dechrau gofyn iddo fo a gawn i ei gyfweld ar gyfer fy nghywaith.

Cododd ei law i fyny i'm hatal. "Sori, Erin, ond rw't ti'n rhy hwyr," meddai. "Ma un o'r hogia wedi gofyn i mi'n barod."

O... *shit*!

"Pwy - ?" gofynnais.

"Dilwyn Huws."

Rhythais arno. "*Hwnnw* - ?! Isio bod yn... *dditectif*? Dilwyn Huws?"

Clamp o hogyn mawr, ychydig yn araf, oedd Dilwyn. Roedd yn hogyn digon clên, dwi'm yn dweud. Ond *ditectif* - ?

Sylweddolais fod Erfyl Preis yn gwenu, yn amlwg wedi darllen fy meddwl. Teimlais fy hun yn cochi a brwydrais yn galed yn erbyn giglan a gwenu'n ôl arno. Wedi'r cwbwl, doedd arna i ddim isio bod fel y merched eraill, yn nag oedd?

"Wel, ella na wnaiff o dditectif," meddai Erfyl, "ond dwi ddim yn ama y gwnaiff o blismon go lew."

Amneidiodd i gyfeiriad y llwyfan lle roedd Dilwyn wrthi'n symud piano ar ei ben ei hun.

"Pam na fasa fo'n gofyn i blismon cyffredin, 'ta?" fe'm clywais fy hun yn dweud.

"Isio bod yn dditectif mae o," atebodd Erfyl. "Wedi cal i'w ben mai'r CID ydy'i ddyfodol o. Rhyngot ti a fi, Erin, ma arna i ofn 'i fod o'n gwylio gormod o lawer o'r rhaglenni teledu anghywir. *The Bill* ydy'r unig un sy'n dŵad yn agos at gal petha'n weddol gywir." Edrychodd arnaf a chodi'i ysgwyddau, ac wrth edrych i ffwrdd yn ffwndrus oddi wrth ei lygaid gorjys o, ro'n i wirioneddol yn ei goelio pan ddwedodd o, "Sori, Erin. 'Swn i wedi bod wrth fy modd yn dy helpu di efo'r cywaith."

Gwgais fel y Gorgon i gyfeiriad Dilwyn Huws druan, a ddigwyddodd edrych i fyny a'm dal yn gwneud. Edrychodd o'i gwmpas yn nerfus cyn lymbroi ffwrdd i ochrau'r llwyfan.

"O, wel... Diolch, beth bynnag," dywedais gan godi'n gyndyn o'r gadair wrth ochr Erfyl.

"O... gwitshia... dwi newydd feddwl..." meddai.

Troais yn eiddgar. "Ia - ?"

Roedd Erfyl wedi sefyll hefyd. *Paid â sbio'i fyny arno fo dan serennu i'w wynab o*! fe'm ceryddais fy hun.

"Pam na ei di i weld Anti Lafinia?"

Mae arna i ofn fy mod i wedi syllu arno fo fel llo. Be oedd yr "Anti Lafinia" yma? Rhyw fiwsical oedd ymlaen yn rhywle?

"Y...sori...dwi ddim 'di clywad amdani. Be ydy hi – sioe?"

Chwarddodd Erfyl Preis ac os o'n i wedi dechrau cochi yn gynharach, yna ro'n i'n debycach rŵan i domato nag unrhyw beth dynol.

"Ia, go dda! *Mae* Anti Lafinia'n dipyn o sioe, ma'n rhaid cyfadda – ond naci, dynas ydy hi, Erin. Modryb i mi – chwaer 'y nhad. Miss Lafinia Preis. Dydy hi ddim yn byw yn bell iawn oddi wrthat ti, fel ma'n digwydd. Yn Heol Moelwyn."

"O, ia...?"

Ro'n i'n dal ar goll. Pam oedd o isio i mi fynd i weld 'i fodryb o?

"Roedd hi'n arfar bod yn dditectif," eglurodd Erfyl Preis. "Nes iddi gau'r busnes ac ymddeol ... o, pryd oedd hynny, dywad? Tua mis Mehefin y llynadd, dwi ddim yn ama."

"Sori, dwi ddim cweit yn dallt. Cau'r busnas...?" gofynnais.

"Ditectif preifat oedd hi," meddai Erfyl. "Roedd hi yn y CID am 'chydig, ond roedd hynny flynyddoedd lawar yn ôl. Dwi'n siŵr y bydd ditectif preifat yn llawar iawn mwy diddorol ar gyfer dy brosiect di na phlismon cyffredin, bôring fel fi."

A dyna oedd y tro cyntaf erioed i mi glywed am Lafinia Preis, y ddynes oedd i chwarae rhan mor bwysig yn fy mywyd.

(vi)

Bu'n rhaid i mi aros tan y dydd Sadwrn canlynol i'w chyfarfod, fodd bynnag. Ar ôl cael ei chyfeiriad gan Erfyl, galwais yno ddwywaith ar ôl yr ysgol, ond doedd neb gartref. Welais i neb o gwbl y tro cyntaf, ond yr ail dro deuthum o fewn dim, wrth droi oddi wrth y drws ffrynt dan felltithio i mi fy hun, o gerdded i mewn i ddynes a geneth oedd yn digwydd cerdded heibio i'r tŷ.

"O! Sori..."

Roedd ci Sgoti bach gwyn ar dennyn gan y ddynes ac o fewn dim roedd y tennyn wedi'i glymu am fy nghoes dde fel ysliwen am wialen bysgota – i gyfeiliant iapian uchel a choman o enau'r Sgoti, a oedd yn gwneud ei orau i ddringo i fyny fy sgert, y sglyfath.

"Hamish - ! Nôti boi...!" dwrdiodd y ddynes. "Ma'n ôl reit, pidiwch â symud..." meddai wrtha i.

Cydiodd yn y ci a'i wthio rhwng fy nghoesau ac yn ôl rownd fy nghoes. Gwelais y ferch oedd efo hi'n troi 'i hwyneb i ffwrdd i guddio gwên: hogan tuag ugain oed, 'swn i'n dweud, braidd yn dew a chyda gwallt du tywyll wedi'i dorri'n flêr, braidd. Gwisgai groes fach arian am ei gwddf.

"Ma'n ddrwg gen i," meddai'r ddynes. "Hamish – 'na ddigon!"

Rhoes y Sgoti'r gorau i'w iapian, ond parhaodd i'm llygadu dan regi dan ei wynt mewn Gaeleg.

"Hen beth digon mwythus ydy o go iawn," meddai'r ddynes, a edrychai tua'r un oed â fy nain. "Chwilio am Lafinia ydach chi?"

"Y...Miss Preis, ia," atebais.

"Ma hi i ffwrdd tan ddiwedd yr wsnos," meddai'r ddynes. "Mi fydd hi'n 'i hôl erbyn nos Wener, dwi'n meddwl."

Roedd yr eneth yn edrych yn ôl ac ymlaen rhyngom ni gyda pheth chwilfrydedd, fel petai hi erioed wedi clywed pobl yn siarad Cymraeg o'r blaen.

"O...reit," atebais. "Mi dria i eto, felly, dros y penwythnos...?"

"Ia, gwnewch hynny. Mi fydd hi yma ddydd Sadwrn, yn sâff i chi. Roedd hi ar y ffôn nithiwr, yn cwyno bod ganddi hiraeth mawr ar ôl y Doctor. Y fi sy 'di bod yn edrach ar 'i ôl o tra bo Lafinia i ffwrdd, dach chi'n gweld, 'i fwydo fo a ballu."

"O...reit...diolch..."

Nodiodd y ddynes dan wenu, ac i ffwrdd â'r tri i lawr y stryd. Hiraeth am y meddyg? meddyliais wrth gerdded am adref. Hwyrach fod y Miss Preis yma'n cael *affair* efo'i doctor. Neu, doedd hi ddim yn hanner call – ac os felly, o'n i'n gwneud peth doeth yn ceisio'i chwmni? A be oedd y ddynes arall yna'n ei feddwl pan ddwedodd ei bod yn bwydo'r doctor yma?

Hmmm, meddyliais. Dwi ddim hyd yn oed wedi cyfarfod y ditectif yma eto, ond yn barod mae gen i ddirgelwch i'w ddatrys.

(vii)

Cefais yr ateb ar y dydd Sadwrn. Roedd cwestiwn arall wedi codi yn ystod yr wythnos, hefyd, sef: pam oedd Erfyl Preis wedi f'anfon i weld ei fodryb, ac yntau'n siŵr o fod yn gwybod ei bod i ffwrdd ar ei gwyliau? Ond cefais ar ddeall wedyn nad oedd o'n gwybod. "Mi fasa fo, tasa'r mwnci'n trafferthu i ddŵad i edrach amdana i weithia," meddai Miss Preis.

Ond dwi wedi neidio ymlaen rhyw fymryn. Yr hyn a welais pan agorwyd y drws ffrynt ar ôl i mi ganu'r gloch oedd dynes dal, denau efo'i gwallt arian hir yn edrych fel na welodd o frws na chrib ers wythnosau lawer. Gwisgai sgert biws laes at ei thraed, a wasgod felen yn hongian yn agored dros grys-T coch efo llun rhyw filwr barfog – Che Guevara, deallais wedyn – wedi'i amlinellu mewn inc du ar ei flaen.

"Honno sy'n mynd o gwmpas y lle'n edrach fel rhyw hen hipi, ti'n 'i feddwl?" oedd geiriau Dad, pan soniais gartref fy mod am geisio cael help y Miss Preis yma efo'm cywaith. "Ditectif ydy hi? Honno - ?"

"Dyna be *oedd* hi, tan fis Mehefin y llynadd. Pam ydach chi'n siarad amdani hi fel'na?"

Er nad o'n i eto wedi hyd yn oed cwrdd â'r ddynes, fe'm cefais fy hun yn teimlo fel ei hamddiffyn. Rhyfedd...

"Achos bod Lafinia Preis yn edrach fwy fel hysbyseb ar gyfer smocio mariwana na ditectif," atebodd Dad.

"Dydach chi ddim yn disgwl iddi gerddad o gwmpas efo chwydd-wydr yn 'i llaw a chap *deer-stalker* am 'i phen, yn nac 'dach?"

Cychwynnais allan y bore Sadwrn hwnnw felly gan feddwl, Hmmm, mae'r ddynes yma'n swnio'n ddiddorol iawn yn barod, a rŵan, wrth syllu arni yn sefyll yn nrws ei thŷ, gwelais nad oeddwn am gael fy siomi. Gwenodd tra'n craffu arna i drwy sbectol denau a hongiai ar gortyn am ei gwddf.

"Ia...?"

Dechreuais egluro fy mod yn gorfod paratoi cywaith...

"Be – prosiect am *eccentrics* lleol, ia?"

"Naci!"

Ond gwelais fod Miss Preis yn chwerthin. "Paid â phoeni, dwi'n gwbod yn iawn fod nifer o bobol yr ardal yma'n meddwl fy mod i'n... wel, yn wahanol, a deud y lleiaf. Ond ty'd i mewn, gawn ni sgwrs iawn dros banad, ia?"

Camais i mewn dros y rhiniog. Roedd arogl pysgod yn dew yn yr aer. "Sori am y drewdod," meddai Miss Preis. "Ond newydd roi brecwast y Doctor iddo fo ydw i. Awn ni drwodd i'r stafall fyw... sori, be ydy d'enw di?"

"Y ... Erin ... " Roedd y sylw am 'y Doctor' hwnnw wedi fy nhaflu, braidd. Pysgod? I frecwast?

"Dw't ti ddim yn swnio'n siŵr iawn."

"Sori ... ia ... yndw. Erin ... Erin Edwards."

"Ma'n dda gen i dy gyfarfod di, Erin Edwards. Lle o'n i, dywad ... ? O, ia – ar ein ffordd i'r stafall fyw, yn de. Ma'r Doctor yn y gegin, a dydy o ddim yn leicio cal 'i ddustyrbio pan fydd o'n byta. Be ydy'r prosiect 'ma sy gen ti, felly?"

Ydan ni am gyrraedd yr ystafell fyw yma ta be? meddyliais. Dywedais wrthi am y cywaith a nodiodd Miss Preis.

"Rw't ti isio bod yn dditectif, felly?"

Penderfynais fod yn hollol onest efo hi. "Wel ... bod yn actoras oedd fy newis cynta. Ond ma rhywun ... " Rhyw *poseur*, meddyliais. " ... wedi achub y blaen arna i efo'r unig actoras broffesiynol dwi'n ei nabod. Ond bod yn dditectif ydy f'ail ddewis."

"Actio, ia? Wel, dydy'r ddau broffesiwn ddim mor wahanol â hynny, ar adegau." Gwenodd Miss Preis. "A dyna chdi – rw't ti newydd gal dy wers gynta. Ty'd trwodd ... y stafall yma ar y dde, yli."

Gadawodd i mi fynd yn gyntaf. Arhosais yn stond yn nrws yr ystafell.

"O - !"

"Be sy?" gofynnodd Miss Preis o'r tu ôl i mi.

Sefais yno'n gegagored. "Am stafall ... am stafall ... "

"Ia - ?"

Troais. Roedd golwg ddisgwylgar, ryfedd ar wyneb Miss Preis.

"Am stafall ffantastig!" dywedais.

A gwenodd Miss Preis fel giât.

(viii)

Eisteddais ar y soffa fwyaf cyfforddus i mi osod fy mhen-ôl arni erioed, efo mygiad o de camomeil yn cynhesu fy nwylo. Roedd tân glo a choed yn clecian yn y grât. Eisteddai Miss Preis ar gadair esmwyth ger y tân.

Roedd y soffa a'r gadair yn glustogau lliwgar a thewion i gyd, roedd yna garped trwchus a meddal ar y llawr, a sawl ryg a charthen liwgar oedd, meddai Miss Preis wrthyf, wedi eu gwnïo a'u gwau gan aelodau o lwyth y Nafaho yn Arizona a New Mexico. "Ar y Santa Fe Trail ers talwm, roedd un o garthenni'r Nafaho yn werth deg mantall wedi'u gneud o groen a ffwr y byffalo. Ma nhw wedi'u gwnïo mor dynn, Erin, ma nhw'n gallu gwrthsefyll dŵr, wir i chdi."

Heblaw am set deledu a chwareydd DVD mewn un cornel, roedd yr ystafell yn llawn dop o lyfrau – silffoedd yn ymestyn o'r llawr reit i fyny at y nenfwd: roedd hyd yn oed y ddau alcof bob ochr i'r lle tân yn llawn o lyfrau, casgliad anferth o nofelau ditectif yn ôl eu teitlau – rhai Prydeinig un ochr a rhai Americanaidd-a-gweddill-y-byd yr ochr arall, deallais wedyn.

"Dw't ti ddim yn meddwl bod y stafall yma'n flêr?"

gofynnodd Miss Preis. "Efo'r llanast mwya ofnadwy ym mhob twll a chornel?"

Ysgydwais fy mhen. "'Swn i ddim yn 'i alw fo'n *lanast*."

"O? Be fasa Erin Edwards yn 'i alw fo, felly?"

Meddyliais cyn ateb. "*Clutter*. Dydy o ddim yn golygu'r un peth â llanast. Ma llanast yn rhwbath sy'n sgrechian am gal 'i glirio. Dydy hwn ddim. Os ydy'r stafall yn flêr, yna blerwch ... cyfforddus ydy o. Clyd a chyfforddus."

Nodiodd Miss Preis dan wenu.

"Rhythu o'u cwmpas mewn braw ma'r rhan fwya o bobol, wrth iddyn nhw daro llygad ar y stafall yma am y tro cynta. Yna mi fyddan nhw'n troi a sbio arna i fel tasan nhw'n sylweddoli y dylwn i fod yn ddiogel dan glo yn rhywle."

"Mi faswn i wrth fy modd tasa gen i stafall fatha hon," dywedais yn onest.

"Ma wedi cymryd blynyddoedd lawar i mi hel y rhain i gyd, cofia," meddai Miss Preis am y llyfrau. "Ma 'na gryn dipyn o argraffiadau cyntaf yma, sy werth dipyn o bres erbyn hyn. Wyddost ti be, Erin? Cyn i mi ymddeol, yma y byddwn i'n dŵad i ymlacio ar ôl bob un diwrnod o waith. Ro'n i'n edrach ymlaen bob dydd at gal gorwedd ar y soffa 'na am ryw hannar awr efo'm llygaid ynghau, yn gwthio digwyddiadau'r diwrnod allan o'm meddwl. A gyda'r nos, ar ôl bath poeth a rhwbath i swpar, yn ôl yma â fi, weithia i wylio rhyw ffilm neu amball raglen ddogfen ar y bocs acw, ond gan amla i ddarllan un o'r rhei 'cw ... " Nodiodd i gyfeiriad y nofelau ditectif.

"O ... " dywedais.

Craffodd arnaf dros ei sbectol. "Be sy?"

"Dim byd. Jest ... wel, 'swn i ddim wedi disgwyl i chi, fel ditectif, allu ymlacio drwy ddarllen nofela ditectif. Nid ar ôl treulio diwrnod cyfan yn ... wel, yn ditectio. Dydy o ddim braidd fel rhywun sy'n gweithio mewn siop tsips yn mynd adra gyda'r nos a pharatoi llond plât o tsips i'w swpar?"

Chwarddodd Miss Preis. "Ddim felly, nac 'di. Oherwydd dydy bywyd ddim fel nofel dditectif, gwaetha'r modd. Ma'r rhain i gyd ... " – chwifiodd ei llaw i gyfeiriad y llyfrau – " ... mor wahanol i'r bywydau blêr a digalon yr o'n i yn eu canol nhw o fora gwyn tan nos."

Syllodd i lygad y tân am ychydig, ei meddwl ymhell. Yna edrychodd i fyny yn sydyn ac i fyw fy llygaid i.

"Does yna ddim byd ecsotig, ddim byd ... be ydy'r gair? *Glamorous*, 'na fo – does 'na ddim byd *glamorous* yn perthyn i ddiwrnod gwaith y ditectif preifat, Erin. W't ti wedi cerddad drwy gae neu ardd fawr erioed, gan aros a chodi carrag wastad oddi ar y ddaear?"

Nodiais.

"A be welist ti o dan y garrag honno?" gofynnodd.

"Pob matha o grîpi-crôlis," atebais, gan dynnu ystumiau.

"Yn hollol. Rhyw waith fel yna ydy gwaith y ditectif – codi cerrig gwastad bywyd a dŵad wyneb yn wyneb â phethau nad w't ti isio gwbod am eu bodolaeth nhw."

Daeth golwg drist iawn dros ei hwyneb wrth iddi syllu eto i mewn i'r tân. Yna ymysgydwodd eto, fel tasa hi newydd gofio'n sydyn fod ganddi gwmpeini.

"Os w't ti isio *glamour*, Erin, yna canolbwyntia ar fod yn actoras. Pwy a ŵyr, falla y cawn ni dy wylio di un noson yn hwylio i lawr y carped coch hwnnw sy gynnyn nhw yn Hollywood, efo Oscar dan dy gesail a rhyw bishyn ar dy fraich ... o, helô, Doctor!"

Troais at y drws gan ddisgwyl gweld rhywun yn sefyll yn y drws, ond yn hytrach na dyn mewn siwt neu ofarôl gwyn ac efo stethosgop rownd ei wddf, yr hyn a fartsiodd i mewn i'r ystafell oedd cath fawr ddu a gwyn. Safodd yn stond pan welodd o fi yno ar y soffa, efo'i gynffon i fyny'n syth fel marc cwestiwn mawr.

"Y Doctor ydy hwn, Erin," meddai Miss Preis. "Doctor Watson."

Ah! Dyna ddatrys y dirgelwch. Chwarddais. "Doctor Watson? Go iawn?"

Gwenodd Miss Preis yn llydan. "Ma'n braf dŵad ar draws rhywun y dyddia yma sy'n gwbod pwy *oedd* y Doctor Watson gwreiddiol," meddai. "Efo fo roedd yr hen Sherlock yn sgwrsio fwyaf, yn de? Ac efo'r Doctor yma y bydda inna'n gwamalu ... argol fawr!"

Roedd y gath wedi neidio'i fyny ar y soffa ac yn rhwbio'i dalcen yn erbyn fy llaw. Rhythodd Miss Preis wrth iddo ddringo ar fy nglin, gorwedd yno'n belen flewog a dechrau canu grwndi.

"Be sy?" gofynnais.

"Wel ar f'enaid i!"

"Be ... ?"

"Y Doctor ... dydy o 'rioed wedi gneud hynna o'r blaen efo rhywun diarth. Dw't ti ddim yn sbio ar y cwrcath mwya cymdeithasol a welodd y byd erioed, Erin. Ddim efo pobol, o leia – ella'n wir 'i fod o'n goblyn o gês pan fydd o allan yng nghwmni cathod eraill, dwn i'm, er ma'n ddowt gen i, hefyd. Thyg o gath ydy o, Erin, taswn i'n bod yn gwbwl onast, wastad yn cwffio ac yn ddrwgdybus o bawb ond y fi, ac yn craffu ar y byd fel roedd Clint Eastwood yn arfar 'i wneud – mor barod i hisian a phoeri ag y bydd o i frathu a chrafu a chripio. Does wiw i neb fentro rhoi o-bach iddo fo – mi fydda i'n meddwl yn amal 'i fod ond yn fy niodda i am fy mod i'n rhoi bwyd a diod iddo fo."

Syllodd ar y Doctor a finna am eiliadau.

"Wel, ar f'enaid i," meddai eto. "Iawn – o'r gora. Mi helpa i chdi efo dy brosiect ysgol, Erin, a dysgu un neu ddau o betha i chdi am fod yn dditectf ar yr un pryd. Erbyn pryd ma'r gwaith i fod i mewn?"

"Erbyn y Pasg," atebais. "Wel, diwedd y tymor, felly."

Gwenodd Miss Preis. "Gwych. Ma gynnon ni hen ddigon o amsar felly, yn does?"

Roedd hyn, sylweddolais, yn golygu y cawn ddŵad yn ôl i'r tŷ diddorol hwn eto.

Ac eto, ac eto ...

"Oes, Miss Preis," dywedais. "Ma gynnon ni."

(ix)

Dyna felly sut y deuthum i adnabod y ditectifs. Wel – un ohonyn nhw, beth bynnag. Fedra i ddim dweud fy mod wedi adnabod Erfyl Preis yn dda iawn: dim ond rhyw unwaith wedyn y gwelais ef yn y gymdeithas ddrama.

"Dwi'n rhyfeddu 'i fod o wedi ymuno â'r gymdeithas yn y lle cynta," meddai ei fodryb wrtha i un tro. "Dydy o ddim yn swnio fel y math o beth mae o'n ei leicio."

"Be ydy'i ddiddordeba fo, felly?" gofynnais.

Meddyliodd Miss Preis am ychydig. "Wyddost ti be? Dwi ddim yn siŵr iawn. Dwi wedi colli nabod ar Erfyl ers tro rŵan – ers cyn i'w dad a'i fam o farw, a deud y gwir. Roedd o a fi'n arfar bod yn fêts mawr pan oedd o'n fach. Ond pan ymunodd o efo'r heddlu, a mynd i Lerpwl... ac yn enwedig pan gafodd o'i symud i'r CID i weithio yn yr adran sy'n delio efo *vice*... wel, 'sgen y rheiny sy yn "Y Job", fel ma nhw'n 'i galw hi, ddim llawar i'w ddeud wrthon ni yn y sector breifat."

"Pam?"

Erbyn hynny ro'n i wedi dechrau dŵad â ffeil efo fi bob tro o'n i'n galw i weld Miss Preis, ac yn treulio hanner yr amser yn 'i chwmni hi'n ysgrifennu ffwl sbîd.

"O, lot o resyma, Erin. Rydan ni yn tueddu i sathru ar draed ein gilydd yn reit aml. Dyna i ti Gruff Edwards druan, er enghraifft – mae o'n DCI rŵan, *Detective Chief Inspector*. Ro'n i'n arfar bod yn dipyn o ddraenen yn ystlys y creadur cyn i mi roi'r gora iddi. Ond mae'r CID yn gallu bod yn hunanol. Dydyn nhw byth yn fodlon deud unrhyw beth wrthon ni, ond eto ma nhw'n mynd yn flin fel tincars pan fyddan ni'n methu â rhannu gwybodaeth efo nhw, oherwydd y cymal cyfrinachedd sy'n bodoli rhwng y ditectif preifat a'i gleient."

Gwenodd Miss Preis ychydig yn gam wrth ddweud hyn, a synhwyrais ei bod yn teimlo'n ddigalon nad oedd hi ac Erfyl yn well ffrindiau. Deallais wedyn ei bod wedi gobeithio y buasai Erfyl yn ei dilyn hi, sef yn ymuno â'r heddlu i gychwyn a chael ei hyfforddi ganddynt, cyn symud ati hi i'r sector breifat. Ac mai y fo, erbyn heddiw, a fyddai'n rhedeg ei hasiantaeth hi.

Ond ddigwyddodd hynny ddim, er bod y sector breifat yn gallu talu'n well o lawer na'r heddlu, yn ôl Miss Preis.

"Waw!" ebychais.

Gwgodd Miss Preis arnaf. "Oes raid i chi bobol ifainc fynnu defnyddio rhyw hen eiriau Americanaidd drwy'r amser? Os geiriau hefyd. Beth a ysgogodd yr ebychiad erchyll yna, Erin?"

"'Mond meddwl, ma'n rhaid fod y sector breifat yn talu'n ... wych." (Ro'n i am ddweud "yn ffantastic", ond ar ôl y row a ges i am ddweud "Waw", doethach oedd peidio.)

"O ... ?" meddai Miss Preis. "Pam w't ti'n deud hynny?"

"Wel ... ma'ch nai chi'n gyrru o gwmpas mewn BMW newydd sbon. A ma gynno fo watsh aur Rolex."

"*Erfyl* - ?" rhyfeddodd Miss Preis. "Brenin mawr, nac ydy! Ford Focus sy gynno fo – un sy wedi gweld dyddiau gwell hefyd, yn dolciau i gyd." Ysgydwodd ei phen yn bendant. "Rw't ti wedi'i ddrysu o efo rhywun arall, Erin."

Edrychai mor benderfynol, fe'm cefais fy hun yn nodio ac yn dweud rhywbeth fel, "Mmm ... ma'n siŵr ... "; do'n i ddim am ddadlau efo hi, ond ro'n i'n gwybod mai fi oedd yn iawn. Ro'n i wedi gweld y watsh Rolex reit o dan fy nhrwyn i yn y gymdeithas ddrama ... ond efallai mai un ffug oedd hi: rydach chi'n gallu prynu rhai felly am ychydig o bunnoedd, un sydd yn edrych union yr un fath â'r *genuine article.* Ac am y BMW – wel, ella mai rhywun arall oedd yn ei yrru: dim ond cip sydyn ges i arno fo, erbyn meddwl.

Ond mi faswn i wedi gallu taeru mai Erfyl Preis oedd wrth y llyw, hefyd. Paid â gwneud môr a mynydd o'r peth, Erin, fe'm siarsiais fy hun: mae'n amlwg nad ydy Miss Preis yn hoffi'r syniad fod ei nai yn gallu fforddio ceir a watshys drud.

"Fasach chi wedi gallu troi'ch cefn yn llwyr ar y busnas, tasa'ch nai wedi'i gymryd o drosodd?" gofynnais.

Gwenodd Miss Preis. "Go brin," atebodd. "Ella'n wir ei fod o'n beth da fy mod i wedi cau'r busnas yn hytrach na'i werthu o.

'Sgen i'r un owns o gyfrifoldeb amdano fo rŵan. Tasa Erfyl wedi'i gymryd o drosodd, yna ma'n siŵr y baswn i'n dal i fyw a bod yno, yn niwsans glân i bawb."

Chwarddodd wrth ddweud hyn, ac ella mai fi oedd yn dychmygu pethau, ond mi ges i'r teimlad fod yna dinc annaturiol, rhywsut, i'w chwerthin – fel tasa hi'n ceisio'i pherswadio'i hun fod canu'n iach yn llwyr i'w busnes yn beth da.

Ond dychwelodd y golau i'w llygaid a'i gwên naturiol, lawn i'w hwyneb pan ddywedodd: "Dwi'n rhydd rŵan i deithio'r hen fyd 'ma – ac os w't ti'n gall, Erin, dyna be wnei ditha hefyd, unwaith rw't ti wedi ennill digon o bres. Codi dy bac a mynd, dim ots pryd ma'r awydd yn cydiad ynot ti. Ma'r byd yma'n un bendigedig, er gwaetha'r bobol sy'n byw ynddo fo ar y foment. Dw't ti ddim wedi byw nes i chdi wylio'r haul yn codi dros y Grand Canyon, neu'n machlud y tu ol i Ayers' Rock yn Awstralia. Dwi'n f'ystyried fy hun yn lwcus iawn yn medru mynd pan dwi isio mynd – ma Mrs George a Janina'n garedig iawn, yn bwydo'r Doctor a ballu pan fydda i ffwrdd."

Ie, wrth gwrs – y ddynes a'r eneth efo'r ci bach Sgoti, rheiny y tarais arnyn nhw, yn llythrennol, pan o'n i'n chwilio am Miss Preis yn ôl ym mis Chwefror. Wedi "piciad i fyny" i'r Alban am ychydig o ddyddiau roedd Miss Preis bryd hynny.

"Ond paid â phoeni," meddai. "Does gen i ddim bwriad o fynd yn bell rhwng rŵan a'r Pasg, felly mi fydda i o gwmpas nes y byddi di wedi gorffen dy gywaith. Ond ar ôl hynny ... wel, pwy a ŵyr, yn de?"

(x)

Daethom i fod yn dipyn o ffrindiau, felly, Miss Preis a minnau, wrth i'r gaeaf ddechrau troi'n wanwyn, wrth i'r eirlaw droi'n law mân ac wrth i'm ffeil fawr, bwysig-ei-golwg dwchu fesul tudalen.

Dysgais gryn dipyn ganddi, nid yn unig am "dditectio", fel yr oeddem wedi dod i alw 'i gyrfa, ond am bob mathau o bethau – hanes, cerddoriaeth, celf, daearyddiaeth a llenyddiaeth. Yn enwedig llenyddiaeth, oherwydd hoffai fritho'i sgwrs gyda dyfyniadau a mynnu fy mod i'n eu nodi yn fy ffeil a'u dysgu ar fy nghof.

Yn rhyfedd iawn, er y basech chi'n meddwl fy mod i'n cael mwy na digon o'r math yma o beth yn yr ysgol, ro'n i wrth fy modd yn ei chwmni, yn flin pan oedd yn amser i mi fynd ond yn barod yn edrych ymlaen at y tro nesaf. Ro'n i hefyd yn gallu cofio bob dim a ddywedai wrtha i – yn wahanol i'r ysgol, lle y tueddai bob un gair a ddeuai allan o enau'r athrawon fynd i mewn trwy un glust ac allan trwy'r llall, heb adael fawr o hoel ar eu holau.

"Dwi'n gobeithio nad w't ti'n bod yn niwsans i'r ddynas druan," meddai Mam un diwrnod.

"Pam 'dach chi'n deud hynna?" gofynnais.

"Rw't ti fel tasat ti'n byw ac yn bod yno," atebodd.

"Dwi ddim. Ddwywaith neu deirgwaith yr wsnos, dyna'r cwbwl."

"Ma hynna'n lot, Erin, chwara teg. Mi fasa un waith bob wsnos yn hen ddigon, 'swn i'n deud."

Doedd arna i ddim eisiau clywed hyn, wrth gwrs, yn bennaf oherwydd fod Mam, efallai, yn iawn. O'n i'n bod yn niwsans? O holi'n slei ymysg fy ffrindiau, deallais mai ond un waith bob wythnos yr oedden nhw'n cyfweld eu pobl hwy, os hynny: roedd nifer ohonyn nhw ond wedi sgwrsio efo nhw unwaith neu ddwywaith, a dyna fo. Ddywedais wrth neb – gan gynnwys Tod, nid bod unrhyw ddiddordeb gan hwnnw, tasa'n dŵad i hynny - fy mod i'n mynd draw i dŷ Miss Preis deirgwaith yr wythnos: roedd o wedi dechrau swnio'n ormodol, yn hollol dros ben llestri, i mi fy hun, hyd yn oed.

Ar y llaw arall, doedd Miss Preis erioed wedi rhoi unrhyw argraff fy mod i yn niwsans iddi. Ond cofiais yr hyn a ddwedodd hi'r tro cyntaf hwnnw i ni gyfarfod, sef bod actio a 'ditectio' yn debyg iawn i'w gilydd ar adegau. Hwyrach mai actio yr oedd hi, a'i bod mewn gwirionedd yn casáu fy nghlywed yn canu cloch ei drws, yn ochneidio "Ma hon yma eto fyth, Doctor," wrth y gath ac yn dyheu am weld diwedd y tymor yn cyrraedd er mwyn iddi fedru cau'r drws ffrynt ar f'ôl am y tro olaf.

Penderfynais, felly, beidio â galw yno mor aml, gan addunedu na faswn i'n mynd ar ei chyfyl am wythnos gyfan. Ond brenin! – roedd hi'n wythnos hir! Fe'i defnyddiais i wneud gwaith cartref y pynciau eraill yr oeddwn wedi eu hesgeuluso dros yr wythnosau diwethaf, gan wneud fy ngorau i anwybyddu presenoldeb ffeil fy mhrosiect. Ro'n i wedi stwffio honno i waelod fy wardrob ond ro'n i'n ymwybodol ohoni drwy'r amser, bron fel taswn i wedi cuddio rhywbeth byw o dan yr hen barau o jîns tyllog ac esgidiau haf.

Daeth y dydd Sadwrn o'r diwedd, a gorfu i mi f'atal fy hun rhag *rhedeg* i dŷ Miss Preis. Agorodd y drws efo'i gwên arferol.

"Haia, Erin. Ty'd i mewn, 'dan ni yn y gegin."

Trodd a gadael i mi gau'r drws a'i dilyn i'r gegin. *'Dan ni* yn y gegin, ddeudodd hi? Ni - ?

Hwyrach mai Erfyl sydd yma, meddyliais, neu'r ddynes ci Sgoti honno, wedi galw am baned. Mi awn nhw pan welan nhw fy mod i yma.

Close, but no cigar, fel maen nhw'n ei ddweud. Nid Mrs George oedd yn y gegin, ond yr eneth dew, lywaeth ei golwg oedd efo hi'r diwrnod hwnnw. Be oedd Miss Preis wedi'i galw hi, hefyd ...? O, ia – Jemeima, neu rywbeth.

"Janina – this is Erin," meddai Miss Preis. "E-rrr-iin ..."

Safodd yr eneth a dal ei llaw allan i mi 'i hysgwyd. Gwenodd yn swil.

"Helô ..."

Cydiais yn ei llaw fach chwyslyd, boeth.

"Haia."

"Ma Janina ..." – neu Ia-ni-na, a bod yn gwbwl gywir – "... yn dŵad o Lithwania," meddai Miss Preis.

"O ... reit ..."

"O ddinas Vilnius."

"Cŵl."

Ond be oedd hi'n dda yma?

'Sgen i ddim cywilydd dweud fy mod wedi teimlo pigiad creulon o genfigen y tu mewn i mi wrth weld hon yn eistedd yno fel teyrnas, yn yfed te ac yn stwffio bisgedi siocled deijestif i mewn i dwll bach crwn yng nghanol ei hwyneb. Ia, wn i – gwirion, afresymol, hurt, plentynnaidd. Ond dyna ni. Fel yna ro'n i'n teimlo.

"Ty'd, stedda," meddai Miss Preis. "Lle w't ti 'di bod? Ro'n i'n dechra meddwl fy mod i wedi dy bechu di."

"O ... naddo, jest prysur efo gwaith ysgol ... " dechreuais ateb, ond cipiwyd fy sylw gan rywun yn symud y tu allan i'r ffenestr, yn yr ardd gefn.

Rhythais.

Roedd Miss Preis wedi sôn droeon ei bod am gael rhywun i fynd i'r afael â'r ardd gefn cyn gynted ag y byddai'r gwanwyn wedi cyrraedd. Ac yn wir, roedd angen hynny ar yr ardd. Efallai bod lawnt yno ar un adeg, ond roedd hwnnw bellach o'r golwg dan ddrain a dail poethion a thwmpathau o gerrig a brics yma ac acw, ac roedd hynny o'r glaswellt oedd i'w weld wedi tyfu'n uchel.

Ond nid y llanast hwn a gipiodd fy sylw. Yno, yn codi cerrig oddi ar y ddaear a'u gollwng i mewn i ferfa, roedd Cefin McGregor.

Be sy'n digwydd yma? meddyliais. Yr hogan yma yn gyntaf, a rŵan, hwn!

"W't ti'n 'nabod Cefin?" gofynnodd Miss Preis.

Nodiais.

"O, yndw. Dwi'n 'i nabod o. Y cwestiwn ydy, ydach chi?"

"Ma'n ddrwg gen i, Erin?"

Sylwais i ddim fod rhyw dinc dieithr ac oeraidd wedi dod i lais Miss Preis; ro'n i'n dal i deimlo'n wirion o genfigennus fod yr hogan dew yma'n eistedd yn yfed te camomeil a bwyta bisgedi, ac roedd pob mathau o bethau'n gwibio drwy fy meddwl, fel nad oedd ond eisiau i mi droi fy nghefn am ychydig o ddyddiau i Miss Preis gael rhywun arall yma yn fy lle i. *Dau* ohonyn nhw – hon, y Jemeima 'ma neu beth bynnag oedd ei henw a *Cefin McGregor*, o bawb.

O, diar.

Petawn i ond wedi cau fy ngheg, neu wedi dweud rhywbeth

aeddfed a chall fel, "Sori, peidiwch â chymryd sylw ohona i, fi sy'n bod yn wirion", yna buasai popeth wedi bod yn tshampion. Ond na. Bron fel taswn i'n bedwerydd person yn yr ystafell, gallwn glywed fy hun yn dweud: "Dylach chi fod yn fwy gofalus ynglŷn â phwy 'dach chi'n eu gwâdd i mewn i'ch tŷ."

Wn i, wn i – mae'n edrych yn ofnadwy, yn dydy, wedi'i osod i lawr yma mewn du a gwyn. Ond roedd o'n swnio'n llawer iawn gwaeth, credwch chi fi. Do'n i ddim wedi bwriadu iddo fo swnio cyn waethed: roedd o i fod i swnio fel cyngor, fel hanner jôc hyd yn oed, a rhywle yn fy meddwl ro'n i wedi dychmygu y basa Miss Preis yn dweud rhywbeth fel, "-la-la, gwrandwch arni hi!" ac yn chwerthin. Ond daeth allan yn hollol anghywir, mewn rhyw hen ffordd snichlyd, fel taswn i wedi sniffian yn ddilornus wrth ei ddweud, yn hen snoban fach annifyr o'm corun i'm sawdl.

A gwyddwn yn syth bin fy mod wedi'i gwneud hi go iawn. Roedd llygaid Miss Preis yn hollol oer y tu ôl i wydrau ei sbectol, a theimlai'r gegin gyfan fel petai hi wedi troi yn un o'r rhewgelloedd mawrion rheiny sy'n cadw cigoedd yn ffres.

"Mi fasa'n well tasat ti'n mynd adra, Erin, dwi'n meddwl," meddai Miss Preis.

Teimlai fy stumog fel tasa rhywun wedi tynnu plwg allan ohonof, yr hen deimlad gwagio annifyr hwnnw, reit yn ei waelodion.

"Sori - ?"

"Fy nhŷ i ydy o, a 'musnas i ydy pwy bynnag dwi'n ei wahodd yma." Doedd gan yr hogan Ewropeaidd honno'r un clem o'r hyn oedd yn cael ei ddweud, wrth gwrs, ond roedd hi'n amlwg wedi synhwyro bod ffrae o ryw fath yn digwydd o dan ei thrwyn. Gallwn deimlo'i llygaid buchol hi'n neidio'n ôl ac ymlaen rhwng Miss Preis a fi, wrth ei bodd. "Dwi'n gwybod yn iawn pwy ydy Cefin, 'mond i ti gael dallt, ac yn gwybod am ei deulu o hefyd. Mae 'na groeso iddo fo yma unrhyw bryd, yn union fel mae 'na groeso i ti ac i Janina. Ond dwi *yn* disgwl rhywfaint o gwrteisi, felly plîs cadwa hynny mewn cof pan fyddi'n galw yma o hyn ymlaen."

Efallai, hefyd, y dylwn i fod wedi ymddiheuro yn y fan ar lle, ond yn lle hynny, a'm wyneb yn gochach nag y bu erioed, gwthiais fy ffeil yn ôl o dan fy nghesail a cherdded allan o'r tŷ.

MAC

(i)

Tasa Mam ddim yn gwneud dwy job, yna ella na 'swn i wedi dweud y baswn i'n helpu'r hen ddynas honno i glirio'r ardd gefn. Roedd gen i job yn barod, o ryw fath – rownd bapur, o gwmpas Parc Henblas, Ffordd y Borth a Heol Moelwyn: y tai posh i gyd, bob un ohonyn nhw'n llawn o snobs.

Wel, ddim i gyd, ella: roedd yr hen ddynas honno yn Heol Moelwyn yn ocê. Dipyn bach yn ffrici, ella, ond yn ocê: roedd hi'n grêt efo fi, beth bynnag, er ei bod hi'n gwybod yn iawn am Dad a Nain a ... wel, y teulu i gyd ar ochr Dad.

Roedd hi'n cael dau bapur newydd bob dydd: y *Times* a'r *Daily Post* yn ystod yr wythnos, y *Sunday Times* ar ddydd Sul a'r *Telegraph* a'r *Daily Post* bob dydd Sadwrn. Dyna pam, ar benwythnosa, 'y mod i wedi gorfod canu cloch ei drws hi: roedd yr holl bapura newydd yna'n rhy dew i gael 'u stwffio i mewn drwy'r letyr-bocs. Roedd hi wastad yn glên, er 'y mod i yno ben bore, gan amla: dwi'm yn gwbod faint o'r gloch roedd hi'n codi, ond roedd hi'n ateb y drws fwy neu lai'n syth bin, yn wên o glust i glust ac efo miwsig yn llenwi'r tŷ y tu ôl iddi – stwff hen, o'r 60au ar 70au, miwsig roedd hyd yn oed Mam yn 'i alw'n hen-ffasiwn.

Un bore Sadwrn, meddai wrtha i: "Un o'r McGregors w't ti, yn de?"

Dyma ni, dwi'n cofio meddwl, 'ma ni *off* eto.

"Ia. So ... ?"

Ma'r rhan fwya o bobol yn rhoi'r gora iddi pan fydda i'n siarad fel'na efo nhw ac yn sbio fel'na arnyn nhw, efo 'y mhen yn ôl a 'ngên allan a'm llygaid yn llonydd, fel ma Dad yn gallu sbio weithia.

Ond nid hon.

"Ro'n i'n ama," meddai. Gwenodd arna i. "Rw't ti'r un ffunud â'th dad."

Roedd rhywbeth am 'i gwên hi oedd yn gwneud i chi fod isio gwenu'n ôl. Cwffiais yn erbyn hynny, ond dwi ddim yn meddwl fy mod i cweit wedi llwyddo.

"Dwi'r un seis â fo hefyd," medda fi.

Chwarddodd Miss Preis. Chwerthiniad iach ac uchel dros y lle. Rhai bach ydy ochr Dad o'r teulu i gyd, a dwi'n cymryd ar 'u hola nhw. Mi fydda i'n meddwl weithiau ein bod ni fatha'r Hobbits rheiny yn y ffilm *The Lord of the Rings*, a phan fydda i'n digwydd bod yn nhŷ Nain pan fydd rhywun yn galw yno i'w gweld hi, mi fydda i'n hanner disgwyl 'u gweld nhw'n gorfod plygu'n eu hanner, fatha Gandalf pan alwodd o i edrych am Bilbo Baggens, reit ar ddechra'r ffilm.

"Be ydy d'enw di, hefyd?" gofynnodd, fel tasa hi i fod i wybod ond 'i bod hi wedi'i anghofio fo.

"Cefin."

Dwi'n ffysi iawn pwy sy'n cael 'y ngalw i'n Mac.

"Lafinia Preis ydw i. W't ti'n ddyn prysur, Cefin?"

"Sori - ?"

"Fyddi di'n gneud rhwbath arall heblaw am y rownd bapur 'ma?"

"Wel ... dwi'n dal yn 'rysgol, yn de." Ac yn methu ag aros i gael gadael y blydi lle, mi ddois i'n agos iawn at ddweud.

"Ar benwythnosau, ro'n i'n feddwl," meddai Miss Preis.

Codais f'ysgwydda. Do'n i ddim yn siŵr iawn lle'r oedd y sgwrs yma'n mynd. Weithiau ro'n i'n brysur, weithiau do'n i ddim – ma'n dibynnu, yn dydy? Ac oedd hon yn trio busnesu?

"Pam?" gofynnais.

"Meddwl cynnig joban fach arall i chdi yr o'n i," meddai hi. "Ma golwg ofnadwy ar yr ardd gefn, does 'na neb wedi gneud affliw o ddim byd iddi ers cyn i Moses wisgo pais."

"Y - ?"

Moses? Y boi 'na o'r Beibil roedd hi'n feddwl? Ac oedd o'n gwisgo peisia? Be oedd o – transfestait, neu rywbeth?

Gwenodd arna i eto. "Ers oes yr arth a'r blaidd," meddai, fel taswn i i fod i ddallt hynny hefyd. "Ers blynyddoedd lawar," eglurodd.

"O! Reit... Isio i mi dacluso'r ardd gefn 'dach chi?"

"Gwitshia, gwitshia. Paid â bod yn rhy barod i gytuno i wneud, dw't ti ddim wedi'i gweld hi eto." Agorodd ei drws ffrynt yn llydan a chamu'n ôl. "Ty'd trwodd, gei di weld drostat ti dy hun."

Sbiais ar fy watsh. Ro'n i ar 'i hôl hi, braidd, gan 'y mod i wedi sefyll yma'n malu cachu efo hon ers hydoedd.

"O," meddai, "ma'n ddrwg gen i. Rw't ti ar ganol dy rownd, yn dw't?" Nodiais. "'Drycha – gorffenna di dy rownd, ac wedyn, os oes gen ti ddiddordeb, tyrd yn d'ôl. Mi gawn ni banad ac mi gei weld yr ardd, ia? Gawn ni weld be ti'n feddwl."

(ii)

Dim ond pan o'n i jest iawn â gorffen fy rownd y gwnaeth o fy nharo: sut oedd hi'n gwybod pwy o'n i? Doedd bosib ei bod hi'n nabod Dad ... ond roedd hi wedi siarad fel tasa hi'n 'i nabod o'n iawn.

Mi wnes i chwara efo'r syniad o beidio â mynd yn ôl yno. Ond fasa hynny ddim wedi gwneud unrhyw les, erbyn meddwl: basan rhaid i mi fod wedi canu cloch 'i drws hi eto'r diwrnod wedyn, efo'r *Sunday Times* anferth hwnnw, ac mi fasa hi'n bownd o ofyn lle'r o'n i 'di bod.

Beth bynnag, roedd rhan arall ohona i *isio* mynd yn ôl i'w thŷ hi. Ro'n i wedi leicio siarad efo hi, ac wedi leicio'r ffordd roedd hi'n siarad efo fi: roedd y rhan fwya o bobol unai'n sbio i lawr 'u trwyna arna i wrth siarad, neu'n rhoi *rollicking* i mi, neu'n siarad efo fi fel taswn i'n blentyn bach stiwpid.

Yn ôl â fi, felly, i 35, Heol Moelwyn.

"Haia. Ty'd trwodd... "

Pan atebodd hi'r drws yn gynharach, roedd hi'n gwisgo dresing-gown anferth, liwgar, reit i lawr at ei thraed, ac roedd ei gwallt hi'n sticio allan dros y lle i gyd. Erbyn rŵan roedd hi wedi molchi a newid i bâr o jîns glas tywyll a jyrsi wlân fel rheiny ma sgotwrs i fod yn 'u gwisgo. Dwi wastad wedi meddwl bod hen bobol yn edrych yn bisâr mewn jîns: ma nhw'n hongian yn llac amdanyn nhw, rywsut, neu'n rhy dynn o beth uffarn i'w tina mawrion nhw. Ond roedd y rhein yn ffitio Miss Preis yn grêt ac yn gwneud iddi hi edrych lot yn iau; roedd y ffaith ei bod hi wedi clymu'i gwallt i fyny ar dop 'i phen yn helpu, hefyd.

Sandals oedd ganddi am 'i thraed, sylwais wrth ei dilyn trwodd i'r gegin, gan basio dwy stafell anferth ar yr ochr dde i'r pasej. Doedd y tŷ ddim yn drewi fel ma tai hen bobol yn arfer gwneud, chwaith: roedd yna ogla bloda i'w glywed ym mhob man.

"Ma'n ôl reit, Doctor, paid ti â dechra dy nonsans!" galwodd wrth i ni gyrraedd drws y gegin. Yna: "O... mae o 'di mynd. Dydy o ddim mewn unrhyw hwylia i gal fusutors, ma'n rhaid, mae o'n gallu bod fel'na weithia. Ah, wel, hidia befo."

Oedd 'na ddoctor yn byw yma efo hi? Rhyw *mad scientist* o ddoctor, oedd wedi'i gleuo hi allan trwy'r cefn pan glywodd o gloch y drws ffrynt yn canu? Ma'n rhaid 'y mod i wedi edrych fel 'swn i ar goll yn lân, achos meddai Miss Preis:

"'Y nghath i ydy'r Doctor. Dyna ydy'i enw fo – Doctor Watson.

"O. Ocê... "

Roedd hi'n sbio arna i fel 'sa hi'n disgwyl i mi ddweud rhywbeth.

"Be?"

"Doctor Watson - ?" meddai. "Na ..?"

"Sori?"

Ysgydwodd ei phen. "Dim byd, dim ots." Aeth at ffenest y gegin a sbio allan. "Dyma hi, Cefin, yn ei holl ogoniant. Paid â bod ofn deud be bynnag sy ar dy feddwl di."

Trodd i lenwi'r tecell a chymrais i 'i lle hi wrth y ffenest. Pan ddweda i wrthoch chi na fedrwn i ddweud yr union eiriau a neidiodd i'm meddwl i pan welais i'r ardd, yna ma gynnoch chi syniad sut olwg oedd arni hi. Roedd hi'n debycach i jyngl nag i ddim byd arall, efo drain a ballu ym mhob man, a phentyrra o hen frics dros y lle i gyd.

"Wel ... ?" gofynnodd Miss Preis.

"Wel ... " chwythais. "Ma'n edrach fel dipyn o job."

"Y newyddion da ydy bod yna ddim brys, cyn bellad ag y bydd hi'n o lew erbyn yr ha. Dwi'm isio rhyw Fodnant o le, Cefin, o bell ffordd, 'mond rhwla lle y medra i ista allan ar ddwrnod braf, heb deimlo fel 'y mod i wedi crwydro i mewn i un o ffilmiau Fietnam Oliver Stone."

Roedd hi *off* eto, yn mwydro am betha doedd gen i'r un clem amdanyn nhw. Ond ro'n i'n meddwl 'y mod i 'di cael y *gist* o be'r oedd hi'n trio'i ddweud.

"Dwi'n fodlon ca'l go arni hi, yn de," dywedais.

A gwenodd Miss Preis fel giât.

(iii)

"Rw't ti'n bendarfynol o fynd, felly?" meddai Mam.

Roedd hyn jest i wythnos wedyn, ar y bore dydd Gwener, felly ro'n i 'di cael tua wythnos o hasl ganddi hi. Dwi'm hyd yn oed yn cael llonydd ganddi hi i fwyta 'mrecwast, meddyliais. Roedd hi'n eistedd yr ochr arall i'r bwrdd, yn y crys a'r trowsus duon rheiny ma staff Starbucks i gyd yn gorfod 'u gwisgo, yn barod i fynd i'w gwaith ond ddim am fynd nes roedd hi wedi cael un go arall arna i.

"Yndw. Dwi 'di gaddo i Nain, yn do? Dwi 'di deud hynny wn i'm faint o weithia."

"Er 'y mod i wedi gofyn i chdi bidio â mynd?"

"Yndw... "

"Wedi *crefu* arna chdi, hyd yn oed?"

Ochneidiais a throi i ffwrdd oddi wrth 'i llygaid mawr, glas hi. Stwffiais y darn diwetha o dôst i 'ngheg a mynd i lanhau 'nannedd. Tynnais fy siaced ddenim amdanaf ar y ffordd yn ôl i'r stafell fyw, lle ma'r bwrdd bwyta: ma cegin y fflat yma'n rhy fach a rhy gul i ni fedru cael bwrdd ynddi hi.

Roedd Mam yn sefyll â'i chefn ata i, wrth y ffenest, yn sbio allan ac yn smocio. Roedd 'i chefn hi'n syth fatha procar.

"Dwi am ofyn un waith eto, Cefin... " meddai heb droi.

"Blydi hel, Mam, dwi 'di *gaddo*... "

"O, jest dos 'ta, 'nei di?" gwaeddodd yn sydyn.

"Be...?"

"Jest... blydi dos," meddai'n ddistaw.

Troais. Es i allan o'r stafell fyw ac at y drws. Efo'm llaw ar y clo, dyma fi'n meddwl: Na, fedra i ddim jest mynd fel hyn.

Es i'n ôl i'r stafell fyw. Doedd Mam ddim wedi symud 'run fodfedd.

"Mam...?"

Dim byd.

"'Dach chi isio i mi... ddeud rhwbath wrtho fo? 'Sgynnoch chi negas o gwbwl iddo fo?"

Dim byd am hydoedd eto, ac ro'n i ar fin troi a mynd pan ddwedodd hi, yn y llais fflat, oer hwnnw ma hi'n 'i ddefnyddio'n reit aml y dyddia yma: "'Sgen i'm byd i'w ddeud wrth dy dad ers dros ddwy flynadd, Cefin. Fel rw't ti'n gwbod yn iawn. Rw't ti'n 'y mrifo i 'mond drw' ofyn hynna."

(iv)

Dechreuodd fwrw glaw eiliada ar ôl i mi ddringo oddi ar y bws.

Grêt. Blydi tipical. Roedd hi'n oer hefyd. Gwanwyn? Rybish.

Ond roedd yr haul yn tywynnu pan es i allan o'r fflat, a dwi'n cofio gweld y daffs yn y parc yn dawnsio fel hedbangyrs yn y gwynt ysgafn. Hynny ohonyn nhw oedd yn dal ar ôl, beth bynnag – roedd y rhan fwya wedi cael 'u bachu neu 'u fandaleiddio. Doedd hi ddim yn oer, chwaith – neu efallai 'y mod i'n rhy *pissed off* efo Mam i sylwi, dwi'm yn gwybod.

Dim ond pan o'n i ar y bws y gwnes i sbio allan drwy'r ffenest ac i fyny, a gweld bod yr awyr yn llawn o gymylau duon oedd yn hel efo'i gilydd, reit uwchben y dre, fel gang o iobs ar gornel stryd. Erbyn hynny roedd hi'n rhy hwyr, yn doedd, i mi feddwl am fynd yn ôl adra i newid 'y nghôt. Ac erbyn i'r bws gyrraedd a 'ngollwng i a dreifio i ffwrdd rownd y gornel, roedd hi 'di cau efo glaw – yr hen law mân hwnnw sy'n g'lychu trwy bob dim ac sy'n hongian o gwmpas am oriau.

Cychwynnais am y sheltyr sy gyferbyn â'r jêl, ond *no way* yr o'n i am fynd i mewn: roedd rhyw fastad budur wedi chwdu ynddo fo, ac roedd y drewdod jest iawn â gwneud i minna chwdu hefyd.

"Blydi grêt," dywedais yn uchel. Doedd yna nunlla arall i gysgodi. Doedd gen i ddim dewis rŵan ond sefyll yma'n g'lychu am... Sbiais ar fy watsh. Am chwartar awr.

Diolch, Nain.

Na, doedd hynna ddim yn deg.

Ro'n i *isio* dŵad yma. Roedd Nain wedi bwriadu dŵad heddiw, ond ro'n i'n gallu dweud bod y peth yn chwara ar 'i meddwl hi ers hydoedd. Yn y jêl – yn Walton, Lerpwl – ddaru Taid farw, flynyddoedd yn ôl pan o'n i'n dal yn yr ysgol gynradd, a dydy hi ddim wedi gallu sbio ar yr un carchar ers hynny. Ac ma jêl y dre' 'ma yn garchar go iawn, yn hen, hen adeilad wedi'i godi o gerrig anferth, llwyd, 'run fath â chastall C'narfon, jest iawn. Dydy o'm byd tebyg i'r un modern, agored hwnnw yr oedd Dad ynddo fo ddwy flynedd yn ôl – roedd hwnnw'n edrych fel Centre Parks wrth ymyl hwn.

"Ma'n gas gen i feddwl am weld dydd Gwenar nesa'n dŵad, Cefin bach," meddai wrtha i, y diwrnod cyn i mi gael cynnig y job clirio honno gan Miss Preis. Rŵan, ma Nain yn ddynas eitha tyff – yn fach, ond reit galed, ac yn gry' fatha weiren ddur. Pur anaml y bydd hi'n ypsetio am unrhyw beth, ond roedd y syniad o fynd ar gyfyl y jêl yn drech na hi. A dwi'n siŵr mai siarad efo hi 'i hun yr oedd hi go iawn, er mai wrtha i yr oedd hi 'di dweud y geiria. Be dwi'n trio'i ddweud ydy, fasa hi byth yn cymryd arni 'i bod hi'n ypset 'mond er mwyn trio 'y nghael i i fynd i gyfarfod Dad yn 'i lle hi.

Os rhywbeth, mi driodd hi bob ffordd i'm rhwystro.

"Ylwch – mi a i," dywedais.

Ysgydwodd ei phen yn ffyrnig.

"Na, Cefin! Paid ti â meiddio. Fasa dy fam byth yn madda i chdi, ti'n gwbod hynny."

"Ond ma Dad yn dad i fi – fel ma Mam yn fam i mi."

"Nid dyna'r pwynt, yn naci."

"Be ydy'r pwynt, 'ta?" gofynnais.

"Ma gen ti ysgol, beth bynnag, fedri di ddim jest cymryd y dwrnod i ffwrdd fel ti'n teimlo."

Ond roedd hi a finna'n gwybod bod hynny ddim yn wir. 'Sgen yr ysgol ddim byd i'w gynnig i mi erbyn hyn, a dwi'n meddwl bod y rhan fwya o'r athrawon yn reit falch, yn ddistaw bach, pan fydda i'n wagio.

"Na, y fi ddyla fynd," meddai. "Y fi ydy'i fam o, wedi'r cwbwl. Y blydi ffŵl iddo fo."

"Nain, cym on – sbiwch arnoch chi'ch hun, 'dach chi'n swp sâl ond yn meddwl am y peth. 'Na fo – mae o 'di setlo, fi sy'n mynd, ocê?"

"Eith Carol yn boncyrs, 'sti."

"Wn i." Yn barod, do'n i ddim yn edrych ymlaen at ddweud wrth Mam.

"Dydy hi ddim yn leicio dy fod yn dŵad yma i edrach amdana i fel ma petha," meddai Nain. "Na, fedra i ddim gofyn i chdi."

"'Dach chi ddim *yn* gofyn i mi, yn nac 'dach? Fi sy 'di cynnig mynd yn ych lle chi. A dwi *am* fynd, Nain, ocê?"

Mi fuon ni'n dadla am hyn am hydoedd, ond yn y diwedd y fi enillodd. Ac wrth gwrs, mi aeth Mam i fyny'r wal, mi hitiodd hi'r to, mi gafodd hi *major* fflip.

A mynd ar y ffôn efo Nain yn syth, ond debyg iawn, 'mond hanner y sgwrs glywais i.

"... doedd gynnoch chi ddim hawl gofyn iddo fo, Cora!"

"Ond *wnath* hi ddim!" dywedais eto fyth. Roedd Mam fel tasa hi'n benderfynol o gredu mai Nain oedd wedi gofyn i mi fynd i'r jêl.

"Be ... ? Na, dwi'n ych nabod chi, Cora, yn gwbod am ych hen dricia slei chi. Y chi roddodd y syniad yn 'i ben o, rwsut neu'i gilydd ... "

"Hei!" Fi eto, yn trio torri ar draws. "Dwi'm yn thic, 'y chi! Fy syniad *i* oedd o, ocê?"

Chwifiodd Mam ei llaw drwy'r awyr arna i i fod yn ddistaw, fel tasa hi'n trio rhoi *karate chop* i mi.

"Dwi'n ca'l digon o draffarth i'w ga'l o i fynd i'r ysgol fel ma hi, heb i chi ... be? Be oedd hynna ... ? Blydi hel, ddynas, dydy Malcolm ddim wedi actio fel tad iddo fo ers blynyddoedd!"

"Achos 'newch chi ddim gadal iddo fo 'neud," dywedais, ond dan fy ngwynt, gan fod hyn yn dipyn o *sore point* efo Mam. Es i fy stafell allan o'i ffordd hi a gadael iddi rantio ymlaen wrth Nain – ond o nabod Nain, roedd hitha'n rhoi llond ceg i Mam yn ôl.

Mi ges i lonydd wedyn achos roedd Mam yn mynd allan eto i weithio – ma hi'n syrfio y tu ôl i'r bar yn y Ship bedair noson yr wythnos, honno ydy 'i hail job hi. A dyna i chi pam wnes i gytuno i glirio gardd gefn Miss Preis: dwi wastad wedi teimlo'n annifyr fod Mam yn gwneud dwy job, jest oherwydd 'i bod hi wedi dweud wrth Dad am stwffio'i bres – doedd hi'm isio'r un buntan ganddo fo, wir, doedd wybod lle gafodd o'r pres yn y lle cynta ac yn saff i chi, medda Mam, doedd o ddim wedi'i ennill o fel ma pobl normal, gonast, yn ennill eu cyfloga.

Ro'n i yn 'y ngwely erbyn iddi ddŵad yn ôl adra, yn cymryd arna 'y mod i'n cysgu. Mi agorodd hi ddrws fy stafell i a sbecian i mewn, a sefyll am sbelan reit hir yn sbio arna i fel tasa hi'n gobeithio y baswn i'n agor fy llygaid, ond wnes i ddim. Ond roedd hi'n uffarn o job, trio edrych fel 'y mod i'n cysgu'n naturiol heb fynd dros ben llestri drwy wneud sŵn chwyrnu a chwibanu mawr dros y lle, fel ma'n nhw mewn cartŵns. O'r diwedd, mi aeth hi.

Wedyn, wrth gwrs, ro'n i'n teimlo'n ddrwg: roedd hi'n amlwg isio siarad efo fi, ond wir, do'n i jest ddim isio – roedd ganddi hi wythnos gyfan i wneud hynny. Ac mi wnaeth hi, bob un cyfla gafodd hi, ond ro'n i wedi addo i Nain y baswn i'n mynd i gyfarfod Dad, a dyna fo.

(v)

Pum munud arall. Daeth dwy ddynas i sefyll wrth y *bus stop*, a phan welon nhw'r chwd y tu mewn, dyma'r ddwy'n troi a sbio dagyrs arna i, fel tasan nhw'n meddwl mai fi oedd wedi chwdu yno.

Sbiais yn ôl arnyn nhw nes iddyn nhw droi i ffwrdd.

Ro'n i'n wlyb go iawn erbyn hyn ac yn mynd yn fwy ac yn fwy *pissed off* bob munud. Roedd pawb arall oedd wedi dŵad i gyfarfod rhywun allan o'r jêl wedi dreifio yma, a heblaw am y ddwy hen ast yna oedd yn disgwyl am fws i ganol y dre', fi oedd yr unig un oedd yn ddigon anlwcus i fod yn sefyll allan yn y glaw.

Neu'n ddigon stiwpid, yn de.

Dyna be fasa Mam wedi'i ddweud, tasa hi wedi 'y ngweld i: mwy o brawf 'y mod i'n cymryd ar ôl Dad.

Pam wnaethon nhw briodi yn y lle cynta? Mi ofynnais i hynny i Mam un tro pan oedd hi wrthi'n cael digs ar Dad. "Ifanc o'n i, Cefin," meddai. "Hogan ifanc, wirion oedd wedi mopio'i phen."

Roedd hi'n gwybod sut un oedd Dad cyn iddi'i briodi fo, meddai, ond roedd ganddi ryw syniad dwl yn 'i phen y basa hi'n gallu 'i newid o, y basa fo'n setlo a chael job iawn, normal.

"Sym blydi hôp," meddai'n chwerw.

"Mae o yn 'y ngwaed i, 'sti, Cef," meddai Dad wrtha i, jest cyn iddo fo fynd i mewn y tro diwetha 'ma. Wel – debyg iawn ei fod o yn 'i waed o, efo Nain a Taid yn rhieni iddo fo. Roedd Nain yn arfer bod wrth 'i bodd yn dweud yr hanes am sut ddaru hi a Taid gyfarfod am y tro cynta, yn ôl yng nghanol y 60au; dwi'n cofio Taid yn gwingo yn 'i gadair fel tomato chwyslyd bob tro y byddai Nain yn ei hadrodd.

"Ro'n i 'di bod yn cadw golwg ar un tŷ arbennig," meddai Nain. "Homar o dŷ a deud y gwir, rhwng C'narfon a Bangor ac efo golygfeydd bendigedig dros y Fenai i Ynys Môn. Roedd hyn yn ôl yn y dyddia pan oedd yna gryn dipyn o bobol o gwmpas y lle oedd isio bod yn hipis – pobol oedd efo digon o bres, gan amla, pobol oedd yn gallu fforddio'r holl nonsans *peace* and *love* hwnnw. Rhyw betha fel'na oedd bia'r tŷ yma. Ond dim ond *chwara* bod yn hipis roeddan nhw – ca'l partis gwyllt a ballu, a dyna fo; roedd gynnyn nhw dai tebyg mewn wn i ddim faint o wledydd gwahanol, a dim ond am ryw ddeufis bob blwyddyn roeddan nhw yn y tŷ yma.

"Sut o'n i'n gwbod hyn i gyd?" Roedd Nain yn arfer taro ochr 'i thrwyn efo'i bys wrth ddweud hyn. "Am 'y mod i wedi gneud 'y ngwaith cartra. Ro'n i wedi ffeindio allan fod yr 'hipis' 'ma ar fin mynd i'r Bahamas neu rywla ... "

"Bermiwda," meddai Taid, bob tro.

"Naci, Alex – Barbados," meddai Nain yn ddi-ffael. "Lle o'n i? O, ia – mi arhosis i am ryw wsnos ar ôl iddyn nhw fynd, jest rhag ofn fod yna rywun yn gwarchod y tŷ iddyn nhw, ond hyd y gwelwn i, doedd 'na neb. Un noson, felly, draw â fi yno, ac ymhen llai na munud ro'n i wedi concro'r clo ar y drysa cefn ac yn cerddad o gwmpas y tŷ fel taswn i bia'r lle ... "

"Llai na munud? Hah!" arferai Taid ddweud, bob un tro.

" ... ac yn llenwi 'y mag a 'mhocedi ar yr un pryd," meddai Nain gan daflu edrychiad piwis i gyfeiriad Taid. "Ro'n i jest iawn yn barod i fynd adra pan glywis i dwrw bychan yn dŵad o gyfeiriad y gegin, sŵn tincian rhwbath metel yn hitio'r concrit y tu allan i'r drysa cefn. Dyma frathu 'y mhen heibio i ddrws y gegin, a be welis i ond y ffigwr tywyll yma yn 'i gwman yn gweithio'n galad ar glo'r drysa.

"Dyma i ni ddifyr, dwi'n cofio meddwl. Ro'n i wedi gofalu cloi'r drysa ar f'ôl, jest rhag ofn y basa 'na ryw gymydog busneslyd yn galw heibio a'u ca'l nhw ar agor. Arhosais yn lle'r o'n i – ro'n i ar dân isio gwbod gan bwy oedd y tshîc i dorri i mewn i'r un tŷ â fi.

"Ond wyddoch chi be? Taswn i'n ddyn, mi faswn i wedi gallu tyfu locsyn yn yr amsar gymrodd y cradur hwn i agor y clo!"

"Ia, ôl reit, Cora, 'sdim isio gneud môr a mynydd o'r peth, yn nag oes," protestiai Taid, jest iawn fel tasa fo a Nain yn ail-adrodd sgript roeddan nhw wedi'i ddysgu.

"Alex bach, 'mond deud y gwir ydw i," meddai Nain. "Mi rois i'r gora i sefyllian yn nrws y gegin pan ddechreuodd 'y nghoesa i flino, a mynd trwodd i'r parlwr i ista. *O'r diwadd* – o'r diwadd – mi glywis i sŵn y drysa cefn yn agor, ac ymhen hir a hwyr, mi ymddangosodd y ffigwr tywyll yn nrws y parlwr.

"Wyddoch chi be wnes i? Dal blaen 'y nhortsh o dan 'ngên, ei switshio ymlaen nes bod y gola ar fy wynab i, a deud, 'Su' mae heno 'ma?' A be wnath hwn? Rhoi un fref fach lywath a llewygu'n y fan ar lle!"

Mi ddaeth Taid ato'i hun ar ôl ychydig – er iddo ddŵad o fewn dim i lewygu eto pan welodd o Nain yn sbio i lawr arno fo, yn meddwl mai unai'r bobol oedd bia'r tŷ oedd yno, neu'r cops. Ond mi ddaethon nhw'n ffrindia cyn diwadd y noson, ac yna'n ddau gariad, ac ar ôl blwyddyn neu ddwy, yn ŵr a gwraig.

Y peth oedd, roedd Nain yn lot gwell na Taid am dorri i mewn i lefydd. Roedd hi'n briliant am bigo cloeon, wedi 'i dysgu'i hun – digonedd o amynedd ganddi hi i fynd i'r afael efo nhw gan ddefnyddio piga bach dur, yn union fel ma syrjon yn mynd i mewn i berfedd rhywun yn y 'sbyty. Yn ôl Taid, gallai Nain fynd i mewn ac allan o dŷ rhywun – hyd yn oed pan oedd y bobol adra ar y pryd, yn chwyrnu cysgu yn eu gwelyau – heb i neb fod dim callach. Nes iddyn nhw ddechra sylwi bod lot o betha wedi magu coesa dros nos, yn de.

Trafferth mawr Taid oedd diffyg amynedd, yn ôl Nain, er 'i bod hi wedi gwneud 'i gora glas i'w ddysgu o. Dyna pam 'i fod o'n cael 'i ddal yn aml iawn, ac ychydig iawn arno fo welais i wrth i mi dyfu i fyny achos roedd o mewn rhyw glinc neu'i gilydd fyth a beunydd. Ychydig iawn welodd Dad arno fo hefyd, am yr un rheswm.

Ac fel y dwedais i, yng ngharchar Lerpwl yr oedd o pan fu farw – mynd yn 'i gwsg heb yr un syniad fod y diwedd wedi dŵad iddo fo.

Ond yn ystod y cyfnoda pan oedd o'n rhydd, roedd o'n arfer mynd â Dad allan efo fo i ddwyn pan oedd Dad yn blentyn. Er bod Taid yn ddyn byr, roedd Dad wrth gwrs yn fyrrach fyth – yn ddigon bach i Taid fedru 'i wthio fo i mewn drwy ffenestri bach cul, y rheiny na fydd pobl byth jest yn meddwl 'u cau yn ystod yr ha yn enwedig, gan feddwl na fasa neb byth yn gallu dringo i mewn drwyddyn nhw. Job Dad wedyn oedd chwilio am ddrws neu ffenest yr oedd o'n gallu'i agor er mwyn i Taid fedru dringo i mewn ato fo.

Roedd Nain wedi rhoi'r gora iddi erbyn hynny. Chafodd hi 'rioed mo'i dal, er bod y cops wedi 'i hamau hi droeon, yn enwedig ar ôl iddi hi briodi Taid. Ond roedd yn rhaid iddyn nhw fodloni arno fo, ac roedd o'n barod iawn – achos roedd o mor ddiamynedd a blêr – i adael iddyn nhw wneud hynny.

"Mae o yn 'y ngwaed i," meddai Dad, yn de? Ac roedd o'n addoli Taid, felly doedd dim rhyfadd 'i fod o wedi cymryd ar 'i ôl o ym mhob ffordd. Doedd o ddim wedi etifeddu'r un mymryn o amynedd Nain, ond mi etifeddodd o bob owns o ddiffyg amynedd Taid. Triodd Nain 'i gora efo ynta hefyd, ond hen betha ffidli a diflas oedd bob un clo iddo fo. I Nain, roedd bob un clo yn *work of art*, bob un yn sbesial ac yn wahanol ac yn haeddu parch. "Crefftwyr sy wedi'u creu nhw, Cefin," dywedai wrtha i droeon, "a dim ond crefftwr arall sy'n gallu datrys eu dirgelion nhw efo'r parch maen nhw i gyd yn 'i haeddu." Ond i Dad, niwsans ydyn nhw, petha i'w malu cyn gyntad â phosib, a dwi'n gallu gweld rŵan fod Nain wedi teimlo'n reit ddigalon wrth iddi wylio Dad yn tyfu, achos roedd yn amlwg iddi hi be fyddai 'i hanes o – y jêl.

Roedd hi'n iawn hefyd. Erbyn iddo fod tua'r un oed â dwi rŵan – pymtheg – roedd Dad wedi treulio mwy o amser mewn sefydliada ar gyfer troseddwyr ifainc na mewn ysgol normal. Felly y bu hi arno fo nes roedd o'n ddeunaw.

Nes iddo fo gyfarfod Mam.

(vi)

Agorodd drysa'r carchar yn brydlon am ddeg, ac erbyn hynny ro'n i'n wlyb at 'y nghroen.

Daeth tua hanner dwsin o ddynion allan. Dad oedd yr ola ohonyn nhw. Safodd o flaen y drysa gan ddal 'i ben i fyny i'r awyr, fel tasa fo'n mwynhau teimlo'r glaw mân yn gwlychu'i wynab, ac ro'n i'n gallu 'i weld o'n agor a chau'i lygaid drosodd a throsodd gan anadlu'n ddwfn.

Basa rhywun yn meddwl 'i fod wedi cael 'i gadw am flynyddoedd mewn dynjyn yng ngwaelod rhyw gastell, fatha'r boi Gruffydd ap Cynan hwnnw glywais i amdano fo yn yr ysgol. Ond 'na fo – tipical o Dad: ma'n rhaid iddo fo gael gwneud rhyw berfformans mawr o bob dim, dim ots os oes 'na rywun yn 'i wylio fo neu beidio.

Sbiodd y dynion eraill o'u cwmpas nes iddyn nhw weld pwy bynnag oedd wedi dŵad yno i'w croesawu nhw allan – cariadon, ffrindia, gwragadd, rhieni – a brysio at y ceir, bob un ohonyn nhw'n wên o glust i glust.

Pawb ond Dad.

Ar ôl edrych fel tasa fo'n mynd i syrthio ar 'i linia a rhoi sws i'r pafin, trodd i'w chwith a chychwyn cerdded i ffwrdd.

Y creadur. Roedd yn amlwg nad oedd o'n disgwyl i neb fod yma'n ei groesawu o.

"Dad!" galwais.

Chlywodd o mohona i. Brysiodd yn ei flaen fel tasa fo mewn brys mawr i fynd yn ddigon pell o ddrysa'r jêl. Roedd o'n gwisgo'i hen siwt las, honno oedd filltiroedd yn rhy fawr iddo fo, ac yn gwneud i mi feddwl am hogyn ifanc oedd wedi dwyn dillad 'i frawd mawr.

"Dad - !"

Ond roedd y ffordd yn brysur efo lorïau a cheir swnllyd. Cymrodd ddau funud reit dda i mi fedru croesi, a chyrhaeddais y ochr arall dim ond mewn pryd i weld Dad yn troi'r gornel ym mhen pella'r stryd.

(vii)

"Dad - !"

O'r diwedd, dyma fo'n 'y nghlywed i'n bloeddio ar 'i ôl o. Trodd a chraffu arna i drwy'r glaw.

"Cefin - ?"

"Pwy arall fasan ych galw chi'n Dad?"

Gwelais 'i lygaid o'n chwilio'r stryd y tu ôl i mi, a dechreuodd 'y nghalon i waedu drosto fo.

Ysgydwais 'y mhen.

"'Mond y fi sy 'ma, Dad. Sori."

"O..."

Roedd yn rhaid i mi sbio i lawr ar flaena 'y nhrênyrs. Roedd o'n beth poenus iawn, gwylio Dad yn cwffio'n galad i drio cuddio 'i siom.

"Wel – 'na fo, yn de? Hidia befo, 'rhen ddyn. Rw't ti yma, ma hynnan werth y byd." Llwyddodd i wenu. "Diolch i chdi am ddŵad, Cef."

Camodd ata i a rhoi hyg fawr i mi. Roedd fy ffroena'n llawn o ogla gwlyb defnydd rhad y siwt.

"Ma Nain yn disgwyl amdanoch chi adra," dywedais.

Am eiliad neu ddau, edrychodd Dad fel tasa'n well o lawer ganddo fo fynd yn 'i ôl i mewn i'r jêl. Yna gwenodd yn ddewr.

"Ia, ocê. Ond gad i ni fynd am banad yn gynta, ia? A rhwbath i'w fyta. Dwi jest â marw isio panad iawn." Camodd yn 'i ôl a sbio arna i'n iawn. "Dw't ti ddim wedi prifio rhyw lawar, Cef."

Un da i ddweud, meddyliais.

"Wedi shrincio'n sefyllian o gwmpas yn y glaw 'ma dw i."

Wrth i mi ddweud hyn, mi ddaeth 'na fws heibio ac arafu wrth *bus stop* arall oedd ychydig i fyny'r stryd.

"Dowch, dwi 'di g'lychu hen ddigon."

(viii)

Ar y bws, ro'n i'n teimlo bod Dad yn sbio arna i drwy'r amser, ond sbio heibio i mi'r oedd o, ar y dre'n hercian heibio i'r ffenestri.

"Dydy'r hen le ddim wedi newid rhyw lawar," meddai.

Ocê, meddyliais, dyna ddigon ar y *crap* yma.

"Dad, 'mond am dri mis roeddach chi i mewn."

Sbiodd arna i go iawn rŵan. "Tria di fod yno am dri mis, washi. Go brin y basat ti'n para diwrnod yno. Tair awr, hyd yn oed."

"Ia, ocê. Sori ... "

Ond roedd o'n dal i sbio arna i efo'i llygaid yn llonydd.

"'Sgen ti'm blydi syniad sut ma petha tu mewn. Rhyw gybun bach coci, ifanc fatha chdi, yn meddwl dy fod yn gwbod y blydi lot. Dwi wedi'u gweld nhw'n cyrradd yno, yn ddyn i gyd, union fatha chdi. Ond cyn diwadd y noson ma nhw'n crio isio mynd adra at Mami. Bob un wan jac ohonyn nhw."

"*Sori*, Dad, ocê?"

Ychydig mwy o'r hen syllu annifyr 'na, yna nodiodd a throi i ffwrdd.

Ffiw!

Mi fydd yn rhaid i mi fod yn ofalus, meddyliais.

Roedd y bws yn reit llawn erbyn hyn ac yn llenwi mwy bob tro roedd yn aros. Sylwais fod yna ddynes mewn oed – lot hŷn na Nain – yn sefyll yn yr eil, reit wrth ochr Dad. Roedd hi'n cydio'n dynn yng nghefn y sedd o'n blaena ni, ei llaw hi fel crafanc wen, feddal.

Dwi ddim yn meddwl bod Dad wedi'i gweld hi, hyd yn oed: roedd o'n bell i ffwrdd yn 'i fyd bach 'i hun. Felly rhoddais bwniad fach ysgafn iddo fo.

"Y - ? Be...?"

Nodiais i gyfeiriad y ddynes fach. Rhythodd Dad fel llo arni hi cyn troi'n ôl.

"Pwy 'di hi? Ydw i i fod i'w 'nabod hi neu rwbath?" gofynnodd.

"Dwi am ofyn iddi os ydy hi isio ista i lawr."

"Be? O! Ia – lle ma 'manyrs i, dywad?" Sgrialodd i'w draed. "Sgiws mi, lyf..."

Gwenodd y ddynes yn ddiolchgar.

"Dew, ma'n neis gweld bod yna amball i ŵr bonheddig ar ôl yn yr hen fyd 'ma," meddai wrth eistedd wrth f'ochr i. "Ma'ch tad yn batrwm i'r rhan fwya o ddynion."

"Wyddoch chi be, musus? Mi fydda i'n deud hynny'n aml fy hun," meddai Dad, gan daro winc arna i.

Tasach chi ond yn gwybod, musus, meddyliais. Ond wedyn, ella'n wir 'i bod hi *yn* gwybod. Edrychais ar Dad yn sefyll yn yr eil yn ei siwt ddi-siâp ac efo parsel wedi'i lapio mewn papur brown dan 'i gesail. Sylwais fod 'i wyneb o'n llwyd iawn; roedd o'n *edrych* fel rhywun sy ond newydd ddŵad allan o'r carchar, ac os ydy'r ddynes fach yma'n byw wrth ymyl, yna ma hi 'di gweld mwy na'i siâr o ddynion fatha Dad yn trafeilio ar y bysus 'ma.

Roedd 'i wallt tywyll o wedi'i dorri'n gwta, ac wedi dechra troi'n wyn a theneuo. Ai fel hyn y bydda i'n edrych pan fydda i'n dri-deg-pump? Dyn bach yn colli'i wallt. Roedd o'n edrych yn hŷn o lawer na Mam. Un dal ydy hi, a siâp fatha model ganddi hi. Yn y dyddia pan oedd 'u llun priodas nhw allan ar y seidbord, arferai

Mam gyfeirio atyn nhw'u dau fel "polyn lein a pheg".

Ac roedd Dad yn chwerthin bob tro: Mam oedd yr unig un oedd yn cael dweud jôcs am 'i daldra fo.

Lle oedd y llun hwnnw erbyn hyn, 'sgwn i? Os oedd o'n dal i fodoli o gwbwl, yn de. Faswn i ddim wedi synnu tasa fo wedi cael 'i daflu allan i'r bin. Mi ddiflannodd o ben y seidbord pan aeth Dad i mewn ddwy flynedd yn ôl, i'r carchar agored hwnnw oedd fel Centre Parks. Hwnnw hefyd oedd y tro diwetha i Mam dorri gair efo Dad – a doedd o ddim yn air neis iawn chwaith.

Ond dwi'n gwybod bod Dad yn dal i gadw llun ohono fo a Mam yn 'i waled, llun bach sgwâr wedi cal 'i dynnu mewn bŵth fatha hwnnw sy ganddyn nhw yn Tesco, pan oedd y ddau ohonyn nhw'n canlyn, efo'u penna'n twtshiad yn erbyn 'i gilydd yn gyfforddus ac yn gwenu'n hapus i lygad y camera.

A dwi'n gwybod hefyd mai'r peth cynta wnaeth Dad, pan gafodd o 'i stwff yn ôl gan y sgriws jest cyn dŵad allan, oedd agor 'i waled er mwyn gwneud yn siŵr bod y llun bach hwnnw, sy'n gracia i gyd erbyn hyn, yn dal yno'n ddiogel.

(ix)

"Wyt ti'n nabod Erin?" gofynnodd Miss Preis i mi'r bore Sadwrn ar ôl i Dad ddŵad allan. "Erin Glyn?"

Allan yn yr ardd gefn yr o'n i, y tro cynta i mi fod yno go iawn, a jest â thorri 'y nghalon, a dweud y gwir: basa hyd yn oed y boi Alan Titchmarsh hwnnw sy ar y teli wedi cael ffit binc tasa fo 'di gweld gardd Miss Preis. Lle oedd rhywun yn dechra yma?

"Yndw," atebais. "Wel – dwi'm yn 'i *nabod* hi'n de, ond dwi'n gwbod pwy 'di hi."

Un o'r snobs, dyna pwy oedd hi. Roedd 'na lot ohonyn nhw yn yr ysgol, i gyd yn betha bach neis-neis Cymraeg, yn byw yn y rhan yma o'r dre ac efo rhyw enwa ponsi Cymraeg – dau enw cynta a dim cyfenw call fatha Jones a Williams a McGregor - ac yn meddwl 'u bod nhw'n well Cymry na fi a'm mêts jest am 'u bod nhw'n mynd i steddfoda ac yn gwylio S4C a ballu. Roedd 'na rai ohonyn nhw'n mynd i'r capel, hyd yn oed. Doedd gan Nain ddim lot i'w ddweud wrthyn nhw, chwaith, achos dwi'n 'i chofio hi'n dweud un tro eu bod nhw 'run fath pan oedd hi'n ifanc, yn ôl yn y Sicstis, yn meddwl 'u bod nhw'n wariars am 'u bod nhw'n paentio slogans Cymdeithas yr Iaith ar walia ac arwyddion ffyrdd, tra oedd calon Nain efo hogia'r Free Wales Army.

Aeth Miss Preis yn 'i blaen i ddweud wrtha i am ryw brosiect roedd yr Erin 'ma'n gorfod 'i wneud ar gyfer yr ysgol, rhywbeth am be ma pawb isio'i wneud fel job ar ôl gadael. Ond do'n i ddim yn gwrando arni hi'n iawn, roedd gen i lot mwy o ddiddordeb yn y fodan 'ma oedd wedi dŵad allan o'r tŷ efo hi.

Hwn oedd y tro cynta i mi weld Janina. Wrth gwrs, doedd gen i'r un clem pwy oedd hi: rhyw nith i Miss Preis, cymrais, achos er ei bod hi i'w gweld fel 'sa hi'n hŷn na fi, roedd hi'n lot rhy ifanc i fod yn ferch iddi. Yr unig beth ro'n i'n 'i wbod oedd fod 'na fodan yn sefyll yno'n gwenu arna i'n reit swil.

Rŵan, dydy hyn ddim yn digwydd i mi yn aml. Yn ôl y sôn, roedd Dad yn dipyn o *charmer* efo genod pan oedd o'n ifanc – mi wnaeth o tsharmio Mam, yn do, ar y cychwyn? – ond er bod pawb yn dweud 'y mod i'n cymryd ar 'i ôl o, dwi 'rioed wedi yn hyn o beth. "Rw't ti'r un ffunud â'th dad," oedd rhai o eiria cynta Miss Preis wrtha i ac ocê, yndw, mi ydw i'n reit debyg iddo fo – ond y snag ydy, dwi'n edrych fel ma Dad yn edrych rŵan, nid fel roedd o'n edrych pan oedd o'n bymtheg. Roedd gwallt Dad, ers talwm, yn gyrliog ac yn ddu bitsh ac yn ôl Nain – a Mam hefyd, ond ei bod hi wedi'i ddweud o dros 'i chrogi – edrychai Dad fel hogyn sipsi bach del. "Ciwt" oedd y gair a ddefnyddiodd Nain – roedd y genod i gyd yn meddwl 'i fod o'n ciwt.

Ond go brin y basa'r un fodan yn 'y ngweld i'n ciwt. Gwallt fflat, brown 'sgen i, ac ar ben hynny ma gen i wyneb hen-ffasiwn: wyneb "wedi-bod-yma-o'r-blaen", chwedl Nain eto. Ac wrth gwrs dwi'n reit fyr, tua'r un seis â'r rhan fwya o'r genod yn 'y mlwyddyn ysgol i ond lot yn fyrrach na'r rhan fwya o'r hogia.

Ond ciwt?

Na.

Wedi dweud hynny, roedd yr hogan ddiarth yma rŵan yn gwenu arna i: doedd hi ddim yn sbio o'i chwmpas fel tasa hi'n chwilio am rywun mwy diddorol na fi i siarad efo fo, fel ma'r genod eraill yn tueddu i'w wneud bob tro. Doedd hi ddim yn beth handi iawn – os rhywbeth, ella fod yna 'chydig bach mwy ohoni hi na ddyla fod – ac roedd hi 'chydig yn hŷn na fi, ond blydi hel, roedd hi'n *gwenu* arna i...

"Cefin - ?"

"Y...? O! Sori, be ddudsoch chi?"

"Holi ynglŷn â dy brosiect di yr o'n i."

"Prosiect...?"

Ochneidiodd Miss Preis, ond roedd hi'n gwenu hefyd, a dyma finna'n dechra cochi: ro'n i'n gallu teimlo'n hun yn gwneud, fel tasa 'na haul chwilboeth yn sgleinio i lawr ar neb ond y fi.

"Deud o'n i 'y mod i'n helpu Erin efo'i phrosiect hi. Be ydy testun d'un di, a phwy sy gen ti'n dy helpu?"

"Ymmm..."

Y gwir amdani oedd, doedd gen i'r un. Do'n i ddim yn gweld y pwynt o wneud un, a finna ddim yn gwybod eto be'r o'n i isio bod ar ôl gadael yr ysgol. "Cadw allan o'r clinc, falla?" meddai un o'r hogia eraill pan ddwedais i wrth Mr Parri, yr athro oedd yn fy haslo i am y blydi peth, 'y mod i ddim yn gwybod be o'n i isio'i wneud, ac mi gawson nhw i gyd laff iawn ar hynna, a Parri hefyd, damia fo, er 'i fod o wedi trio'i ora i guddio'i wên.

"Dwi ddim 'di penderfynu'n iawn eto," dywedais wrth Miss Preis.

"Maen nhw i fod i mewn cyn gwylia'r Pasg," meddai hitha, wedi gweld trwydda i, dwi'n siŵr. "Os w't ti angan help, dwi'n siŵr y medran ni ffeindio rhywun y galli di eu holi nhw."

"Ia, ocê. Y... diolch, yn de."

Roedd yr hogan yn dal i wenu arna i wrth ffidlan efo rhyw groes fach arian oedd ganddi hi ar gadwyn denau rownd 'i gwddf.

Trodd Miss Preis ati, a chan bwyntio ata i, dywedodd: "Cefin. Ce-fin ... Cefin."

"Ce-fin ... " meddai'r hogan, a dyma fi'n meddwl: Damia! Ma hon yn ddiniwad neu rwbath. Briliant. 'Mond genod hannar-herco sy'n gwenu arna i.

Ond yna, meddai Miss Peis: "Ianîna ydy hon. Ma Ianîna'n dŵad o Lithwania."

"Lle?"

"Lithwania," meddai eto, cyn sylweddoli nad o'n i fymryn yn gallach. "Gwlad yng ngogledd Ewrop, Cefin, rhwng Gwlad Pŵyl a Môr y Baltic."

"O, reit," dywedais, fel taswn i'n nabod y lle'n tshampion.

"Ma Ianîna'n gweithio i Mrs George, cymdoges i mi ... "

Mrs George – ro'n i wedi nabod yr enw. "*Daily Mail*, *Mail on Sunday* a *People's Friend*," dywedais. "Ci bach iapi ganddi hi."

"Hamish," meddai Miss Preis, a gwelais Ianîna'n edrych arna i a gwenu eto, yn amlwg wedi nabod yr enw. Mi ges i ar ddallt gan Miss Preis mai gwneud tipyn o bob dim i'r Mrs George 'ma roedd Ianîna – glanhau, gwneud bwyd, golchi a ballu – gan fod y ddynes druan yn gricymala o'i chorun i'w sawdl.

Wedi dŵad â goriad y sièd i mi roedd Miss Preis. Yno, meddai, roedd pob math o betha ar gyfer yr ardd, gan gynnwys peiriant torri'r glaswellt.

"Oes 'na ferfa yno?" gofynnais. "Bydd yn rhaid i mi glirio'r cerrig 'ma i gyd cyn y galla i feddwl am dorri'r gwellt."

"O ... bydd, decini," meddai Miss Preis, yn amlwg ddim wedi meddwl am hynny. "Nag oes, dwi'm yn meddwl bod 'na un. Ond mi ga i un – mi fydd hi yma erbyn i ti alw yma eto."

Gwasgodd y goriad i mewn i'm llaw, a dwi ddim yn ama bod yna olwg ddigon hurt ar fy wyneb i pan wnaeth hi hynny. Do'n i ddim yn cofio pryd oedd y tro diwetha i rywun 'y nhrystio i efo goriad o unrhyw fath. Pan sbiais i fyny ar Miss Preis roedd hi'n gwenu arna i ac y nodio, cystal â dweud: Yndw, Cefin, dwi'n dy drystio di.

Trodd y ddwy i fynd yn ôl i'r tŷ, a theimlais yn falch eu bod nhw wedi gwneud hynny achos dwi'n siŵr 'y mod i'n reit agos at wneud uffarn o ffŵl ohono' fy hun: roedd fy llygaid yn teimlo'n llawn ac yn boeth. Wrth iddyn nhw fynd, sylwais fel roedd yr haul yn gwneud i wallt Ianîna sgleinio'n ddu, ddu, fel plu deryn du.

(x)

Ella'ch bod chi'n gweld hyn braidd yn od, ond onest – doedd gen i ddim syniad be oedd gwaith Miss Preis cyn iddi roi'r gora i weithio. Nes i mi gychwyn ar y rownd bapur, do'n i byth jest yn dŵad ar gyfyl y rhan yma o'r dre'. Do'n i ddim yn teimlo'n gyfforddus iawn yma, ond fedra i ddim dweud pam, chwaith: roedd hi'n rhy *ddistaw* yma, rywsut, ac ro'n i wastad yn cael y teimlad fod y tai mawr, posh yna i gyd yn 'y ngwylio i – fel tasan nhw'n sbio i lawr 'u trwyna arna i, tasa gynnyn nhw rai.

Ia, ocê – stiwpid, dwi'n gwybod. Ond hyd yn oed pan o'n i'n mynd â'r papura newydd o dŷ i dŷ, pan oedd gen i berffaith hawl i fod yno, ro'n i'n dal i deimlo bod y bobol yn sbecian drwy'u cyrtans arna i ac yn gofyn i'w gilydd, "Be ma *hwn* yn dda yn y'n stryd ni?"

(xi)

Doedd Mam ddim wedi siarad rhyw lawer efo fi ers i mi gyfarfod Dad allan o'r jêl. Alla i ddim dweud 'i bod hi'n gas efo fi, ond roedd hi'n mynd o gwmpas y lle dan ochneidio'n ddigalon drwy'r amser, a phan oedd hi'n siarad efo fi, roedd hi'n swnio'n union fel ma pobl yn 'i wneud ar ôl i ryw berthynas agos iddyn nhw farw.

Dwi'n gwybod be oedd – fi oedd wedi'i siomi hi. Mwy na

hynny – a dwi ddim yn falch o hyn – ro'n i wedi'i brifo hi hefyd.

"Ro'n i jest wedi meddwl ein bod ni'n dipyn gwell mêts na hynna, Cefin," meddai wrtha i yn y llais clwyfus ofnadwy 'na: basa, mi fasa'n well gen i o beth uffarn tasa hi'n fy waldio a 'ngalw i'n bob enw. "Ond 'na fo. Ddeudan ni ddim mwy amdano fo."

Yr hyn oedd yn bisâr oedd, y fi oedd rŵan isio siarad am y peth. Wythnos ynghynt ro'n i'n trio gwneud ati i fod allan pan oedd Mam adra er mwyn *osgoi* siarad amdano fo. Ro'n i isio i Mam ddallt 'y mod i'n meddwl dim tamad yn llai ohoni hi: fod y ffaith 'y mod i wedi mynd i groesawu Dad allan ddim yn golygu 'y mod i ddim yn 'i charu hi. Dylwn i fod wedi dweud hynny wrthi, dwi'n gwybod, ond dydw i 'rioed wedi bod yn un am y busnas "caru chi-caru ti" 'ma. Dydy Mam ddim chwaith, tasa'n dŵad i hynny, dim ond fel jôc, pan fydda'r ddau ohonan ni newydd watshiad rhyw ffilm lle ma'r cymeriada'n dweud "*Love you*" wrth ei gilydd drwy'r amser, hyd yn oed pan oedd un ohonyn nhw ond yn piciad allan i'r siop.

"*Love you, honey*!" meddai Mam mewn acen American uffernol o wael (Iancs oedd yn gwneud y busnas "*love you*" 'ma gan amla), ond fedrwn i fyth ddweud "*Love you, mom*" yn ôl, hyd yn oed ond wrth falu cachu. Dyna pam ro'n i'n 'i chael hi'n amhosib egluro wrth Mam 'y mod i'n dal i feddwl y byd ohoni hi, mai hi oedd 'y mêt gora i o hyd, ac 'y mod i ond wedi mynd i'r carchar y diwrnod hwnnw er mwyn arbed Nain rhag gorfod mynd, nid oherwydd bod gen i fwy o feddwl o Dad nag ohoni hi.

Yn hyn o beth, dwi'n bendant ddim yn cymryd ar ôl Dad. Be ma'r Saeson yn 'i ddweud am rywun yn gwisgo'i galon ar 'i lawes? Un felly ydy Dad, byth yn trio cuddio 'i deimlada a byth yn cochi at 'i glustia ac yn methu â siarad wrth sôn am garu rhywun fel y baswn i.

Fel y diwrnod hwnnw y daeth o allan. Aethon ni am baned ar ôl cyrraedd canol y dre – chwara teg, roedd y creadur jest â thagu isio paned gall: ma te a choffi'r jêl yn ddiawledig, yn ôl fel dwi'n deall. Syllodd ar y bwrdd du mawr roedd gennyn nhw y tu ôl i'r cowntar efo gwahanol bryda o fwyd wedi'u sgwennu arno fo.

"Wyddost ti be, Cef, boi? Dwi ddim 'di ca'l ffrei-yp iawn ers ..." Sbiodd arna i. " ...ers tri mis, fel y gwnest ti f'atgoffa i gynna."

"Ma Nain yn disgwl amdanon ni," atgoffais o. "Mi fydd hi'n bownd o fod yn gneud cinio i chi."

"Sôn am frecwast ydw i."

"Dad..."

"Be – ti 'rioed yn gwrthod talu am frecwast i dy dad?"

"Nac 'dw, siŵr. Jest... "

"Mi dala i'n ôl i chdi, os mai dyna be sy'n dy boeni di."

Ochneidiais. "Na, ma'n ocê. Be 'dach chi isio?"

"Ti'm yn 'y nghoelio i, yn nag w't? Ma gen i bres, 'sti." meddai Dad. "W't ti'n meddwl 'y mod i'n un o'r tada anobeithiol rheiny sy'n sbynjio oddi ar 'u plant, neu rwbath? Ti'n meddwl mai lŵsyr ydw i, Cefin?"

"Nac 'dw, siŵr!"

Syllodd Dad arna i eto. Yna gwenodd yn sydyn, yn annisgwyl. "Ma'n ocê felly, yn dydy?"

Aethon ni i eistedd wrth fwrdd yn y ffenest. Hanner ffordd trwy 'i frecwast, meddai Dad: "Sut ma hi, Cef?"

"Pwy – Mam?"

"Dwi'm yn sôn am blydi Michelle Obama, ydw i!"

"Sori. Ma Mam yn ocê, diolch."

"Ydy hi?"

"Ydy. Wel – heblaw am fod wedi blino drwy'r amsar efo'r ddwy job 'ma sy genni hi, yn de."

"Ia, wel – 'sdim *rhaid* iddi hi 'neud dwy job, yn nag oes."

Ond rhyw ddweud hyn wrtho'i hun yr oedd o, yn fwy nag wrtha i. Syllodd allan drwy'r ffenest ar y bobol yn brysio heibio, eu penna i lawr yn erbyn y glaw a golwg biwis arnyn nhw i gyd.

Yna sbiodd yn ôl arna i, reit i fyw fy llygaid.

"'Sgenni hi gariad?" gofynnodd.

Ro'n i wedi disgwyl y cwestiwn yma, ac yn falch uffernol 'y mod i'n gallu'i ateb o'n onest.

"Nag oes."

"W't ti'n deud y gwir wrtha i?"

"Yndw!"

"A does 'na neb wedi bod yn sniffian o gwmpas? Ti'n siŵr, rŵan?"

"Dylwn i wbod."

"Mmmm ... " meddai Dad. "Ocê ... os ti'n deud, Cef."

Y peth ydy, roedd Mam wedi blino gormod i gael cariad. Hyd y gwyddwn i, beth bynnag. Os nad oedd hi'n gweithio, yna roedd hi unai'n pendwmpian ar y soffa o flaen y teli neu'n cysgu'n sownd yn 'i gwely.

Nid bod hynny'n ddim o fusnes Dad, yn de, hyd yn oed tasa gan Mam lond gwlad o gariadon; roeddan nhw wedi diforsio ers jest i ddwy flynedd. Ond *no way* o'n i am drio dweud hynny wrth Dad!

"Dwi'n dal wedi mopio efo hi 'sti, Cef," meddai. "Dwn i'm be faswn i'n 'i 'neud tasa hi'n ffeindio rhywun arall. Ma hynny'n bownd o ddigwydd un dwrnod, dwi'n gwbod hynny – blydi hel, ma hi'n ddynas smart, dy fam – ond dwi'n byw mewn ofn o'r diwrnod hwnnw."

Ro'n i 'di dechra teimlo'n annifyr ers meitin: fedra i ddim gwneud efo pobl yn siarad fel hyn. Ond roedd arna i ofn y basa Dad yn 'y ngweld i'n cochi ac yn cael i'w ben mai dweud celwydd ro'n i.

"Deud i mi – tra o'n i i mewn, ddaru hi ... ysti, *ddeud* unrhyw beth amdana i? Rhwbath fel ... dwn i'm ... 'i bod hi'n meddwl amdana i o gwbwl?"

O, blydi hel! Doedd Mam byth jest yn sôn am Dad, 'mond i ddweud rhywbeth cas amdano fo – fel 'i bod yn hen dro mai 'mond chwe mis o garchar gafodd o, ac nid *life.*

Fedrwn i ddim dweud hynny wrtho fo, yn na fedrwn?

"'Dach chi'n gwbod fel ma Mam," dywedais yn ofalus. "Byth yn dangos be bynnag ma hi'n 'i deimlo."

Ond doedd Dad ddim yn thic. Nodiodd yn araf, ond roedd 'i lygaid o'n llawn siom.

"Naddo, mewn geiria erill."

"Ella 'i bod hi wedi deud rhwbath wrth 'i mêts," cynigiais.

"Rhwbath na fasa hi'n breuddwydio'i ddeud wrtha i ... "

"Ocê, Cefin, cau hi rŵan, 'nei di?"

"Sori."

Sbiodd allan drwy'r ffenest eto am sbelan cyn troi'n ôl ata i. "Na, ma'n ocê, boi – fi sy'n sori. Ddylwn i ddim fod wedi gofyn i chdi, chwara teg, dy roi di ar y sbot fel'na. Ty'd – byta dy fwyd cyn iddo fo oeri."

Wel, fel y gallwch chi ddychmygu, doedd gen i ddim tamad o stumog ar ôl y sgwrs yna, ond triais 'y ngora. Claddodd Dad 'i fwyd fel tasa fo ar lwgu.

"Ty'd – be 'di dy hanas di, 'rhen ddyn?" gofynnodd, ei geg yn llawn o facwn, wy a bara saim. "Be w't ti 'di bod yn 'i 'neud efo chdi dy hun?"

Ro'n i'n falch uffernol o gael siarad am unrhyw beth arall heblaw Mam. "Wel," atebais, "ma gen i job."

"Be ... ?" Gwyliais Dad yn gwneud syms yn 'i ben ffwl sbîd. "Ond ... ti'n dal yn 'rysgol, yn dw't?"

"Job ben bora ydy hi, Dad. Rownd bapur."

"O ... reit. Wel – grêt, da iawn chdi. Ti'n gorfod codi'n reit gynnar, felly?"

"Yndw. Ond dydy hynny ddim yn hasl."

Gwenodd Dad. "Nac 'di, decini, ddim i rywun fatha chdi. Roeddat ti'n boen ar enaid rhywun pan oeddat ti'n iau, yn parêdio o gwmpas y lle tra oedd pawb normal yn dal i drio cysgu. Ydy'r job yma'n talu'n o lew?"

Codais f'ysgwydda. "Ddim felly. Ond ma'n ocê, ma'n help. Dwi'm yn gorfod gofyn i Mam am bres drwy'r amsar."

Brathais 'y ngwefus. Damia! Dyna fi newydd lusgo Mam i mewn i'r sgwrs eto fyth, ond, diolch i Dduw, roedd gan Dad fwy o ddiddordeb yn fy job i.

"Ma gen ti feic, gobeithio?"

Nodiais. Roedd Mam wedi cael un ail law i mi pan ges i gynnig y job, ond do'n i ddim am fanylu, felly'r unig beth ddwedais i oedd, "Oes, diolch."

"Da iawn, dw't ti ddim isio wastio mwy o amsar na sy'n rhaid i ti, yn cerddad o gwmpas y strydoedd 'na i gyd. Pa strydoedd ydyn nhw, beth bynnag? Be ydy dy rownd di?"

"Yr ochr arall i'r dre," atebais. "Parc Henblas, Heol Moelwyn a Ffordd y Borth."

Cododd Dad ei aelia.

"Ia, hefyd? Hmmm..." meddai. "Y tai posh i gyd."

Ddwedodd o ddim mwy. Aeth yn ôl at 'i frecwast, ond ro'n i'n gywbod yn tshampion be oedd yn mynd trwy 'i feddwl o. Roedd o yn llygad 'i le: stâd o dai nobl, newydd ydy Parc Henblas, pob un efo pump stafell wely, o leia, ac ma gan ambell i un ohonyn nhw bwll nofio *massive* yn yr ardd gefn. Ma'r tai yn Ffordd y Borth a Heol Moelwyn yn hŷn o lawer, ond ma'r rhan fwya ohonyn nhw'n fwy na'r rhai ym Mharc Henblas, hyd yn oed, ac yn ddrutach.

Strydoedd posh *iawn*... a do'n i ddim yn hoffi'r olwg feddylgar oedd ar wyneb Dad wrth iddo gnoi ei facwn ac wy.

Ddim o gwbl.

(xii)

Nain ddwedodd wrtha i am Miss Preis, y bore Sul ar ôl i mi fod yng ngardd Miss Preis a chyfarfod Ianîna am y tro cynta. Mi fydda i'n arfer galw yn nhŷ Nain ar ôl gorffen fy rownd bob bore Sul; os na fydd Mam yn gweithio, yna mi fydd hi'n hoffi gorweddian yn 'i gwely tan tua un o'r gloch ac ma hynny'n bôring, achos fedra i ddim gwylio'r teli na chwara miwsig na dim byd: ma'r fflat yn rhy fach i mi fedru gwneud llawer o ddim heb iddo fo swnio fel egsplôshiyn, a dwi'n gorfod sleifio o gwmpas y lle fel rhyw blydi Apache neu rywbeth.

Roedd Dad yn dal yn 'i wely pan gyrhaeddais i dŷ Nain. Y peth cynta wnaeth hi oedd trio stwffio papur twenti-cwid yn 'y mhoced i.

"Am fynd i gyfarfod Malcolm o'r lle 'na echdoe," meddai.

"Nain, dwi'm isio fo." Gwthiais y pres yn ôl tuag ati ond chymrodd arni nad oedd o yno, yn gorwedd rhyngddon ni ar wyneb bwrdd y gegin. Trodd at y sinc a mynd yn ôl at blicio tatws ar gyfer cinio.

"W't ti am aros i ga'l cinio efo ni?"

"Na'm diolch. Ma Mam *off* heddiw. Mi fyddan ni'n byta heno 'ma."

Sbiodd arna i. "Fasa fo ddim yn gneud unrhyw ddrwg i chdi ga'l dau ginio dydd Sul."

"Er mwyn i mi brifio 'chydig, ia?"

"Wnei di ddim prifio llawar mwy, ma arna i ofn, was. McGregor w't ti o'th gorun i'th sawdl."

"Ia, wel – dydy hynny ddim llawar, yn nac 'di?" dywedais. Roedd fy llygaid yn mynnu cael 'u llusgo'n ôl at y papur ugain punt hwnnw bob gafael, damia nhw, a sylwodd Nain, mi allwch fentro. Roedd llygaid fel eryr ganddi hi.

"Cymra'r pres 'na, 'nei di?"

"Dwi mo'i angan o, onest."

"O? Gwrandwch arno fo, Lord Myc. Braf ar y naw arna chdi, Cefin." *Plop* wrth iddi ollwng taten noeth i mewn i sosban o ddŵr. "Wa'th i chdi heb â deud dy glwydda, beth bynnag – doedd gen ti'm pres i dalu am frecwast i chdi a dy dad echdoe."

"Be ...?"

"Cwyno'r oedd o, am 'i fod o 'di gorfod fforcio allan am ffrei-yp i'r ddau ohonoch chi, ag ynta ond efo'r cil-dwrn 'na ma nhw'n 'i ga'l wrth ddŵad allan o'r hen le 'na."

Wel, blydi hel! meddyliais. *Fi* dalodd am y brecwast hwnnw! Ro'n i ar fin dweud hyn wrth Nain, ond mi glywais i ryw lais bach yn 'y nghlust yn dweud wrtha i ella y basa'n well taswn i ddim.

"Felly, cymra fo," meddai Nain.

"Dwi mo'i angan o – onest," dywedais eto. "Ma gen i ddwy job rŵan."

"O ...?"

Soniais wrthi am Miss Preis a'r jyngl oedd ganddi yng nghefn y tŷ, ond roedd rhyw hanner-gwên hurt gen i ar fy wyneb achos ro'n i hefyd, wrth gwrs, yn methu peidio â meddwl am Ianîna a'r ffordd roedd hi 'di gwenu arna i.

Torrodd Nain ar 'y nhraws.

"Y Miss Preis 'ma. Nid *Lafinia* Preis ydy hi?"

"Y ... dwi'm yn gwbod. Ella."

"Sut ddynas ydy hi?"

"Hen. Yn hŷn na chi, 'swn i'n deud."

"Hoi! Os mai Lafinia Preis ydy hi, yna ma hi o leia ddeng mlynadd yn hŷn na fi, washi. Disgrifia hi'n iawn, 'nei di?"

"Y ... wel ... braidd yn ffrîci ... gwallt arian hir, blêr. Dillad bob lliw ... sbecs yn hongian am 'i gwddw hi ... "

Ond roedd Nain eisoes yn nodio.

"Lafinia Preis."

"'Dach chi'n 'i nabod hi?"

Gwenodd Nain wên fach dawel. "Mewn ffordd o siarad, ydw."

"Be 'dach chi'n feddwl?"

"W't ti'n gwbod be oedd gwaith Lafinia Preis, Cefin?"

(xiii)

Roedd Mam wrth ei bodd pan ddwedais i wrthi hi. Gwenodd am y tro cynta (i mi fod yn gwybod, beth bynnag) ers dros wythnos, a'r noson honno roeddan ni jest fel roeddan ni'n arfer bod – y hi a fi'n gwylio ffilmia ar DVD efo'n gilydd.

Ar ôl mynd i 'ngwely, dyma fi'n dechra hel meddylia a sylweddoli pam fod Mam wedi cael 'i phlesio cymaint. Yn gynta, dwi'n meddwl, oedd y ffaith 'y mod i wedi mynd allan a chael job arall, oedd yn dangos iddi 'y mod i isio'i helpu hi – wnes i'm gwneud môr a mynydd o'r ffaith fod y job fwy neu lai wedi landio ar 'y nglin i: cael 'i chynnig hi wnes i, yn de, es i ddim allan yn un swydd i chwilio amdani, yn naddo?

Yn ail oedd y ffaith fod Miss Preis yn arfer bod yn dditectif. Roedd hi 'di bod yn y CID am flynyddoedd cyn mynd yn breifat, felly roedd hi'n un o'r *good guys*, yn nhyb Mam.

Nid fel Dad – ac, i radda, Nain hefyd, yn 'i dydd.

Ond y peth mwya, dwi'n siŵr, oedd y ffaith 'y mod i'n *fodlon gweithio*, 'y mod i ddim wedi dewis bod yn brentis i Dad, fel roedd o 'di bod yn brentis i Taid ers talwm; ro'n i 'di dangos iddi hi 'y mod i'n barod i *ennill* 'y mhres, yn hytrach na mynd allan a'i ddwyn o oddi ar bobl eraill. Dyna oedd ofn mwya Mam – y basa Dad yn mynd â fi allan efo fo i dorri i mewn i lefydd ac ati, ac y baswn inna, yn 'y nhro, yn cael blas ar hyn ac yn hwyr neu'n hwyrach yn landio mewn *young offenders' institution* ac, wedyn, yn y jêl.

Es i i'r gwely yn teimlo'n gynnes, neis am 'y mod i wedi gwneud Mam yn hapus; ro'n i wedi gwneud Dad yn hapus hefyd, drwy fynd i'w gyfarfod o ddau ddiwrnod cyn hynny, ac wedi gwneud Nain yn hapus am yr un rheswm.

Grêt, yn de?

Cŵl.

Es i gysgu'n gwenu, nid jest achos hyn i gyd, ond hefyd am 'y mod i'n meddwl am y ffordd roedd Ianîna wedi gwenu arna i.

Bodan – wedi gwenu arna *i*.

A gwenu'n neis hefyd.

Grêt.

Cŵl.

ERIN

(i)

"When I am an old woman I shall wear purple
With a red hat which doesn't go, and doesn't suit me…"

Ochneidiais a throi fy mhen gan syllu'n ddall allan drwy'r ffenestr ar y caeau chwarae. Roedd y dyfyniad uchod wedi peri i mi feddwl am un arall, sef, "Duw a'm gwaredo, ni allaf ddianc rhag hon".

A'r "hon", wrth gwrs, oedd Miss Preis…

"Erin!"

Neidiais yn euog.

"Paid ag ofni deud os ydw i'n disgwyl gormod, ond wyt ti'n meddwl y medri di ganolbwyntio ar y gerdd o'th flaen, yn hytrach na be bynnag sy y tu allan i'r ffenest?"

"Sori, Miss…"

Gwgais i lawr ar fy llyfr fel petawn i'n ei astudio'n ffyrnig. *Warning* gan Jenny Joseph oedd y gerdd, a hawdd fasa credu i'r bardd gael ei hysbrydoli gan Lafinia Preis. Roedd y ddynes yn y gerdd mor debyg iddi, yn mwynhau gwisgo dillad llachar nad oeddynt yn gweddu i'w gilydd o gwbl, ac yn hidio'r un iot am be bynnag roedd pawb yn ei feddwl ohoni. Sgerti llaesion, sgarffs anferth fel anacondas, hetiau efo plu yn ymwthio'n bowld ohonyn nhw – a phob dim yn lliwgar. Piws, melyn, coch, oren, gwyrdd golau llachar, a glas o'r un lliw â phyllau nofio'r gwestai sy mewn llyfrynnau gwyliau.

"Dwi ddim yn dditectif rŵan, Erin, yn nac 'dw?" meddai un diwrnod. "Felly dwi'n cael gwisgo be bynnag dwi isio'i wisgo. A wyddost ti be? Mae'n fendigedig!"

Doedd wiw i unrhyw dditectif dynnu sylw ati'i hun, eglurodd: roedd gwisgo dillad lliwgar, felly, allan ohoni. Yn wir, roedd dewis y dillad cywir yn hollbwysig, a chadwai Miss Preis lond cwpwrdd o ddillad sbâr yn ei swyddfa.

"Be – *disguises*, felly?" gofynnais.

Chwarddodd.

"Ia, mewn ffordd – ond nid fel rw't ti'n siŵr o fod yn meddwl amdanyn nhw. Dillad hollol gyffredin, y rhan fwya ohonyn nhw, a phethau tawel iawn hefyd – dim byd oedd yn sgrechian "Sbiwch-arna-i!" dros y lle. Cofia be ddudodd yr hen Izaak Walton."

Ro'n i wrthi'n sgriblan ffwl sbîd yn fy ffeil felly wnes i ddim sylwi ar y frawddeg olaf am funud neu ddau, nes i mi edrych i fyny a gweld Miss Preis yn fy llygadu'n ddisgwylgar.

"Sori – pwy?"

Gwnâi hyn yn aml, sef cyfeirio at bobol nad o'n i erioed wedi clywed sôn amdanyn nhw. Wastad efo'r geiriau "yr hen" o flaen eu henwau, fel tasa hi wedi bod yn ffrindiau mawr efo nhw. Yna, byddai'n estyn llyfr o'r cannoedd o'i chwmpas a darllen ohono.

"*The Compleat Angler*, Erin." Tynnodd lyfr tew, hynod o sych ei olwg oddi ar un o'i silffoedd a'i wthio reit o dan fy nhrwyn. Roedd o mor llychlyd, ro'n i'n teimlo fel tisian. "Llyfr am bysgota, a gafodd ei gyhoeddi mor bell yn ôl â 1653. Meddylia!"

Ro'n i *yn* meddwl, ond holi fy hun yr o'n i be goblyn oedd hon yn ei wneud efo llyfr am bysgota? Allwn i ddim dychmygu Lafinia Preis yn sgweltshian ar lan afon efo gwialen bysgota yn ei llaw a phâr o'r *wellingtons* rwbwr anferth rheiny sy'n cyrraedd reit i fyny at dopiau'ch cluniau am ei thraed.

Ond wedyn, pwy a ŵyr, ynte? Erbyn hynny, ro'n i wedi dysgu peidio â rhyfeddu at unrhyw beth cyn belled ag yr oedd Miss Preis yn y cwestiwn.

"Wel - ?" meddai.

"Wel, be, sori - ?"

"Wel, dw't ti ddim am ofyn i mi be ddeudodd yr hen Isaak?"

"O! Yndw ... sori. Be ddeudodd o?"

"*Dress drably for success.* Nodyn, plîs, Erin – mewn prif lythrennau, a dwy seren, un bob pen i'r dyfyniad. *Dress drably for success.* Iawn? W't ti wedi'i gael o?"

Nodiais.

"Ond mae yna adegau," meddai Miss Preis, "pan fo ambell i ddilledyn sy 'chydig yn wahanol yn gallu bod yn reit handi." Caeodd y llyfr ai roddi'n ôl ar y silff yn ofalus.

"O ... ?"

"Pan fydd y ditectif yn dilyn rhywun. Ti'n gweld, Erin – ma pobl yn tueddu i sylwi ar, ac i gofio, unrhyw ddilledyn sy ychydig yn fwy amlwg na'r gweddill. Er enghraifft ... " meddai, gan ddiflannu o'r ystafell. Fe'i clywais hi'n agor a chau droriau yn y gegin tra'n siarad efo'r Doctor, a daeth yn ei hôl gyda chap *baseball* yn ei llaw. "Gwatshia di hyn rŵan."

Trodd ei chefn arnaf, gan wthio'i gwallt hir i fyny ar ei chorun a sodro'r cap arno. Pan drodd yn ei hôl, roedd wedi tynnu'i sbectol ... ac edrychai'n hollol wahanol.

"Waw - !" ebychais.

Gwenodd Miss Preis. "Reit – tria ddychmygu rŵan nad w't ti'n fy nabod o gwbwl. Iawn?" Nodiais. "Tasat ti'n digwydd troi a fy ngweld i'n cerdded y tu ôl i ti ar y stryd, be fasat ti'n ei gofio amdana i, tasat ti'n digwydd meddwl amdana i oriau yn ddiweddarach?"

Roedd hynny'n ddigon hawdd.

"Y cap," atebais.

"Yn hollol," meddai Miss Preis. "Go brin y basat ti'n cofio unrhyw beth am fy wynab i. Rŵan ... "

Tynnodd y cap ac ysgwyd ei gwallt yn rhydd, gan edrych ychydig yn wallgof am eiliad neu ddau.

"Tasat ti'n fy ngweld i fel hyn yn eistedd wrth fwrdd yn yr un caffi â chdi ymhen hanner awr wedyn, fasat ti'n meddwl mai fi oedd y greadures yn y cap *baseball* y gwelaist ti hanner awr ynghynt?"

"Dwi ddim yn meddwl, na faswn," atebais.

"Dw inna ddim yn meddwl chwaith. Ti'n dallt? Dilledyn bach syml, rhywbeth y medri di'i stwffio o'r golwg i mewn i dy fag – a dyna berson arall wedi cael ei ddilyn heb fod ddim callach."

(ii)

"Erin!"

O'r nefoedd...

Edrychais i fyny i weld Mrs Phillips yn gwgu i lawr arna i. Safai reit wrth fy nesg, hefyd, wedi hofran yno fel barcud am wn i ddim faint o amser tra o'n i unwaith eto, dwi'n cyfaddef, yn syllu allan drwy'r ffenestr.

"Dw't ti ddim efo ni o gwbwl, yn nag w't?"

Fair cop, guvnor, fel maen nhw'n ei ddweud. "Nac 'dw, Miss, sori."

Doedd hi ddim wedi disgwyl cael ateb mor onest, dwi ddim yn meddwl: agorodd a chau 'i cheg fel petai hi am ddweud rhywbeth, ond ro'n i wedi'i thaflu oddi ar ei hechel. Bodlonodd ar jabio'r dudalen agored o'm blaen efo blaen ei bys.

"Yma... *And make up for*... iawn?"

"Iawn, Miss."

"Tria o leia *edrach* fel tasat ti'n rhan o'r dosbarth yma, 'nei di, Erin, plîs?" meddai.

Trodd oddi wrtha i a dychwelyd i flaen y dosbarth. Rona Rottweiler oedd llysenw Mrs Phillips: gallai droi'n ffyrnig o gas pan oedd y galw. Doedd ond isio iddi gerdded i mewn i ddosbarth yn llawn o'r iobs mwya swnllyd a byddai'r dosbarth hwnnw yn troi'n debyg i fynachlog yn llawn o'r mynachod Trapaidd rheiny ymhen eiliadau.

"*And make up for the sobriety of my youth,*" darllenodd y Rottweiler. "*I shall go out in my slippers in the rain, and pick the flowers in other people's gardens, and learn to spit.*" Edrychodd o gwmpas y dosbarth. Cwrddodd ei llygaid â'm rhai i, ond symud ymlaen wnaethon nhw. "Pam fod arni isio dysgu poeri ... y ... Hywel?" gofynnodd i Hyw Halitosis druan, a neidiodd hwnnw fel tasa rhywun wedi gwthio gwifren drydan fyw i fyny ei ben-ôl.

Ymlaciais innau. Ia – *make up for the sobriety of my youth.* Dyna i ni Miss Preis eto, llinell oedd yn ei disgrifio i'r dim.

Cofiais amdani'n dweud, rhywdro arall, "Dwi wedi gweld llawar iawn mwy na'm siâr ar yr ochor dywyll i fywyd, Erin – a gad i mi dy rybuddio rŵan mai dyna fydd yr unig beth a weli di os w't ti am fod yn dditectif." Yna gwenodd. "Ond o hyn ymlaen dwi am gofleidio'r goleuni, am sblasio ynddo fo fel dolffin di-ofal. Cofia'r hyn a ddeudodd yr hen Robert Herrick... " – ac edrychodd arna i'n ddisgwylgar eto fyth.

"Be ddeudodd o?" gofynnais innau'n ufudd.

Doedd dim rhaid iddi estyn llyfr y tro hwnnw: roedd y dyfyniad byr ganddi ar ei chof.

"*Gather ye rosebuds while ye may.* Dyna be fydd fy hanas i o hyn ymlaen, Erin – mwynhau bob eiliad o'r bywyd 'ma. Neu faint bynnag ohono fo sy gen i ar ôl," chwarddodd, "gan hidio'r un iot be mae pawb arall yn feddwl ohona i."

(iii)

Oedd, roedd hi ar fy meddwl drwy'r amser – wedi bod felly ers bron i bythefnos, ers iddi ofyn i mi fynd o'i thŷ hi nes yr o'n i wedi dysgu ychydig o gwrteisi.

Soniais i ddim gair wrth Mam a Dad am hyn, wrth reswm: basa'r holl beth yn fêl ar fysedd Llio, ond go brin y basan nhw'u dau yn blês iawn efo fi. Yn hytrach, dywedais fy mod wedi cael fwy neu lai bopeth ro'n i 'i angen ar gyfer y prosiect – ac roedd hyn yn wir, hefyd: ers tro, ro'n i ond wedi defnyddio'r cywaith fel esgus dros fynd yno, gan fy mod wedi mwynhau bod yng nghwmni Miss

Preis cymaint.

Dywedais yr un peth, fwy neu lai, wrth Beca Parri hefyd: roedd hi wedi bod mor genfigennus ohona i, oherwydd i mi ddod o hyd i rywun gwahanol a difyr i ysgrifennu amdani yn fy nghywaith. Do'n i ddim am iddi gael y boddhad o wybod bod y person gwahanol a difyr honno wedi f'alltudio o'i thŷ, wedi fy anfon oddi yno fel athrawes yn hel rhyw hogan fach ddrwg allan o'i dosbarth.

A hynny yng ngŵydd y sloban dew honno. Iawn, o'r gorau, doedd hi ddim wedi deall yr un gair, ond siawns nad oedd hi, hyd yn oed, yn rhy ddwl i beidio â nabod ffrae pan oedd yna un yn digwydd reit o dan ei hen drwyn hi. Roedd yn fendith - yr unig fendith - nad oedd Cefin McGregor wedi gweld a chlywed y cwbwl hefyd.

Mewn ffordd, ar hwnnw oedd y bai, ceisiais ddweud wrthyf fy hun (er bod llais bach maleisus yn mynnu sibrwd yn fy nghlust nad oedd hynny'n wir, mai arnaf *i*, a neb arall, oedd y bai am agor fy ngheg fawr). Be oedd y *chav* yna'n dda yng ngardd Miss Preis, beth bynnag? Disgwyl ei gyfle i sleifio i mewn i'r tŷ, decini, a rhoi 'i bump ar beth bynnag oedd yn digwydd mynd â'i ffansi. Droeon, wrth feddwl am hyn, mwynheais ffantasi fechan lle'r oedd Miss Preis yn galw i'm gweld ac yn ymddiheuro: mai y fi oedd yn iawn, wedi'r cwbwl, a hi oedd wirionaf am feddwl y gallai drystio rhyw wehil cymdeithas fel y fo.

Yn wir, rhwng Cefin McGregor a'r Jemeima-neu-be-bynnag-oedd-ei-henw-hi, basa rhywun yn tybio bod Miss Preis yn bwriadu agor rhyw ganolfan ar gyfer *misfits* lleol. Wel, os felly, yna roedd yn eitha peth fy mod wedi rhoi'r gorau i alw yno, rhag ofn i bobol ddechrau meddwl mai *misfit* o'n innau hefyd.

Ia, ia, Erin.

"Duw a'm gwaredo, ni allaf ddianc rhag hon" oedd hi – ac yn y bôn, ro'n i'n gwybod pam, hefyd. Gwyddwn mai y fi oedd ar fai, ac y dylwn fynd yn ôl i dŷ Miss Preis ac ymddiheuro am fod mor... mor... be oedd y gair? A dyna fi eto, yn cymryd arnaf na wyddwn beth oedd y gair am fy mod yn rhy bengaled, yn rhy fawreddog, i'w ddweud o. Sawl gair, waeth bod yn onest ddim – a doedd yr un ohonyn nhw'n eiriau neis iawn. Dyna i chi ddau ohonyn nhw'n barod – pengaled a mawreddog. Croeso i chi ychwanegu nawddoglyd a snobyddlyd atyn nhw.

A ffiaidd.

Ond allwn i ddim, am ddyddiau maith, fy ngweld fy hun yn dychwelyd yno efo fy nghynffon rhwng fy nghoesau. Gwyddwn hefyd y dylwn i drafod yr holl beth efo rhywun, ond pwy? Roedd fy rhieni a Beca Parri dan yr argraff – diolch i mi – mai fi oedd wedi rhoi'r gorau i Miss Preis o'm gwirfodd.

Roedd hynny, wrth gwrs, ond yn gadael ... Tod.

(iv)

Do'n i ddim wedi gweld ei golli cymaint â hynny tra oeddwn yn mynd yn ôl ac ymlaen i dŷ Miss Preis, mae'n rhaid cyfaddef. Ond yn ystod y pythefnos ddi-Lafinia, fel petai, cafodd ei fombardio efo galwadau ffôn a negeseuon testun ac e-byst.

Wel, be arall allwn i 'i wneud, os oedd ei dad a'i fam o'n gwrthod â gadael iddo ddŵad allan ac yn mynnu 'i fod o'n aros gartref i swotio ar gyfer ei arholiadau?

Llwyddais, o'r diwedd, i'w gael ar ei ben ei hun ar iard yr ysgol un diwrnod. Egwyl canol y bore oedd hi; mi fuodd yn bwrw glaw tan hynny, a gwenai'r haul yn llipa fel tasa fo'n trio ymddiheuro am adael iddi lawio yn y lle cyntaf.

"Gwranda," dywedais wrtho, "dwi'n gwbod bod gen ti lot ar dy feddwl y dyddia yma, ond dwi rîli angan siarad efo rhywun."

"O ... ? Am be?"

Rhythais arno.

"Am be ti'n feddwl?"

"Dwi'm yn gwbod, nac 'dw."

"Tod, w't ti wedi hyd yn oed darllan yr holl e-byst 'na dwi wedi bod yn 'u danfon atat ti ers dyddia?"

"Do, siŵr!" Daliais i syllu arno, gan wylio'i feddwl yn troi fel coblyn. "O," meddai o'r diwedd. "Y ddynas *weird* honno."

"Ia," dywedais. "Miss Preis."

Rhoddais grynodeb o'r hanes iddo: roedd yn amlwg ei fod o wedi anghofio'r rhan fwyaf o gynnwys fy e-byst a byrdwn ein sgyrsiau ffôn brysiog.

"Be ti'n feddwl y dylwn i 'i 'neud, felly?" gorffennais.

Cododd Tod ei ysgwyddau. "Dwi'm yn gwbod, nac 'dw?"

Roedd ei lygaid ym mhobman ond arna i. *Dw't ti ddim yn poeni chwaith, nag w't* ? meddyliais, a bron y gallwn glywed corws o ddwylo'n cymeradwyo'n wawdlyd: Haleliwia, bobl! Mae'r geiniog wedi gollwng o'r diwedd! Ac roedd y curo dwylo'n amlwg wedi deffro'r hen ddraenog bach hwnnw yn fy stumog.

"Ddim *isio* gwbod w't ti, yn de, Tod?" ochneidiais.

"Dwi ddim yn nabod y ddynas, chwara teg," meddai Tod.

"Be sy gen hynna i'w 'neud efo'r peth? Rw't ti'n fy nabod *i*!"

"Yli – jest cer i'w gweld hi, a deud sori. Os ddeudith hi wrthat ti lle i fynd, wel, 'na fo – mi fyddi di wedi trio, yn byddi?"

"Ond be os *fasa* hi'n deud hynny?" gofynnais.

"Be ydy'r ots? Ti 'di ca'l be roeddat ti isio genni hi, yn do?"

"Ond dwi'n 'i *hoffi* hi, Tod! Roeddan ni'n ffrindia mawr ... "

Roedd ei lygaid yn dal i grwydro dros yr iard, fel tasa fo'n chwilio am rywun.

Rhywun mwy diddorol na fi.

Rhywun *delach* na fi.

Rhywun fel Caren Ifans.

Dyna ni, dwi wedi'i ddweud o rŵan. Caren Ifans, efo'i sgert i fyny at 'i phen-ôl a'i gwallt melyn hir a'i dannedd perffaith, pob un dant yn wynnach na Pholo mint. Dwi'n gwybod bod Tod wastad wedi'i ffansïo hi: doedd o'n gwenu fel rhyw lo llywaeth bob tro y byddai enw'r ast yn codi mewn sgwrs?

A phan oedd y bimbo sbiwch-arna-i honno o gwmpas ... wel, roedd yr hogyn fwy neu lai'n glafoerio. Roedden nhw i gyd, tasa'n dŵad i hynny, ond doedd dim ots gen i am yr hogia eraill, gallai'r rheiny i gyd lafoerio nes eu bod nhw'n boddi mewn poer: efo Tod ro'n i'n mynd allan ... i fod. *Tod* oedd fy nghariad i ... i fod.

Ia, ia, Erin. Dwyt ti ddim yn dal i feddwl hynny, gobeithio, tra bo'r hen ddraenog bach hwnnw'n neidio i fyny ac i lawr y tu mewn i ti dan floeddio chwerthin?

Serch hynny, gwneuthum un ymdrech arall. "Tod, gwranda. Dwi'n poeni am hyn go iawn, 'sti."

"W't, dwi'n gwbod, dwi'n gwbod ... "

A gwylltiais. "Wnei di o leia *sbio* arna i pan dwi'n trio siarad efo chdi? Plîs?"

Ochneidiodd – oedd, roedd ganddo'r wyneb i wneud hynny. Trodd ac edrych arna i efo golwg or-amyneddgar ar ei wyneb, fel tasa fo'n cael ei orfodi i wrando ar blentyn bach yn canu neu'n adrodd.

"O, anghofia fo!" dywedais.

"Be - ?" meddai Tod, yn ddiniwed i gyd nes fy mod i'n teimlo fel rhoi swadan iawn iddo.

"Ma'n amlwg nad oes gen ti'r un owns o ddiddordab yn y sgwrs," dywedais, gan ychwanegu: "Nac ynna i, chwaith."

Agorais fy mag am ddim rheswm a chwilota drwyddo am ddim byd, yn casáu'r dagrau oedd wedi rhuthro'n annisgwyl i'm llygaid ar cryndod plentynnaidd a glywn yn fy llais.

Ddywedodd Tod yr un gair. Edrychais arno.

"Wel - ?"

"Wel – be?" meddai Tod.

"Dw't ti ddim yn mynd i ... yn mynd i wadu hynny?" gofynnais.

Ochneidiodd Tod eto, a throi tuag ataf o'r diwedd.

"Ocê, Erin," meddai. "Rw't ti'n iawn – 'sgen i ddim diddordab o gwbwl yn y sgwrs. Ti 'di bod yn hefru mlaen am y ddynas *weird* yna ers dyddia rŵan. Dwi'n bôrd efo hi, ocê?"

"A be amdana i?" gofynnais.

"Chdi - ?"

"W't ti'n bôrd efo fi, hefyd?"

Am un ennyd fach ogoneddus, meddyliais yn siŵr fod Tod am ysgwyd ei ben yn bendant, chwerthin, rhoi ei fraich amdanaf a dweud rhywbeth, Na – ddim ffasiwn beth, dwi ddim yn bôrd efo chdi o gwbwl. Ond ar ôl agor a chau'i geg fel halibyt, edrychodd i ffwrdd oddi wrtha i.

Teimlais y dagrau'n llosgi fy llygaid unwaith eto. *Mae o'n gorffan efo fi*! meddyliais. *Mae o'n fy nympio i*!

"Reit 'ta," dywedais, gan wneud fy ngorau glas i gadw'r hen gryndod babiaidd hwnnw o'm llais. "Ocê. Diolch, Tod. O leia dwi'n gwbod lle dwi'n sefyll efo chdi rŵan."

Caeais fy mag. Troais oddi wrtho a cherdded i ffwrdd, gan ddisgwyl – na, gan *obeithio*, gan *weddïo* – y byddwn yn clywed ei lais yn fy ngalw'n ôl ... unrhyw foment rŵan ... unrhyw foment ...

Cerddais yr holl ffordd ar draws yr iard ac at y fynedfa gefn. Wrth y drysau, troais – gan gasáu fy hun am fod mor wan â gwneud hynny.

Safai Tod yn yr un lle ym mhen pella'r iard. Doedd o ddim yn edrych i'm cyfeiriad – doedd o ddim hyd yn oed wedi fy ngwylio'n cerdded i ffwrdd oddi wrtho, heb sôn am weiddi arnaf i fynd yn ôl ato.

Yn hytrach, roedd y wên lywaeth honno ar ei wep wrth iddo wylio Caren Ifans yn cerdded tuag ato, yn goesau i gyd fel rhyw blwmin fflamingo a'i dannedd perffaith yn fflachio'n wyn yng ngoleuni gwlyb yr haul.

MAC

(i)

Y joban gynta roedd yn rhaid i mi 'i gwneud yng ngardd gefn Miss Preis oedd clirio'r pentwr o rwbel oedd ganddi hi reit yn erbyn y giât gefn. Ma gan y tai yma i gyd walia reit uchel o'u cwmpas nhw, ac roedd giât Miss Preis yn edrych yn debycach i ddrws pren, tal na giât normal.

"Mi fedri di fynd a dŵad fel rw't ti isio wedyn, Cefin," meddai. "Fydd 'run affliw o bwys os ydw i i mewn neu allan."

Roedd hi'n hoffi mynd fel roedd hi'n teimlo, meddai: rŵan 'i bod hi wedi riteirio, roedd hi'n rhydd i wneud be bynnag roedd hi isio.

"Felly paid â synnu os byddi di'n cyrraedd yma'n reit aml ond i gael neb adra. Wel – ar wahân i'r Doctor, yn de."

O, ia. Y Doctor. Roedd Mam (gan amla pan fyddai'n sôn am Dad, nid bod hynny'n digwydd yn aml) yn hoffi dweud llinell o ryw farddoniaeth roedd hi wedi'i ddysgu pan oedd hi yn yr ysgol ers talwm: "Mae rhywbeth bach yn poeni pawb" – a byddai hi bob tro'n rhoi pwyslais ar y gair *bach*. Wel, y Doctor oedd y "rhywbeth bach" oedd yn 'y mhoeni i, a doedd o ddim mor fach â hynny, chwaith. Do'n i ddim yn hoffi'r ffordd roedd y monstyr yma'n sbio arna i – fel tasa fo'n trio penderfynu pa ddarn ohona i roedd o am 'i fwyta yn gynta.

"Mi ddaw Ianîna draw i'w fwydo fo, felly fydd dim rhaid i chdi boeni am hynny," meddai Miss Preis, a myn diawl, os na ddechreuais i gochi fel idiot. "Pwy a ŵyr, ella y gwneith hi banad i chdi tra fydd hi yma. Os wyt ti'n hogyn da, ynte."

Oedd hi'n trio cuddio gwên wrth iddi ddweud hyn? Alla i ddim dweud achos ro'n i wedi ffeindio'r ferfa newydd yn ddiddorol uffernol mwya sydyn. Ond ma'n rhaid fod Miss Preis yn piciad allan i rywle neu'i gilydd yn reit aml, achos mi ges i sawl paned efo Ianîna. Ro'n i'n gallu treulio mwy a mwy o amser yno erbyn hyn achos roedd y clocia wedi cael 'u troi awr ymlaen ... ia, ymlaen, 'na fo, ro'n i'n cael job cofio pryd oedd pa ffordd nes i Mam ddweud wrtha i am gofio "*Spring forward, fall back*". Mi faswn i wedi bod yma lot mwy yn ystod y dydd hefyd 'taswn i wedi cael fy ffordd fy hun, achos ro'n i 'di cael llond bol go iawn ar yr ysgol erbyn hynny.

Basa pob dim wedi bod yn weddol ocê oni bai am y blydi projects 'na. Fel dwi wedi sôn yn barod, ma'r rhan fwya o'r athrawon yn reit falch o weld 'y nesg i'n wag. Dydy hyn ddim yn cynnwys y Prifathro. Rŵan, dydy hwn a fi 'rioed wedi cymryd at ein gilydd; mae o'n un o'r ffrîcs rheiny sy'n hollol *obsessed* efo steddfoda a rhyw gachu felly, yn un peth, ac yn trio ffôrsio pawb arall i wneud rhyw betha ponsi fatha canu ac adrodd a dawnsio gwerin a ballu. Ar ben hynny, mae o'n rêl snob a dwi'n siŵr y basa fo wrth 'i fodd tasa fo ddim yn gofod cymryd rhyw betha fatha fi yn 'i ysgol.

Grêt – basa hynny yn fy siwtio inna i'r dim hefyd, ond am ryw reswm mi fydd o'n gwneud rhyw ffŷs fawr os ydw i'n cymryd ambell i ddiwrnod i ffwrdd! Sut ma trio deall dyn fel'na? Ond 'na fo – fel dwi'n siŵr y basa'r rhan fwya o'r athrawon yn dweud, ma'n ocê arno fo, dydy o ddim yn gorfod trio 'y nysgu i, ydy o?

Eniwê, 'i syniad o – 'i fabi o, os leiciwch chi – oedd y busnes projects 'ma.

"Lle ma d'un di, Cefin?" gofynnodd Mr Rees, f'athro dosbarth, wrth iddo 'u hel nhw i gyd i mewn.

"'Sgen i'm un," atebais.

Ma Mr Rees wastad yn edrych fel tasa fo'n hollol nacyrd, efo bagia anferth o dan 'i lygaid. Do's wybod be mae o'n 'i wneud yn ystod y gwylia ysgol: dydy o ddim yn 'u treulio nhw'n gorweddian mewn hamoc ar ryw lan môr poeth, ma hynny'n sâff.

Rŵan, edrychodd o gwmpas y dosbarth fel 'sa fo'n despret i gael hyd i'w wely.

"Be ti'n feddwl, 'sgen ti'r un?" gofynnodd.

"Be dwi'n ddeud."

"Dw't ti ddim wedi paratoi un, w't ti'n feddwl?"

"Naddo."

Rydan ni i gyd i fod i alw'r athrawon yn "Syr" a "Miss". Cachu rwtsh.

"Dim o gwbwl?"

"Naddo."

"Ond ... pam, hogyn?"

"Dwi'm yn gwbod be dwi isio'i 'neud ar ôl gadal, yn nac 'dw? Be fasa'r pwynt, felly? Ddeudis i hynny wrthoch chi ar y pryd, pan ddaru chi sôn am hyn gynta, ond ddaru chi ddim gwrando."

"Well i ti fynd ac egluro hynny wrth y Prifathro, felly. A dwi'n dy rybuddio di rŵan, Cefin – fydd o ddim yn ddyn hapus."

Ia, ia – *big deal*, meddyliais ar fy ffordd i'w weld o, dwi ddim wedi cael fy rhoi ar y ddaear 'ma i wneud y diawl yna'n hapus.

"Aros i mi gael gweld os ydw i wedi dy ddeall di'n iawn," meddai. "Dwyt ti ddim wedi paratoi gair o'th gywaith – a does gen ti'r un bwriad o wneud hynny, ychwaith. Ydw i'n iawn?"

"Yndach."

"Syr ... "

Sbiais arno.

"*Syr*!" meddai eto.

Ar y wal y tu ôl iddo fo, roedd 'na lun deg oed ohono fo'n sefyll efo tîm hoci genod. Roedd o'n edrych fel pyrfyrt, meddyliais, yn gwenu fel giât yn ei siwt efo'r holl genod 'na mewn sgerti cwta o'i gwmpas o.

"Dwi'n siarad efo chdi, hogyn!" cyfarthodd.

"Ma honna'n beth handi, yn dydy?"

"Be ... ?"

Nodiais ar y llun. Trodd yn ddryslyd.

"Honna ar y pen, ochr chwith. Y flondan 'na. 'Swn i'm yn

gwrthod honna wrth 'i hochor hi, chwaith. A honna yn y rhes gefn, yr un dal yna efo gwallt tywyll hir – 'swn i ddim yn dringo dros honna er mwyn cyrra'dd Cherie Blair."

"Argol fawr!"

Roedd o wedi dechra troi'n wyn. Ochneidiais, wedi cael digon ar gwmni'r brych erbyn hyn.

"Ylwch – fel y deudis i wrth Mr Rees, 'sgen i ddim clem be dwi isio'i 'neud ar ôl gadal y lle 'ma, ocê? Nid y fi ydy'r unig un chwaith: ma o leia hannar y dosbarth jest wedi deud rhwbath-rhwbath er mwyn cau'ch ceg chi. Ma hynny'n gneud yr holl beth yn hollol *pointless*, yn dydy? O leia dwi'n ddigon gonast i beidio â gneud hynny."

Es i allan o'i *office* o ar ôl dweud hyn, felly welais i ddim os oedd 'na stêm yn dŵad allan o'i glustia a'i drwyn o, fel sy'n digwydd mewn comics. Ond roedd rhywbeth yn dweud wrtha i nad o'n i wedi cael get-awê llwyr efo'r peth.

(ii)

Hasl ydy o yn de? Yr holl fusnes ysgol 'ma – hasl y baswn i'n gallu gwneud hebddo fo'n tshampion, a bod yn onest. Os dwi ddim yn teimlo fel gwneud rhywbeth, yna wna i mo'no fo, ac yn sâff i chi, do'n i ddim wedi teimlo fel wastio oria o amser yn gwneud y blydi project stiwpid 'na. 'Sgen i ddim ofn y Prifathro na dim byd felly, ond mae o *yn* gallu gwneud petha'n *awkward* adra weithia – dim byd mawr, jest fatha rhyw ddannodd sy'n cymryd 'chydig o ddyddia i glirio.

Triais anghofio amdano fo drwy fynd yn fwy a mwy aml i dŷ Miss Preis. Wel – i'r ardd gefn, a bod yn hollol gywir, yn de. Aeth yna'r un o 'nhraed i i mewn i'r tŷ am hydoedd ... nes y diwrnod hwnnw pan ddechreuodd hi biso bwrw mwya sydyn.

Roedd Miss Preis wedi mynd allan ar un o'i "galifants", ac roedd Ianîna wedi dŵad heibio i fwydo'r monstyr. Dechreuodd fwrw pan oedd hi hanner ffordd i lawr yr ardd efo'n paneidia ni. "O - !" meddai, a throi'n ei hôl am y tŷ gan wneud arwyddion arna i i'w dilyn hi.

Ydw i i fod i wneud hyn? meddyliais wrth frysio ar 'i hôl hi. Fel arfer, os oedd hi'n dechra bwrw, i'r sièd yr o'n i'n mynd nes iddi stopio. Rhyw hofran yn nrws y gegin wnes i, felly, nes i Ianîna ddweud, *"Ok... is ok, Ce-fin, is ok."*

Felly, i mewn â fi.

Y peth cynta welais i oedd y blydi monstyr, yn sbio i fyny arna i fel taswn i'n lygoden fawr, flasus. Dechreuodd hisian a gwneud siâp pont efo'i gefn pan gymrais gam i'w gyfeiriad, a neidiais yn f'ôl yn nerfus.

Chwarddodd Ianîna. "Oh, Ce-fin, is ok!" meddai eto, yna, wrth y bwystfil: "Sshh, Doc-tôr, sshh!"

Anodd oedd dweud pa un ohonan ni oedd y mwya anhapus 'y mod i yn y gegin, fi ynta'r gath. Er 'y mod i wedi bagio'n ôl i gornel, ddaru o ddim ymlacio o gwbwl, 'mond sefyll yno uwchben 'i ddesgil yn sbio arna i fel taswn i 'di mynd yno'n un swydd i ddwyn 'i fwyd o.

Aethon ni drwodd i'r stafell fyw, felly, Ianîna a fi. Blydi hel, am stafell! Llyfra ym mhob man – do'n i 'rioed wedi gweld cymint o lyfra mewn un stafell normal o'r blaen, stafell oedd ddim yn rhan o lyfrgell neu siop lyfra, yn de.

Steddais reit ar flaen y gadair, yn trio yfed 'y nghoffi'n reit gyflym ond roedd o'n rhy boeth i mi fedru gwneud job rhy dda o hynny. Hwn oedd y tro cynta i mi fod efo Ianîna dan do yn rhywle: roeddan ni wedi cael ambell baned efo'n gilydd, dim ond ni'n dau, ond roedd hynny allan yn yr ardd. Roedd hynny'n wahanol, rywsut. Doedd o ddim mor... mor *agos*, os 'dach chi'n deall be sy gen i.

Oedd, roedd yr hogyn hwnnw oedd mor coci yn swyddfa'r Prifathro, hwnnw oedd yn trio bod yn glyfar ac yn dweud petha powld am y genod yn y tîm hoci, wedi diflannu i rywle gan adael rhyw nyrd oedd yn goch fel bitrwtsan â'i dafod o'n glyma i gyd ar 'i ôl yn 'i le fo.

Steddais yno, felly, un ai'n sbio ar 'y nhraed neu o gwmpas ar y llyfra a'r nic-nacs od oedd gan Miss Preis o gwmpas y lle ym mhob man. Bob tro yr o'n i'n digwydd sbio ar Ianîna, roedd hi fel tasa hi'n gallu teimlo fy llygaid arni hi ac yn sbio drosodd arna i, ac yn gwenu. Ac ro'n inna'n gwenu arni'n ôl. Ma'n siŵr fod y ddau ohonan ni wedi edrych fel petha hurt, yn dweud 'run gair ac yn gwneud dim byd ond gwenu ar y'n gilydd drwy'r amser. Gorffennais 'y mhaned o'r diwedd, ond mi roddodd 'y nhroed dde o'dana i wrth i mi sefyll ac wrth i mi drio cael 'y malans yn ôl, mi darodd fy llaw yn erbyn rhyw statiw pren oedd gan Miss Preis ar ei seidbord. Syrthiodd hwnnw ar y llawr – diolch i Dduw mai un pren oedd o, a bod yna garped tew ar y llawr, neu mi fasa'r blydi peth wedi malu'n deilchion – ac aeth y ddau ohonan ni i lawr amdano fo. Roedd ein penna'n agos, agos at 'i gilydd; do'n i 'rioed wedi bod mor agos at wyneb 'run hogan o'r blaen.

Am faint arhoson ni felly, y ddau ohonan ni yn ein cwrcwd? 'Sgen i ddim clem. 'Mond cwpwl o eiliada, ma'n siŵr, falla pump ar y mwya, ond wrth sbio'n ôl yn 'y ngwely'r noson honno, roedd o'n teimlo'n fwy fel munuda hirion. Mi ddaethon ni o fewn dim i snogio – dwi'n *gwybod* hynny – a dwi'n gwybod hefyd y basan ni wedi gwneud hynny tasa'r blydi ffôn ddim wedi digwydd canu. Neidiodd y ddau ohonan ni, a brysiodd Ianîna allan i'r pasej lle'r oedd y ffôn. Codais inna i'm sefyll a rhoi'r statiw pren – oedd yn uffarn o beth trwm, trymach o lawer nag yr oedd o'n edrych, rhyw ddynes noethlymun efo tits mawr – yn ôl yn 'i le ar y seidbord.

Allan yn y pasej roedd Ianîna'n hofran uwchben y ffôn, ddim yn siŵr a ddylai ei ateb neu beidio. Canodd am hydoedd cyn tewi'n sydyn ar ganol caniad, ac ella fod hyn yn hollol stiwpid, ond mi ddaru'r ddau ohonan ni neidio eto pan dewodd o, fel tasa'r distawrwydd sydyn wedi'n dychryn ni.

Mwy o chwerthin anghyfforddus, ac yn ôl â ni i'r gegin, mewn pryd i weld tin blewog a chynffon y Doctor yn diflannu allan drwy'r fflap cathod yn nrws y gegin. Roedd hi wedi stopio bwrw. Cymrodd Ianîna y myg coffi oddi arna i a mynd â fo at y sinc. Es inna'n ôl allan i'r ardd gefn. Doedd yr un ohonan ni wedi gallu sbio'n iawn ar y llall, a'r unig beth ar 'y meddwl i oedd, Ydy hi'n difaru? Ydy hi, fel fi, yn difaru bod y blydi ffôn 'na wedi canu pan ddaru o?

Es i'n ôl i weithio, a phan o'r diwedd y gwnes i ildio i'r demtasiwn i sbio i fyny at ffenest y gegin, roedd Ianîna wedi mynd.

(iii)

Ryw hanner awr wedyn, ro'n i newydd orffen llenwi'r ferfa ac yn eistedd ar yr olwyn yn cael pum munud pan ges i'r teimlad annifyr hwnnw fod rhywun yn 'y ngwylio. Sbiais i fyny at y tŷ, yn hanner gobeithio, ma'n siŵr, fod Ianîna wedi ffeindio esgus dros ddŵad yn ôl, ond doedd yna neb i'w gweld yn ffenest y gegin.

Troais.

Roedd 'na ddyn yn sefyll wrth y giât gefn, rêl smŵddi i'w weld. Y fo oedd yn sbio arna i, ac roedd yn amlwg nad oedd o'n hoffi'r hyn roedd o'n ei weld rhyw lawer.

Camodd i mewn i'r ardd, ac wrth iddo fo wneud hynny, dyma fi'n meddwl yn syth: Copar!

Ma'n siŵr, i rywun arall, na fasa fo wedi edrych fel plismon o gwbwl: ella y basan nhw wedi cymryd mai rhyw *high flyer* efo rhyw gwmni neu'i gilydd yr oedd o, fel un o'r prats coci rheiny sy yn *The Apprentice* ar y teli, yn ei siwt smart a'i wallt bob-blewyn-yn-ei-le. Ond dwi wedi cael 'y nysgu, dros y blynyddoedd, gan Dad ond hefyd gan Nain, a gan Taid hefyd, 'chydig bach, i nabod copar pan fydda i'n gweld un. Ma 'na rywbeth am y ffordd maen nhw'n sbio ar rywun, ac yn 'u hosgo nhw. Roedd hwn yn dal 'i ben yn ôl rhyw fymryn fel tasa fo'n disgwyl clywed rhyw ogla anghynnes unrhyw funud, a chamodd i mewn i'r ardd fel tasa fo oedd bia'r lle, 'i lygaid o'n neidio i bob cyfeiriad ond yn dŵad yn ôl ata i bob tro.

Wnes i ddim synnu o gwbwl, felly, pan dynnodd o waled fach denau o boced 'i siwt a'i hagor a'i gwthio reit o dan 'y nhrwyn i

– yn rhy agos ac yn rhy gyflym i mi fedru darllen be bynnag oedd wedi cael 'i brintio ar y cerdyn ID. Ond amhosib oedd peidio â gweld y bathodyn.

Doedd o, wrth gwrs, ddim yn gwybod 'y mod i wedi gesio be oedd o'n syth bin ar ôl taro llygad arno fo. Ond doedd dim angen iddo fo wneud yr holl berfformans yna efo'i walad. Y peth oedd, mi ges i'r teimlad 'i fod o'n *mwynhau* gwneud hyn, yn cael pleser mawr o estyn 'i waled o'i boced a'i fflipio ar agor fel copar ar y teli. Synnwn i ddim tasa fo wedi treulio oria lawer yn practisio o flaen y drych, gartra.

"Enw?" meddai.

"Oes, diolch."

Gwgodd. Ma'n siŵr 'i fod o wedi disgwyl i mi wneud lond 'y nhrowsus pan wthiodd o'r waled fach bathetig honno i fy wyneb. Ond roedd gwaed y McGregors yn llifo'n dew drwy 'y nghorff (er gwaetha ymdrechion Mam druan), ac roedd rhywbeth am y brych yma oedd wedi gwneud iddo fo ferwi.

"Be ydy dy enw di?" gofynnodd.

"Pam, be ydy o i chdi, cwd?"

Aeth 'i law o i fyny fel tasa fo am roi waldan i mi. Yna sylweddolodd fod ffenestri llofftydd cefn y tai o gwmpas yn sbio i lawr ar yr ardd.

"Dwi'm yn gneud dim byd yn rong," meddwn i wrtho fo.

"Gawn ni weld, yn cawn?" meddai, gan nodio a gwenu'n oeraidd. Dyma'i ffordd o, meddyliais, o ddweud bod y gallu ganddo fo i wneud bywyd yn anghyfforddus iawn i ryw greadur fel fi – tasa fo'n dewis gwneud hynny. "Be w't ti'n 'i 'neud yma?"

"Gweithio."

"Gweithio. Dyna rw't ti'n 'i alw fo, ia?"

"Galw be?"

"Ista ar dy din yn syllu ar y tŷ acw. Ar y ffenestri, a'r drws."

"Ca'l pum munud o'n i." Nodiais ar y ferfa lawn wrth f'ochr. "Pwy ti'n meddwl sy 'di bod yn llenwi hon?"

Doedd o ddim mor sicr ohono'i hun rŵan. Gwelais 'i lygaid o'n neidio tuag at y tŷ unwaith eto.

"Be w't *ti'n* dda yma?" gofynnais.

"Y fi sy'n gneud yr holi, boi, ddim y chdi," meddai, ac roedd yn rhaid i mi wenu, doedd gen i mo'r help, roedd hwn mor corni. "Be sy mor ddigri?" gofynnodd.

Ysgydwais 'y mhen a throi i ffwrdd. Dyna pryd y cydiodd yndda i. Rŵan, efo'r ugain punt ges i gan Nain a'r cyflog ges i am fy rownd bapur a'r pres ges i gan Miss Preis am glirio'r ardd, ro'n i wedi prynu dillad newydd – siaced Alexander McQueen efo'r sgyls du-a-gwyn arni hi, ac un o'r sgarffs Palesteina rheiny, *keffiyehs* dwi'n meddwl ydy'r enw amdanyn nhw.

Ro'n i'n meddwl 'u bod nhw'n reit cŵl, beth bynnag, a dwi'n siŵr fod Ianîna wedi meddwl hynny hefyd – mi ddaethon ni'n agos iawn at snogio, yn do? Ac ia, ocê, ella 'y mod i wedi gwneud rhywbeth dwl, yn gwisgo dillad newydd fel'na i weithio, ond roedd y jîns oedd gen i amdana i'n hen, efo tylla ynddyn nhw, ac roedd y *trainers* oedd gen i yn hŷn fyth: eniwe, ro'n i isio i Ianîna eu gweld nhw, yn do'n?

Beth bynnag, roedd y boi yma newydd gydiad yndda i gerfydd y *keffiyeh* oedd gen i am 'y ngwddf. Codais 'y nhroed efo'r bwriad o roi uffarn o gic iddo fo yn 'i goes, ond, diolch byth, clywais rhyw lais bach y tu mewn i mi yn sgrechian arna i i beidio: taswn i'n cicio copar, mi faswn i yn y cach go iawn.

Yn lle hynny, gwaeddais reit yn 'i wep o: "Hoi! *Off the cloth, moth*!"

Doedd o ddim wedi disgwyl hyn, chwaith, achos yr eiliad nesa roedd o wedi 'y ngollwng i. Ond ro'n i wedi cael digon ar y clown yma erbyn rŵan.

"Gwranda – dwi'm yn gneud dim byd yn rong, ocê? Ma Miss Preis yn gwbod 'y mod i yma – gweithio iddi hi ydw i."

O, roedd o'n edrych yn ansicr iawn, rŵan, y gwynt i gyd wedi mynd o'i hwylia fo.

"Iawn," meddai. "Mi gawn ni weld be sy gan Miss Preis ei hun i'w ddeud am hynny, ia?"

Cychwynnodd am y tŷ.

"Wa'th i chdi heb," dywedais wrtho. "Dydy hi ddim adra."

Gwgodd arna i, ond yn ei flaen am y tŷ yr aeth o. Curodd wrth y drws cefn (a meddyliais mor cŵl fasa fo tasa'r Doctor yn saethu allan o'r fflap yn y drws a phlannu'i winedd yn 'i gwd o), ond wrth gwrs, chafodd o ddim ateb. Sbiodd i mewn drwy ffenest y gegin ac yna drwy ffenest y parlwr cefn.

"Iawn?" gofynnais. "Hapus rŵan?"

Nag oedd, roedd o'n bell o fod yn hapus, ond tyff. Doedd o ddim yn siŵr be i'w wneud nesa, roedd hynny i'w weld yn glir ar 'i wyneb o wrth iddo fo gerdded yn ôl tuag ata i.

"Mi fydda i'n ôl i weld Miss Preis eto," meddai.

"Iawn, gwna di hynny, uffarn o bwys gen i," dywedais. Roedd hi'n hel am law eto, ac roedd y cymyla'n gwneud iddi ddechra tywyllu ychydig yn gynt. Fedrwn i ddim gwneud llawer iawn mwy yma heddiw, felly dyma fi'n troi i fynd.

"Hei!"

O'r arglwydd...

Troais. "Be rŵan?"

"Lle ti'n feddwl ti'n mynd?"

"Adra."

Edrychodd am eiliad fel tasa fo am ddweud rhywbeth fel, "Dwi ddim 'di gorffan efo chdi eto, sgymbag" – 'swn i ddim wedi synnu, gan 'i fod o'n amlwg yn hoffi swnio fel copar oddi ar y teli – ond yn y diwedd nodiodd yn swta, fel tasa fo'n rhoi caniatâd i mi fynd. Aeth y ddau ohonan ni allan drwy'r giât gefn a cherddad i'r un cyfeiriad nes i ni ddŵad allan o'r cefna ac at gornel Heol Moelwyn.

Ro'n i ar fin gofyn iddo fo a oedd o am gyd-gerddad efo fi bob cam adra pan arhosodd wrth gar Ford Focus llwyd oedd wedi gweld dyddia gwell: roedd tolc yn nrws y gyrrwr, sylwais, ac ar y ffenest gefn roedd un o'r bwldogs rheiny sy'n nodio – y ci hwnnw efo acen Iorcshir sy ar adfyrt rhyw gwmni siwrans ar y bocs.

"Dwi'n siŵr o holi Miss Preis amdanat ti," meddai.

"Ia, ia – *whatever*," dywedais, wedi colli pob amynedd efo'r brych erbyn hyn. Cychwynnais oddi wrtho fo.

"Hei..." meddai eto.

Ochneidiais a throi.

"*Be* - ?"

"Cofia rŵan," meddai, a wir i chi rŵan, dyma fo'n gwneud gwn allan o'i fys a'i fawd a chymryd arno fy saethu.

Prat.

Gadewais o yno yn pwyso'n erbyn 'i gar, yn sgwennu rhywbeth mewn llyfr nodiada. Edrychodd i fyny ac mi ddois o fewn dim i godi dau fys arno fo: roedd o'n dal i sbio ar f'ôl i pan droais heibio i gornel y stryd.

(iv)

Digwyddodd bob dim y noson honno. Wel – dau beth, eniwe. Un peth mawr.

Ac un peth uffernol.

Y peth cynta oedd i Dad a fi ffraeo.

Ar ôl gadael tŷ Miss Preis, es i draw i dŷ Nain. Dwi'n cofio sylwi wrth i mi gerdded yno fod yr awyr yn edrych yn od: roedd yna haul yn goleuo'r brynia a'r mynyddoedd yn y pellter fel golau sbot, gan eu dangos nhw'n hollol glir, fel llun dijital jest iawn: roedd yn bosib gweld bob un fferm a phob un clawdd fel tasach chi'n sbio arnyn nhw drwy delisgôp.

Ond reit uwchben y dre roedd 'na gwmwl du, anferth, fel 'sa rhywun wedi llenwi bag bin plastig efo lot gormod o ddŵr a bod hwnnw rŵan am fyrstio unrhyw funud dros y dre.

Teimlais y diferion cynta o law wrth i mi groesi'r ffordd am dŷ Nain, diferion mawr ac oer, a neidiais wrth i ddwy frân fawr ddu wibio allan o un o'r strydoedd cefn gan grawcian yn uchel reit uwch 'y mhen i. Dechreuodd bistyllio bwrw wrth i Nain agor y drws.

"W't ti'n ôl reit, Cefin?" gofynnodd. "Rw't ti'n crynu fel deilan. Be sy?"

Roedd hi'n iawn hefyd, ro'n i *yn* crynu fatha deilen, ond do'n i ddim wedi sylweddoli 'y mod i nes i Nain ddweud.

"Ella 'y mod i'n hel am rwbath," dywedais. Rhyw grynu *weird* oedd o, ac yn rhedeg drwydda i bob hyn a hyn, fel tasa rhywun yn agor drws ffrij y tu ôl i mi.

Rhoddodd Nain olau'r gegin ymlaen, gan gwyno bod 'i angen o arni hi'n gynharach heddiw na chyn iddyn nhw droi'r clocia. Eisteddais reit yn erbyn y gwres: ro'n i'n dal i grynu fel wn i ddim be.

"Dyma ti ... "

Gwthiodd Nain fygiad poeth o goffi i'm dwylo a gosod ei llaw yn erbyn 'y nhalcen.

"Hmmm ... na, 'sgen ti ddim gwres chwaith."

"Dwi'm yn gwbod be sy. Dwi ddim yn *teimlo'n* sâl, yn de."

Roedd y coffi a'r gwres wedi helpu, achos mi deimlais i'r crynu'n stopio fesul dipyn. Do'n i ddim eisiau meddwl mai'r busnes efo'r copar hwnnw oedd wedi f'ypsetio: dydy'r McGregors ddim yn ypsetio dros rhyw betha fel'na.

"Lle ma Dad?" gofynnais.

"O – *have a guess*!" meddai Nain. "Trwodd, yn gwatshiad yr hen ffilmia cowboi di-ddiwadd 'na. Dydy o ddim wedi gneud fawr o ddim byd arall ers iddo fo ddŵad adra o'r lle 'na."

Cysgu ar y soffa oedd o pan es i trwodd i'r stafell fyw. Ar y sgrin deledu, roedd Clint Eastwood yn reidio'i geffyl drwy ryw anialwch poeth, efo *nun* yn gwneud 'i gora i'w ddilyn o ar gefn mul. Sbiais ar yr haul cry' a'r tir sych, llychlyd, yna ar y glaw yn rhedag fel ffosydd i lawr y ffenest.

Crynais eto, yr hen grynu hwnnw rydach chi'n ei gael am ddim rheswm weithia ac yna'n dweud bod rhywun wedi sathru ar eich bedd chi.

"Ylwch pwy sy 'ma – y Dyn Prysur, myn uffarn i."

Neidiais a throi. Roedd Dad wedi agor un lygad ac yn sbio arna i.

"Haia. 'Dach chi'n ocê?"

"Dw't ti ddim yn rhy brysur i ddŵad i edrach am yr hen ddyn weithia, felly?"

"Dwi 'di bod yma, fwy nag unwaith. 'Dach chi wastad yn dal yn ych gwely."

"Yn y bora, yndw. Be sy'n bod efo galw amball i gyda'r nos? Na – paid â deud wrtha i, rw't ti'n rhy brysur. Dwy job gynno fo rŵan, ylwch. Mi fydd o werth 'i filoedd cyn i ni droi rownd."

Eisteddodd i fyny ar y soffa a gwasgu'r botwm *Pause* ar y teclyn rimôt. Rhewodd y llun efo Clint ar ganol tanio sigâr. Syllodd Dad ar y sgrin am ychydig o eiliada. "Dy daid ddaru fy nechra i ar y rhain, 'sti."

"Y - ?"

"Westyrns. Pan oedd o'n fach, dyna oedd bob dim. Y cowbois oedd yr arwyr mawr. Bob tro roedd 'na ffilm gowboi ymlaen ar y teli, roedd o'n mynnu 'y mod i'n ista i lawr efo fo i'w gwatshiad nhw. Mi welis i gannoedd, dwi'm yn ama, dros y blynyddoedd."

"Faswn i byth wedi meddwl bod Taid allan o'r jêl yn ddigon hir i watshiad hannar dwsin o'nyn nhw efo chi."

Edrychodd arna i'n siarp. "Be ddeudist ti?"

"Dim byd, dim byd." Ro'n i'n teimlo'n hollol nacyrd, a dweud y gwir, ac yn oer o hyd, neu fel arall 'swn i ddim 'di dweud y ffasiwn beth.

"Ti 'di mynd yn coci uffernol yn ddiweddar, yn do?" meddai Dad.

"Jôc oedd hi. Sori ... "

"Sbio i lawr dy drwyn ar dy deulu, hyd 'noed."

"Dwi ddim!"

"W't, mi rw't ti. Ond 'na fo, 'mond i'w ddisgwyl, decini. Dy fam sy 'di bod yn dy ben di."

"Nac 'di, dydy hi ddim ... "

"O? Rhaid mai'r cwmni la-di-da rw't ti 'di bod yn 'i gadw'n ddiweddar sy'n gyfrifol 'ta. Fatha'r blydi Miss Marple 'na yn Heol Moelwyn." Edrychais arno. "Do, ma dy nain wedi deud wrtha i am dy fêt newydd di."

"Dydy hi ddim yn fêt i mi. 'Mond clirio'r ardd gefn iddi hi'r ydw i."

"Ond ma hi'n barod wedi dechra dy droi di'n erbyn dy deulu,

felly ma'n rhaid ych bod chi'n dipyn o ffrindia."

"Dydy hi ddim 'di gneud y ffasiwn beth! O – bygro fo, wnes i ddim dŵad yma i ga'l fy haslo ... "

Codais a chychwyn am y drws. Arhosodd Dad nes bod fy llaw i ar yr handlen cyn dweud: "Profa fo, 'ta."

"Be - ?"

"Os nad ydy Lafinia Preis wedi dy droi di'n erbyn dy deulu, yna profa hynny."

"Be 'dach chi'n feddwl? Dwi newydd ddeud nad ydy hi ... "

"Do – ond dydy hynny ddim yn brawf, yn nac 'di?"

"Dwi'm yn dallt. Sut fedra i'i brofi o?"

Gwenodd Dad cyn ateb – hen wên slei. "Dy rownd bapur di."

"Y - ? Be amdani hi?"

"Lle ddeudist ti w't ti'n mynd bob bora efo dy feic? Heol Moelwyn, Ffordd y Borth a Pharc Henblas, os dwi'n cofio'n iawn."

"Ia. So - ?"

"*So* ... " meddai Dad, "rw't ti'n mynd o gwmpas y tai crand i gyd. Os oes 'na rywun yn gwbod pryd ma'r bobl gyfoethog 'ma i ffwrdd ar 'u gwylia, yna'r hogyn sy'n delifro papura newydd iddyn nhw ydy hwnnw. Wedi'r cwbwl, ma pawb call yn canslo'u papura bob dydd os ydyn nhw'n mynd i ffwrdd."

Ysgydwais 'y mhen.

"Na. *No way* ... "

" ... yn enwedig rŵan, yr adag yma o'r flwyddyn a hitha jest iawn yn Basg. Ma 'na lot o bobl yn mynd i ffwrdd am wylia dros y Pasg, yn enwedig y rheiny sy'n gallu'i fforddio fo."

"*Na*, Dad ... "

"Rhoi gair yn y glust iawn, Cefin, dyna'r cwbwl sy isio i chdi'i 'neud." Cyffyrddodd â'i glust dde. "Jest deud wrth yr hen ddyn pwy sy 'di mynd i ffwrdd, ym mha un o'r tai crand 'na maen nhw'n byw, ac am faint y byddan nhw i ffwrdd. Gad y gweddill i mi, fydd dim rhaid i chdi fynd ar gyfyl y lle."

"*No way*!"

Cododd ei aeliau.

"O - ? Ti'n *gwrthod*, felly?"

"Blydi reit!"

"Gwrthod helpu dy dad dy hun."

"Yndw! I 'neud rhwbath fel'na – yndw!"

"Wela i. Ti'n troi yn erbyn dy deulu, felly."

"Nac 'dw…!"

"Be arall fasat ti'n 'i alw fo?"

"'Sgynnoch chi'm hawl gofyn i mi 'neud rhwbath fel'na…"

Cododd oddi ar y soffa'n sydyn uffernol – yn reit debyg i neidr yn ymosod ar lygoden. Roedd o wedi cydio yn 'y *keffiyeh* newydd a'm tynnu reit ato nes ein bod ni wyneb yn wyneb jest cyn i mi orffen dweud y frawddeg.

"Nid gofyn i chdi ydw i'r cwdyn bach, ond *deud* wrthat ti!" Roedd o'n siarad mewn hanner sibrwd ac roedd hynny'n 'y nychryn i'n fwy na phetai wedi gweiddi. "Ti'n gweld, Cefin, dydy o ddim jest y fi. Dwi wedi bod mewn cysylltiad efo … wel, hidia di befo pwy. Os w't ti'n hogyn da, yn hogyn *lwcus*, yna fydd dim rhaid i chdi gyfarfod yr un ohonyn nhw. Ond ma nhw'i gyd yn meddwl fod hwn yn hymdingar o syniad. Unwaith y cawn ni be 'dan ni'i isio gen ti, y bwriad ydy mynd i mewn i lot o dai yr un noson. Ond maen nhw'n dechra colli mynadd, ti'n gweld. Yn dechra gofyn cwestiyna. A bod yn hollol onast, dwi inna'n dechra difaru sôn wrthyn nhw – ma'r rhein yn *professionals* go iawn, ti'n gweld, ac yn gallu troi'n uffernol o gas os nad ydyn nhw'n ca'l be maen nhw 'i isio. Felly, 'rhen ddyn, 'swn i yn chdi, yn de, mi faswn i'n 'i siapio hi dros y dyddia nesa 'ma – ocê? Y tro nesa fyddan ni'n gweld y'n gilydd, dwi'n disgwl y bydd gen ti restr o enwa a chyfeiriada i mi. Ocê? Mi gei di anghofio bob dim amdano fo ar ôl hynny – a hei…" Tarodd fy moch yn ysgafn â'i law. "… mi fyddan ni'n fêts unwaith eto, achos mi fydda i'n gallu deud wrth unrhyw un, yn falch i gyd, fasa Cefin ni byth… *byth*… yn troi'n erbyn ei deulu."

(v)

Fedrwn i ddim dweud wrth neb, yn na fedrwn? Neb o gwbwl. Ro'n i yn y *shit*, dim ots pa ffordd ro'n i'n troi. Taswn i'n achwyn wrth Nain, yna mi fasa hi'n siŵr o roi Dad yn 'i le – ond be wedyn am y "*professionals*" 'na roedd Dad yn 'u nabod? Basa'r rheiny ar f'ôl i wedyn. Ac ar ôl Dad, ma'n siŵr – ond y noson honno do'n i ddim yn poeni rhyw lawer am hynny: ro'n i'n 'i gasáu o pan es i o dŷ Nain.

Ond oedd o wedi dweud y gwir? Roedd o'n berfformiwr, yn hoffi gwneud drama fawr o bob dim...

Na. Roedd o'n hollol o ddifri, ro'n i'n gallu dweud arno fo. Be oedd un o'r petha ddwedodd o – 'i fod o'n hanner difaru agor ei geg wrth y *professionals* rheiny yn y lle cynta? Ac ro'n i'n siŵr 'y mod i wedi gweld ofn yn 'i lygaid o pan ddwedodd o hynna – 'mond fflach sydyn, ond roedd o yno, yn bendant, fatha cysgod tywyll yn gwibio heibio.

A be am Nain? Oedd hi'n gwybod am hyn?

Na!

Fasa Nain byth wedi gadael i Dad 'y mygwth i fel'na, a doedd hi 'rioed 'chwaith wedi trio 'y mherswadio i ddysgu crefft y teulu, os leiciwch chi: roedd hi wedi rhoi'r gora iddi ers i Taid farw yn y jêl ac wedi bod yn gweithio yn y siop Spar ers blynyddoedd. Tasa Dad ddim yn fab iddi, mi fasa hi wedi'i gicio fo allan ers talwm, dwi'n sâff o hynny.

Allwn i ddim â dweud wrth Mam, chwaith, am yr un rheswm â Nain – ac o nabod Mam, synnwn i ddim os y basa hi'n mynd yn syth at y copars ac achwyn wrthyn nhw: basa Dad wedyn yn ôl i mewn cyn iddo fo droi rownd – a basa'r *professionals* rheiny yn dal o gwmpas, yn rhydd, ac yn chwilio amdana i.

'Dach chi'n gweld? Doedd gen i nunlla i droi, yn nag oedd?

(vi)

Es i i 'ngwely am un ar ddeg, hanner awr reit dda cyn yr amser roedd Mam yn arfer cyrraedd adra o'r *Ship*.

Er mai cysgu oedd y peth diwetha' ro'n i'n teimlo fel 'i wneud. Gorweddais yno'n gwrando ar y glaw yn erbyn y ffenest: er bod y fflat ar lawr ucha'r adeilad, roedd o'n swnio'n union fel bod rhywun y tu allan yn drymio'u bysedd yn erbyn y gwydr, isio cael dŵad i mewn ata i. Rhywun oer a gwlyb ac unig.

Roedd yn rhaid i mi frwydro'n galed i wthio Dad allan o'm meddwl a llusgo Ianîna yno yn 'i le. Meddyliais mor agos y daethon ni at snogio, yno yn ein cyrcyda yn stafell fyw Miss Preis efo'r statiw pren o'r ddynes noeth honno ar y carped rhyngthon ni. Triais 'y ngora i ddychmygu sut fasa hynny wedi teimlo, sut fasa 'i gwefusa hi wedi teimlo wrth iddyn nhw symud o dan fy rhai i...

Ma'n rhaid 'y mod i wedi cysgu wedyn: 'sgen i ddim co' o glywed Mam yn cyrraedd adra. Ond mi ddeffrais rywbryd yn oria mân y bore, wedi breuddwydio bod dwy frân fawr, ddu - rheiny ddaru 'y nychryn i wrth i mi gyrraedd y tu allan i dŷ Nain - yn fflio o gwmpas yn fy stafell i, reit uwchben 'y ngwely i ac yn crawcian dros y lle.

Yna roedd yn fore, ac agorais fy llygaid i weld Mam yn eistedd ar ochr 'y ngwely i, yn y crys-T llaes hwnnw efo llun Paddington Bear ar 'i flaen o y bydd hi'n 'i wisgo i fynd i'w gwely.

Roedd 'i hwyneb hi'n siriys iawn.

"Be...?" gofynnais. "Be sy - ?"

Sbiodd arna i am 'chydig fel 'sa hi 'di anghofio sut oedd siarad.

"Mam – ?" Steddais i fyny yn y gwely. "Be sy?"

Cydiodd yn fy llaw.

"Yr hogan 'na rw't ti 'di dŵad i'w 'nabod ... honna o Boland ..."

"Be? O – Ianîna ... o Lithiwênia ma hi'n dŵad ... " Teimlais ryw oerni od yn tyfu y tu mewn i mi. Do'n i ddim isio clywed dim mwy. "O Lithiwênia..."

Ro'n i'n gallu gweld gwefusa Mam yn symud wrth iddi siarad ond doedd y geiria roedd hi'n eu dweud ddim yn gwneud llawer o sens; roedd 'y mhen i fel tasa fo'n llawn o wadin ar ôl y noson aflonydd ges i neithiwr. Ond dweud rhywbeth am Ianîna roedd hi, ac o'r diwedd clywais y geiria diwetha roedd arna i isio'u clywed.

"Mi gafodd hi'i lladd nithiwr, boi," meddai Mam.

Y LLOFRUDD

Roedd o wedi chwilio'r lle – wedi mynd drwy bob un o'i bocedi ac wedi bod drwy'r fflat â chrib fân. Roedd o hefyd wedi edrych o dan seddau'r car ac wedi gwthio'i law i lawr heibio i waelodion eu cefnau.

Ond roedd o wedi methu'n lân â dod o hyd i'r groes fach arian honno.

Am y canfed tro, ceisiodd gofio'n union yr hyn a ddigwyddodd, ers iddo deimlo'r bywyd yn rhuthro o'r corff trwm yn ei erbyn, fel yr aer allan o fatres wynt letchwith. Roedd o wedi llacio'i afael ar y gwregys yr oedd wedi'i dynnu'n dynn am ei gwddf, wedi clywed y groes yn tincian ar y llawr, wedi dod o hyd iddi a'i gwthio i mewn i'w boced...

... ac wedi gwthio'r gwregys i mewn ar ei hôl, i mewn i'r un boced yn ei siaced.

Yna, wrth y fynedfa i'r marina, roedd wedi aros wrth glawdd yr harbwr ac wedi lluchio'r gwregys i mewn i'r dŵr. Pan gofiodd wedyn am y groes, ar ôl cyrraedd adref, ac edrych yn ei boced, doedd y groes ddim yno.

Oedd hi wedi mynd i'r dŵr, i ganlyn y gwregys?

Mae'n rhaid ei bod hi, meddai wrtho'i hun, drosodd a throsodd a throsodd. Mae'n rhaid ei bod hi.

Serch hynny, treuliai o leiaf hanner awr bob dydd yn chwilio'r lle amdani.

Jest rhag ofn...

RHAN 2

LAFINIA

(i)

"Fedra i ddim byw fel hyn dim mwy, Doctor," meddai. "Mae'n rhaid i mi wneud rhywbeth."

(ii)

Doedd hi ddim wedi cael noson iawn o gwsg ers ... o, ni fedrai gofio. Ers wythnos, o leiaf.

Ers i'r amheuon ddechrau cnoi i mewn i'w meddwl, fel cynhron bach penderfynol. Dim cwsg, dim ond rhyw hen bendwmpian anghyfforddus, a hynny ond am ychydig o funudau ar y tro. Roedd yn union fel tasa hi wedi llyncu cloc larwm a bod hwnnw'n mynnu canu'n uchel y tu mewn iddi bob chwarter awr, gan beri iddi neidio allan o'i chwsg aflonydd.

Ac roedd hi wedi ail-ddechrau ysmygu.

"Ffŵl," meddai wrthi'i hun bob tro y byddai'n tanio un newydd. "Y ffŵl gwirion."

A hithau wedi gwneud mor dda. Cyn iddi ildio ac ail-gychwyn, cyn hyn i gyd, cofiai mor falch yr oedd hi ohoni'i hun, am ddiffodd ei sigarét olaf yn y blwch llwch Carling Black Label oedd ganddi ar ddesg ei swyddfa. Cerddodd allan o'r swyddfa am y tro olaf gan adael stwmp y sigarét yn mygu yno, gyda cholofn denau o fwg llwyd yn dringo'n ddiog tua'r nenfwd.

Pur anaml wedyn yr oedd hi wedi hyd yn oed meddwl am sigaréts: doedd dim angen y patshys rheiny arni hyd yn oed – llwyddodd i roi'r gorau iddi'n syth bin ar ôl dros ddeugain mlynedd o smocio fel stemar. Wrth gau drws y swyddfa ar y sigarét olaf, caeodd ef hefyd ar y bywyd oedd wedi gwneud iddi estyn am y pethau afiach yn y lle cyntaf.

Ond roedd y sigarét yn dal i fygu...

(iii)

Taniodd un arall yn awr a throi i chwilio am y blwch llwch, mewn pryd i weld y Doctor yn codi oddi ar y soffa a neidio i lawr ar y carped, ei gynffon i fyny fel marc cwestiwn a'i wyneb yn bictiwr o ffieidd-dra tuag ati. Martsiodd allan o'r ystafell â'i ben yn yr awyr.

"Fy nhŷ *i* ydy hwn, Doctor!" galwodd Lafinia ar ei ôl. "Mi ga i 'neud fel dwi isio!"

Dyna ti, Lafinia, rw't ti'n bod yn flin efo Doctor Watson druan rŵan, fe'i dwrdiodd ei hun. Gwgodd ar y tiwb ffiaidd oedd ganddi'n mygu rhwng ei bysedd. Roedd y creadur wedi dechrau arfer â chael y tŷ'n glir o fwg sigaréts. Roedd hithau hefyd, tasa'n dod i hynny. Mor braf oedd gallu dod i mewn drwy'r drws ffrynt ac arogli blodau a pholish dodrefn yn lle drewdod marwaidd hen fwg.

"Doctor - ?" galwodd, ond roedd y Doctor yn amlwg wedi

pwdu efo hi.

Daeth yr haul allan o'r tu ôl i gwmwl gan sgleinio ar sgrin dywyll y teledu. Gallai Lafinia weld ei llun yn y gwydr. Dydy o ddim yn llun hyfryd, meddyliodd: canol y bore, a dyma ti o hyd yn dy ddillad nos, dy wallt dros y lle i gyd ac un o'r pethau afiach yna'n llosgi rhwng dy wefusau. Rw't ti'n edrych fel slwt, Lafinia, fel *hen slwt fudur*!

Diffoddodd ei sigarét. Mi fydda i'n edrych ac yn teimlo'n well ar ôl cael bath a golchi a brwsio fy ngwallt a rhoi fy nillad mwyaf lliwgar amdanaf, penderfynodd.

Hwyrach, hefyd, y byddaf yn gallu meddwl yn fwy clir.

A phenderfynu'n union be ddylwn i 'i wneud.

(iv)

Arhosodd Lafinia ar ganol tynnu brws drwy'i gwallt. Gyda'i phenelin yn ymwthio o ochr ei phen, edrychai fel petai hi'n saliwtio rhywun.

Beth oedd y sŵn yna?

Gwrandawodd yn astud, ond chlywai hi ddim byd ond carlamau ei chalon hi 'i hun a'r glaw mân yn crafu ar wydr y ffenest.

"Helô - ?"

Swniai ei llais yn fain a chrynedig. Llais hen wreigan fach ofnus, dim byd tebyg i'w llais arferol hi. Llais llawn hyder, oedd wastad wedi taranu'n uchel dros y lle.

Tan ychydig dros wythnos yn ôl ...

Cliriodd ei gwddf a galw eilwaith, yn fwy pendant y tro hwn.

"Helô - !"

Dim smic.

Ond buasai Lafinia wedi gallu taeru iddi glywed *rhywbeth.* Efallai mai fflap y Doctor yn nrws y gegin yn agor a chau oedd o...

ond na, cofiodd, roedd hwnnw'n sŵn gwahanol, ac yn sŵn yr oedd hi wedi hen arfer â'i glywed.

Sylweddolodd ei bod yn dal ei hanadl. Chwythodd ef allan yn araf cyn codi oddi ar y stôl isel oedd ganddi o flaen y drych. Er bod y carped ar lawr ei hystafell wely'n un meddal a thrwchus, cerddodd ar flaenau'i thraed at y drws agored.

Brathodd ei phen allan i'r landing gan hanner disgwyl gweld ... beth? Rhywun yn sleifio i fyny'r grisiau amdani mewn dillad a balaclafa du? Neu seico mewn mwgwd hoci Americanaidd fel hwnnw yn *Friday the 13th*, a chyllell anferth, waedlyd yn ei law?

Ond nid seicopaths ffilmiau oedd yn llenwi breuddwydion Lafinia Preis y dyddiau hyn, a'i chadw'n effro bob nos.

Camodd allan ar y landing, ei brws gwallt yn ei llaw, a sbecian i lawr y grisiau.

Neb ...

Gwyrodd dros y banister ac edrych i lawr at y cyntedd.

"O'r nincompŵp wirion - !" meddai'n uchel.

Ar y llawr o flaen y drws ffrynt roedd bwndel bychan o lythyron. Dyna beth oedd y sŵn a glywodd – y post yn cael ei wthio i mewn drwy'r blwch llythyron.

Sylweddolodd Miss Preis ei bod yn cydio'n dynn, dynn yn ei brws gwallt – yn ei wasgu mor galed, roedd ei migyrnau i'w gweld yn wyn a chlir drwy gnawd ei dwrn.

Ymlaciodd.

Yna teimlodd y lle'n dechrau troi. Roedd chwiban uchel yn ei phen, a gallai deimlo rhyw hen chwys oer, annifyr yn llifo allan o'i chorff. Cydiodd ym mhelen bren y postyn grisiau gan anadlu'n ddwfn. O'r diwedd, dechreuodd y byd lonyddu unwaith eto a phallodd yr hen chwiban annifyr honno.

Alla i ddim byw fel hyn dim rhagor, meddyliodd. Alla i ddim. Mae'n rhaid i mi wneud rhywbeth – a hynny'n o fuan.

Crynodd.

Roedd sŵn y glaw mân ar ffenest y landing wedi gwneud iddi feddwl am ewinedd yn crafu'n erbyn caead arch.

O'r tu mewn.

ERIN

(i)

Roedd y papurau newydd yn llawn ohono fo – ond eto'n dweud dim byd. Doedd neb hyd yn oed yn siŵr iawn pwy oedd yr eneth, nac ychwaith o ble'n union yr oedd hi wedi dod – ar wahân i'w henw a'r ffaith ei bod yn tarddu o wlad Lithwania. Os oedd yr heddlu'n gwybod, yna doedden nhw ddim wedi trafferthu dweud hynny wrth y cyfryngau.

"Ma'n eironig, dw't ti ddim yn meddwl?" meddai Beca Parri.

"Eironig?"

"Ia. Does 'na bron neb yn gwbod y peth cynta am y Janina 'ma, ond eto ma ei marwolaeth hi wedi syfrdanu'r dre' 'ma i gyd."

"Dwi'm yn gweld unrhyw beth yn eironig yn hynny," atebais, yn ymwybodol fy mod yn swnio'n reit sniffi unwaith eto. "Y ffordd fuodd hi farw sy wedi syfrdanu pobl, Becs. Dydy petha fel'na ddim yn digwydd yn aml y ffordd hyn, cofia."

"Na, na, dwi'n gwbod hynny i gyd. Jest... wel, ysti... doedd jest iawn i neb yn gwbod pwy oedd hi pan oedd hi'n fyw, ond ma hi 'di llwyddo i droi'r dre' yma'n *ghost town* gyda'r nos."

"Fel tre mewn horyr ffilm," meddai Caren Ifans, "lle ma pawb yn gneud yn sâff eu bod nhw adra efo'r drysa wedi'u cloi erbyn i'r haul fachlud. Cyn bod y fampaiyrs i gyd yn dŵad allan."

Gwgais ar Caren Ifans a chael fflach goeglyd o'r dannedd perffaith rheiny'n ôl. Ond mewn ffordd, ro'n i'n gallu deall yr hyn oedd gan Beca dan sylw. Roedd y ffaith fy mod wedi gorfod mynd â Llio hefo mi i Starbucks yn enghraifft o'r hyn roedd Beca newydd ei ddweud. Mwy na hynny, roedd Mam wedi mynnu rhoi lifft i ni yno, ac yn ôl adref wedyn.

Roedd yr un peth yn wir am Beca a Caren Ifans. Edrychodd Beca braidd yn *embarassed* pan gerddodd hi i mewn efo Caren, o bawb, a fy ngweld i'n eistedd yno'n rhythu arni. Aeth Caren at y cownter a phlonciodd Beca 'i hun ar un o'r cadeiriau oedd wrth ein bwrdd, ei hwyneb yn goch.

"*Et tu, Brute*?" gofynnais, a meddwl: Basa Miss Preis yn falch ohona i am ddyfynnu fel hyn. O'n, ro'n i wedi dechrau cymryd mwy o ddiddordeb yn fy ngwersi Saesneg a Chymraeg.

"Be?" meddai Llio, ar goll.

"Dy chwaer sy'n lecio dangos 'i hun, Llio," meddai Beca. "*Julius Caesar*. Shakespeare." Edrychodd arna i. "Sori, Erin. Ond y hi ddaru ffonio, a chan nad ydyn Nhw yn gada'l i mi fynd allan ar fy mhen fy hun... "

"*Join the club*," ochneidiais, a gwthiodd Llio'i thafod allan. "Wel, fedra i ddim deud dim byd. Wnes i ddim meddwl am dy ffonio di, yn naddo? Sori. Ond Mam wna'th sbringio'r peth arnon ni – penderfynu mwya sydyn ei bod am fynd i Marks ac oeddan ni isio mynd allan o'r tŷ am awr neu ddwy?"

Gwyliais Caren yn dychwelyd o'r cownter gyda dau goffi ar hambwrdd crwn, cyn sylweddoli be'r o'n i'n ei wneud ac edrych i ffwrdd yn frysiog. Cerddai fel tasa hi ar bompren, a sylwais fod llygaid pob un dyn arni – a nifer o ferched, hefyd, ond bod y rhan fwyaf o'r rheiny'n edrych fel tasan nhw'n gweddïo y byddai'n baglu a syrthio ar ei hyd.

Ond wrth gwrs, wnaeth hi mo hynny, damia hi. Gofalodd fod pawb yn cael cyfle iawn i weld ei phen-ôl yn ei jîns tynion wrth iddi blygu i osod yr hambwrdd ar ein bwrdd, cyn eistedd gyferbyn â mi, croesi'i choesau a rhoddi fflic i'w gwallt. Rhaid i mi gyfaddef, ro'n i'n teimlo fel codi a cherdded allan. Ond wrth gwrs, doedd wiw i mi wneud hynny. Doedd Llio ddim yn gwybod bod Tod wedi fy nympio er mwyn mynd allan efo hon – oeddynt, roeddynt yn "eitem" erbyn hyn, ac roedd y ffaith ei fod o'n gallu mynd allan efo hi gyda'r nos, ar ôl wythnosau o ddweud wrtha i ei fod o'n rhy brysur yn adolygu, wedi fy mrifo'n boenus – ac roedd Llio wedi edrych ar goll ers i Caren hwylio i mewn drwy'r drws. Ar ben hynny, roedd Mam wedi ein siarsio i aros lle'r oedden ni nes y deuai hi yno i fynd â'r ddwy ohonom adref.

Yn ddigon naturiol, mwn, ni fu'n hir cyn i'r sgwrs droi at lofruddiaeth Janina. Mewn ffordd – ac mae'n gas gen i gyfaddef hyn, go iawn – roedd hyd yn oed Caren yn reit agos i'w lle: *roedd* y dref yn farwaidd iawn gyda'r nos. Yn sicr, doedd yr un o'n criw ni yn mentro allan wedi iddi dywyllu: doedden ni ddim yn cael gan ein rhieni, ac yn ôl y sôn, roedd y merched hynny oedd yn mentro allan wastad yn gwneud hynny mewn criwiau neu gyda'u cariadon.

"Ella mai *serial killer* ydy o," oedd y frawddeg a glywyd amlaf, dwi'n siŵr. Dywedodd Beca fersiwn ohoni hi'n awr a gorfu i mi frathu fy nhafod rhag arthio arni. Nid oherwydd y frawddeg – ro'n innau wedi ystyried yr un peth drosodd a throsodd – ond oherwydd y ffordd yr oedd pobl yn tueddu i'w dweud, bron fel tasan nhw'n ysu am iddi fod yn wir. Fel tasan nhw'n mwynhau'r holl ddrama.

Roedd Dad wedi pregethu am hyn un noson, ac am unwaith ro'n i'n cytuno efo fo.

"Ar y teledu ma'r bai," meddai. "Pur anaml y gweli di raglen dditectif y dyddia yma sydd ag ond un person yn cael ei ladd. Na, ma'n rhaid ca'l dau ne' dri bob tro – llawar mwy, yn reit aml. Ac ma'n deud llawar amdanon ni fel cymdeithas fod rhaglenni am y *serial killers* yma mor andros o boblogaidd. Mae o fel tasa'r llofrudd wedi ca'l ei orchuddio i fod yn ffigwr rhamantus. Meddylia am Anthony Hopkins – yn ennill Oscar am bortreadu dyn oedd nid yn unig yn llofrudd gwallgof ond hefyd yn llwyddo i ddianc! A phawb wrth eu bodda am ei fod o'n rhydd i lofruddio eto, ac eto, ac eto. A 'tasat ti'n gwrando ar y rhan fwya o bobol y dre 'ma, mi fasat ti'n meddwl eu bod nhw wedi gwirioni efo'r syniad fod yna Hannibal Lecter yn cerddad 'u strydoedd nhw."

Yr hyn a ddwedodd Beca mewn gwirionedd oedd, "Fedri di ddim gweld bai ar ein rhieni ni, ma'n siŵr. Ma'n saffach aros gartra nes eu bod nhw wedi dal pwy bynnag wna'th. Jest rhag ofn fod 'na seico o gwmpas y lle."

"Fatha'r Yorkshire Ripper," meddai Caren Ifans. "Neu hwnna oedd wrthi yn Sheffield yn ddiweddar. Ond pigo ar buteiniaid oedd y rheiny, yn de?"

Unwaith eto bu'n rhaid i mi frathu fy nhafod: ro'n i ar fin dweud rhywbeth ofnadwy, sef y byddai'n eitha peth tasa Caren yn aros adre ddydd a nos felly. Dwi ddim yn amau bod Beca wedi darllen fy meddwl, oherwydd agorodd ei llygaid yn llydan i'm cyfeiriad am eiliad, cystal â dweud: "Paid ti â meiddio, Erin Glyn!"

"Doedd yr hogan yma ddim yn butain, yn nag oedd?" meddai Beca, yn lle hynny.

Ysgydwais fy mhen. "Nag oedd."

"Sut w't *ti'n* gwbod?" gofynnodd Llio.

"Wel... ddeudon nhw mo hynny yn y papura. Mi fasan nhw'n siŵr o fod wedi deud, fel arall. Ti'n gwbod fel maen nhw – ma *sex and violence* yn gwerthu papura, yn dydy?"

Nodiodd y tair arall. Ffiw, meddyliais. Y peth oedd, do'n i ddim wedi sôn yr un gair wrth neb – hyd yn oed adre – fy mod wedi cyfarfod Janina. Fy mod i, mewn rhyw ffordd fechan iawn, wedi ei hadnabod.

(ii)

Alla i ddim dweud, gydag unrhyw onestrwydd, fy mod wedi ypsetio pan glywais am Janina. Cefais f'ysgwyd, do – roedd hynny'n ddigon naturiol, yn doedd? – a f'ysgwyd yn o hegar, hefyd. Mi es i'n reit wyn, felly diolch byth mai clywed dros y ffôn wnes i, pan alwodd Beca efo'r newyddion, a doedd neb yno i sylwi ar fy mraw ond fi fy hun.

Mi faswn i'n rhagrithiol ar y naw taswn i wedi beichio crio, yn baswn? A minnau ond wedi cyfarfod â'r hogan un tro – a ddim wedi hoffi'r hyn a welais i ryw lawer, 'chwaith.

Ar ôl diffodd y ffôn gorweddais ar fy ngwely, ddim yn siŵr iawn sut yr o'n i'n teimlo. Wedi fy nychryn yn fwy na dim byd arall, penderfynais: roedd fy nghalon yn curo ffwl sbîd a phan ddaliais fy llaw i fyny o flaen fy llygaid, gwelais ei bod yn crynu rhywfaint.

Yn flaenllaw yn fy meddwl, fel tasa fo'n lun gen i ar fur f'ystafell wely, roedd y cof oedd gen i am Janina yn eistedd yng nghegin Miss Preis ac yn claddu bisgedi siocled deijestif, un ar ôl y llall ... ynteu o'n i, hyd yn oed funudau ar ôl clywed am ei marwolaeth, yn bod yn annheg efo hi? Hwyrach mai ond rhyw un neu ddwy o fisgedi gafodd y greadures, ond fy mod i, gan fy mod i wedi cymryd yn ei herbyn i'r fath raddau, yn mynnu ei chofio yn sglaffio'r paced cyfan.

Disgwyliais am ruthr y dagrau i'm llygaid, ond ddaeth yr un. Na, do'n i ddim am grio ar ei hôl hi, felly; do'n i ddim, roedd yn amlwg, am deimlo llawer iawn o dristwch, dim ond braw a dychryn am fod rhywun yr o'n i wedi'i chyfarfod wedi cael ei llofruddio.

Penderfynais, cyn mynd o'm hystafell, nad o'n i am ddweud wrth neb fy mod wedi ei lled adnabod. Pam, dwi ddim yn siŵr. Efallai oherwydd bod hynny'n gysylltiedig â'r tro olaf i mi gael fy nghroesawu i gartref Lafinia Preis; allwn i ddim meddwl am hynny heb hefyd gofio am fel yr o'n i wedi cael fy nanfon oddi yno, yn goch at fy nghlustiau.

Ond wedyn, ro'n i'n fy nabod fy hun yn ddigon da i wybod, petai llofruddiaeth Janina wedi digwydd yn ystod tymor yr ysgol, yna mi faswn i'n hwyr neu'n hwyrach wedi ildio i'r demtasiwn i ddweud fy mod i *wedi* cwrdd â'r hogan – petai ond er mwyn cael ychydig o sylw gan bawb, ychydig o'r enwogrwydd chwim, chwarter-awr-ei-oes hwnnw roedd Andy Warhol wedi sôn amdano.

Wedi'r cwbwl, nid pawb sy wedi cyfarfod rhywun a gafodd ei llofruddio wedyn, yn naci?

(iii)

Dim ond wedyn y dechreuais feddwl am Miss Preis, a sut effaith yr oedd hyn i gyd wedi'i chael arni hi. A dim ond ar ôl hynny y meddyliais am Mrs George, ei ffrind. Ia, yn hollol – ro'n i'n rhy brysur yn dadansoddi effaith marwolaeth Janina arna i fy hun, rhywun oedd prin wedi adnabod yr hogan, i hyd yn oed ystyried y ddwy ddynes oedd, hyd y gwyddwn i, wedi adnabod yr hogan yn well na neb arall yn y dref yma.

O'n i mor hunanol a hunan-ganolog â hynny?

Oeddwn, roedd yn amlwg. Cyn waethed bob tamaid â Caren Ifans a Heather Siop Tsips efo'i gilydd. Os nad yn waeth.

Gwyddwn y dylwn fynd i edrych am Miss Preis. Ond roedd Mam a Dad wedi rhoi'r *veto* ar fynd allan o'r tŷ ar fy mhen fy hun, hyd yn oed yn ystod oriau'r dydd. A phetawn i'n gofyn i un ohonyn nhw am lifft, yna mi fasan nhw'n mynnu cael gwybod pam, ac yn y blaen, ac yn y blaen...

Ia, o'r gorau – chwilio am esgusion ydw i. Dwi'n gwybod yn iawn be ddylwn i fod wedi'i wneud, sef dweud yn blwmp ac yn blaen fod Miss Preis wedi nabod Janina yn reit dda, ac mai'r peth lleiaf y medrwn i ei wneud oedd galw i edrych a oedd hi'n iawn – yn enwedig a hithau wedi bod mor garedig wrtha i dros yr holl wythnosau rheiny.

Ond am ryw reswm hurt, fedrwn i ddim. Fedrwn i ddim meddwl am weld wyneb Miss Preis yn troi'n oeraidd ar ôl iddi agor ei drws a fy ngweld i'n sefyll ar ei rhiniog. Ceisiais fy mherswadio fy hun na fuasai hynny'n digwydd, nad y math yna o berson oedd Miss Preis ac y buasai'n hynod falch o fy ngweld, nad oedd hi'n un am ddal dig, yn enwedig dros ryw sylw bach gwirion fel hwnnw wnes i am Cefin McGregor.

Ond eto...

Penderfynais, yn lle hynny, y baswn yn ei ffonio, ond ar ôl codi'r ffôn droeon a'i rhoddi i lawr yn ei hôl heb wasgu'r un botwm, ac yna o'r diwedd magu digon o blwc i ddeialu'r rhif a gwrando arno'n canu a chanu y pen arall, ches i ddim ateb. Digwyddodd hyn bedair gwaith i gyd. Lle *oedd* y ddynes? Doedd bosib ei bod wedi mynd i ffwrdd ar ei thrafyls mor fuan ar ôl i Janina gael ei llofruddio?

Ond o nabod yr hyn yr o'n i'n ei nabod ar Lafinia Preis, pwy a wyddai, ynte?

Yn y diwedd cefais f'ysbrydoli i ffonio Erfyl. Cefais hyd i'w rif ffôn cartref yn y ffeil oedd gan Mam gyda chyfeiriadau a rhifau ffôn cartref holl aelodau'r gymdeithas ddrama. Triais hwnnw fwy nag unwaith hefyd, ond tri chynnig i Gymro, meddan nhw, ac ro'n i ar fin rhoi'r ffidil yn y to pan...

"Helô ... ?"

Ofnais am funud fy mod i wedi cael y rhif anghywir: doedd o ddim yn swnio fel yr Erfyl Preis ro'n i'n ei gofio.

"O ... y ... helô ... Erfyl? Mr Preis?"

"Ia ... ?"

"O! Cŵl ... ym ... sori, Erin sy 'ma."

"Pwy?"

"Erin ... Erin Glyn, o'r gymdeithas ddrama ... ?"

"O ... "

"Ma'n ddrwg gen i'ch hambygio chi..."

"Ia ... ?"

Gwgais. Doedd hyn ddim yn mynd yn esmwyth iawn.

"Ym ... trio ca'l gafa'l ar ych modryb ydw i."

"O?"

Blydi hel, roedd o fel tynnu dant!

"Dwi wedi trio ffonio droeon, ond does 'na ddim atab."

"O?"

"Dydach chi ddim yn digwydd gwbod os ydy hi wedi mynd i ffwrdd i rywla?"

"Nac 'dw, sori ... "

... a rhoddwyd y ffôn i lawr yn y pen arall. Fel rhywun mewn ffilm, syllais yn hurt ar y ffôn yn fy llaw.

"Wel – y mwnci!"

Sylweddolais yn syth fy mod wedi defnyddio'r un gair amdano

ag a ddefnyddiodd Miss Preis, wythnosau ynghynt, wrth gwyno nad oedd Erfyl byth yn galw i edrych amdani. Gwgais ar y ffôn yn bwdlyd, cyn dechrau sylweddoli rhywbeth arall: roedd Erfyl Preis, ditectif-sarjiant efo'r CID, yn siŵr o fod dan bwysau aruthrol y dyddiau hyn yn sgil llofruddiaeth Janina. Y peth olaf roedd arno'i angen oedd rhyw hogan ifanc wirion yn ei ffonio yn chwilio am ei fodryb.

Ond wedyn, doedd dim angen iddo fo fod mor anghwrtais 'chwaith, yn nag oedd?

(iv)

"Gawn ni siarad am rwbath arall, plîs?"

Edrychodd y tair arall arnaf, a sylweddolais fy mod wedi siarad yn fwy siarp nag yr o'n i wedi bwriadu 'i wneud.

"Sori, sori ... ond dwi'n ffed yp o siarad am yr hogan 'na," dywedais. "Ma'n ddigon ein bod ni i gyd yn *confined to barracks* o'i herwydd hi."

"Ddim o'i herwydd *hi*, actiwali," meddai Caren Ifans, "ond oherwydd pwy bynnag a'i lladdodd, dw't ti ddim yn meddwl?"

Ac i ffwrdd â nhw eto. Meddyliais mor hawdd y medrwn dynnu'r gwynt o hwyliau Caren drwy ddweud fy mod i *actiwali* wedi cyfarfod Janina – ond ro'n i wedi'i gadael hi'n rhy hwyr, yn do'n i? Basan nhw ond yn fy nghyhuddo o ddweud celwydd er mwyn trio cael ychydig o sylw, neu fel arall mi faswn i wedi crybwyll y peth ymhell cyn hynny. Yn enwedig gartref, gan fod Llio yno hefo ni, fedrwn i ddim cymryd arnaf fy mod i eisoes wedi gwneud hynny.

Trodd y sgwrs at buteiniaid unwaith eto. "Ella mai dyna be oedd hi," meddai Beca, "a bod rhyw gangstyr o Rwsia ... "

"Lithwania," cywirodd Caren Ifans hi.

" ... ia, o fan 'no, wedi'i lladd hi," gorffennodd Beca.

"Pam?" holodd Llio.

"Y - ? Wel – *dwi'm* yn gwbod, yn nac 'dw. Ond ma 'na lot o genod o'r gwledydd yna'n ca'l 'u smyglo drosodd i'r wlad yma i weithio fel hwcyrs a *call girls* a ... a ... phetha fel'na."

"Falla – ond mae 'na lawar iawn o Ewrop yn gweithio fel glanhawyr a nyrsys ac mewn gwestai, hefyd," dywedais. Yng nghefn fy meddwl oedd y syniad angharedig na fyddai Janina byth wedi gwneud putain boblogaidd iawn. Ia, ia, wn i – bitsh. "A doedd hi ddim yn gweithio fel rhyw fath o gompanion i ryw ddynas mewn oed?"

"Oedd hi?"

Rhythodd y lleill arnaf â chwilfrydedd.

"Sut w't ti'n gwbod?" gofynnodd Beca.

"Y...wel, dwi *yn* gallu darllan, ysti," atebais, efo'r teimlad codi-pwys hwnnw fy mod i wedi rhoi fy nhroed ynddi.

"Welis i ddim sôn am hynny," meddai Beca.

"Na finna, chwaith," ategodd Caren Ifans.

"Wel ... ma'n rhaid nad ydach chi'n ca'l yr un papura newydd â ni, felly," bwnglerais. "Dwi wedi'i weld o yn *rhwla*, beth bynnag. Neu wedi'i glywad o ... ella nad ydy o'n wir, beth bynnag."

"Faswn i ddim yn meddwl," meddai Caren Ifans. "Ma pob matha o betha'n fflio o gwmpas y lle pan fydd rhwbath fel hyn yn digwydd. Amhosib ydy deud be sy'n wir a be sy ddim."

Mi ddwedodd hi hyn efo rhyw wên nawddoglyd ar 'i gwep, gwên y baswn i wedi talu ffortiwn am gael ei dileu drwy ddweud rhywbeth fel, "Wel, *actiwali*, Caren, fel ma'n digwydd dwi yn gwbod, achos dwi'n digwydd bod yn nabod y ddynas roedd hi'n gweithio iddi – Mrs George o Heol Moelwyn."

Ond wrth gwrs, doedd wiw i mi agor fy ngheg.

LAFINIA

(i)

Ffeithiau.

Y rheiny oedd yn bwysig. Doedd dim byd arall yn cyfri'r un iot – pethau fel damcaniaethau a syniadau ac amheuon. Doedd hyd yn oed sicrwydd ddim yn golygu unrhyw beth heb ffeithiau y tu ôl iddo. Hebddynt, roedd o fel tŷ oedd wedi cael ei godi heb sylfeini: un awel fechan a byddai'n dymchwel i'r ddaear, fel tŵr wedi'i adeiladu o gardiau chwarae.

Ac roedd yn ffaith nad oedd Lafinia Preis yn gallu gadael i bethau fod. Cyn iddi ymddeol, wrth gwrs, roedd hyn yn fantais fawr iddi: unwaith yr oedd yn cael ei dannedd i mewn i rywbeth, yna doedd hi ddim yn llacio'i gafael arno hyd nes bod yr holl fater wedi'i ddatrys. Dyna un o'r prif resymau pam fod gan ei hasiantaeth dditectif enw mor wych yn yr ardal.

Ond bellach, a hithau wedi ymddeol, roedd yn *an*fantais.

Na – yn fwy na hynny, sylweddolodd: roedd yn felltith. Ond roedd yn rhaid iddi gael gwybod y *ffeithiau*. Felly, aeth ati i'w dysgu.

Ac yn awr, roeddynt i gyd ganddi.

Dyna pam, wythnos ar ôl i Janina gael ei lladd, yr oedd Lafinia Preis yn methu'n lân â chysgu.

Dyna pam yr oedd hi'n byw ar ei nerfau.

Dyna pam yr oedd hi'n byw mewn ofn.

(ii)

Y diwrnod lladdwyd Janina, roedd Lafinia Preis wedi penderfynu – ar fympwy unwaith eto – treulio'r dydd yng Nghaer. Cyrhaeddodd adref mewn glaw trwm yn o fuan wedi iddi dywyllu. Brysiodd i mewn i'r tŷ a rhoi'r gwres canolog ymlaen yn syth: roedd rhyw oerfel rhyfedd yn yr aer y noson honno a phenderfynodd ei bod am gynnau tân yn yr ystafell fyw, er gwaetha'r ffaith ei bod yn wanwyn – i fod.

Wrth dynnu'i chôt, sylweddolodd fod yna ddarn o bapur ar y mat wrth y drws ffrynt. Nodyn, wedi'i wthio drwy'r blwch llythyron.

Wedi galw i'ch gweld (4.56) ond mae'n amlwg eich bod allan yn rhywle. Galwaf eto'r tro nesaf y byddaf yn y cylch. Cofion, Erfyl.

Brenin trugaredd, *wonders never cease* myn coblyn i! meddyliodd Miss Preis. Darllenodd y nodyn eilwaith cyn ei wasgu'n belen a'i ollwng i mewn i'r bin ysbwriel yn yr ystafell fyw. Mewn ffordd, meddyliodd gyda phigyn bychan o euogrwydd, dwi'n reit falch fy mod i allan pan alwodd o: o leiaf doedd dim rhaid i mi ddioddef ei sylwadau coeglyd o am dditectifs amaturaidd y sector breifat.

Yn y gegin, eisteddai'r Doctor yn ei fasged yn ymolchi. Gwgodd ar Lafinia, fel 'tai hi oedd yn gyfrifol am y glaw. Paratodd Lafinia swper iddynt hwy 'u dau – cynnwys tun o Whiskas iddo ef ac ychydig o'r ham cartref a brynodd yn y farchnad yng Nghaer iddi'i hun; dododd ef yn y ffrij yn ddigon diogel o grafangau medrus y Doctor cyn mynd i fyny'r grisiau a rhedeg bath poeth iddi'i hun. Gorweddodd ynddo ag ochenaid uchel o bleser: roedd cerdded o gwmpas dinas fel Caer yn gallu bod yn flinedig – yn enwedig i rywun o'i hoed hi, meddyliodd yn sarrug.

Arhosodd yn y bath nes i'r dŵr oeri. Erbyn iddi ddod allan ohono a sychu'i hun a newid i'w phyjamas roedd y tŷ wedi cynhesu'n braf: efallai na fydd angen y tân arna i wedi'r cwbwl, meddyliodd wrth ddechrau cau'r llenni dros y ffenest fae fawr yn y parlwr ffrynt.

Yna rhewodd.

Gwelodd fod car heddlu y tu allan i dŷ Mrs George, oedd yr ochr arall i'r ffordd a phedwar tŷ i fyny, i'r dde o ffenest parlwr Lafinia. Roedd car cyffredin, dieithr, wedi'i barcio y tu ôl iddo, a meddyliodd Lafinia gyda braw mai car meddyg ydoedd, a bod rhywbeth wedi digwydd i Mrs George.

Brysiodd yn ei hôl i fyny'r grisiau i wisgo amdani. Roedd hi ond newydd agor ei drws ffrynt pan welodd ffigwr cyfarwydd yn troi i mewn drwy giât ei thŷ.

"Lafinia. Ma'n well i ni ga'l gair bach, dwi'n meddwl," meddai DCI Gruff Edwards.

(iii)

"Hwda ... yfa hwn yn ara deg."

Gwgodd Lafinia i fyny arno. "Dwi *yn* gwbod sut ma yfad brandi, Gruff. P'run bynnag, ma hwn yn stwff rhy ddrud i'w lowcio."

Ond er gwaetha ei geiriau dewr, sylwodd yr inspector fod y gwydryn yn curo'n grynedig yn erbyn ei dannedd isaf wrth i Lafinia sipian y brandi. Eisteddodd gyferbyn â hi, ar soffa anferth a deimlai fel petai hi'n gwneud ei gorau i'w lyncu.

"Yn well rŵan?"

Nodiodd Miss Preis, gyda'r gwrid yn dychwelyd yn araf i'w hwyneb – wyneb a oedd, funud neu ddau ynghynt, wedi troi'n wynnach na blawd.

"W't ti'n teimlo'n ddigon da i ga'l row?"

"Row - ? Am be?"

Ond roedd hi'n amau: gallai Gruff weld hynny yn y ffordd y gwnaeth ati i edrych yn ddiniwed.

Ochneidiodd yr Inspector. "Roedd *rhywun* wedi cael dogfennau a phapurau personol i'r ferch druan yna, Lafinia. Rhai answyddogol, ddeudan ni, er eu bod nhw ar yr olwg gyntaf yn *edrach* fel rhai iawn. A phan sylweddolais i pwy oedd yn gymdoges iddi ... "

"Ia, ôl reit, Gruff."

"Nac ydy, dydy o ddim yn ôl reit, Lafinia!"

Neidiodd Miss Preis. Sylweddolodd yr heddwas ei fod o wedi arthio arni'n fwy siarp nag yr oedd o wedi bwriadu ei wneud. Rhwbiodd ei law dros ei wyneb. Roedd o wedi blino, roedd o wedi gwlychu, ac roedd oriau hirion eto cyn y câi fynd adref i'w wely.

A gwyddai na fyddai'n gallu cysgu'n esmwyth iawn wedyn, nid ar ôl gweld wyneb marw'r eneth o Lithwania efo'r glaw yn bowndian oddi ar ei llygaid agored, anferth.

"Dydy o ddim yn ôl reit," meddai, yn fwy tawel o gryn dipyn. "Mae o'n erbyn y gyfraith. Fel rw't ti'n gwbod yn iawn."

"Y gyfraith," adleisiodd Lafinia Preis. Yn ddiarwybod iddi'i hun, crwydrodd ei llygaid dros y llyfrau a lenwai'r ystafell. "Weithia, Gruff, mi fydda i'n meddwl bod Dickens yn llygad ei le, lle ma'r gyfraith yn y cwestiwn."

Cyfeirio roedd hi, wrth gwrs, at honiad enwog y cymeriad Mr Bumble yn *Oliver Twist* pan ddywedodd fod y gyfraith weithiau'n gallu bod yn ddwl fel mul – "*the law is an ass – an idiot*". Dychwelodd ei llygaid at Gruff Edwards a setlo arno.

"Rw't titha wedi crybwyll hynny dy hun, os dwi'n cofio'n iawn," meddai wrtho. "Ar sawl achlysur dros y blynyddoedd."

Gwingodd yr inspector. Oedd, roedd yntau hefyd wedi melltithio a rhegi pan fyddai rhyw genc bychan yn y gyfraith wedi'i rwystro rhag cloi rhyw droseddwr neu'i gilydd mewn cell am weddill ei oes. Ond roedd hyn heno'n wahanol. Digon drwg oedd gorfod edrych ar gorff merch ifanc oedd wedi cael ei thagu i farwolaeth: doedd arno ddim eisiau deall, ar ben hynny, mai rhywun yr oedd o'n ei hadnabod – rhywun yr oedd o'n ffrindiau â hi – oedd wedi paratoi papurau "swyddogol" i'r ferch honno. Merch nad oedd ganddi hawl cyfreithlon i fod yn y wlad yma yn y lle cyntaf. *Illegal immigrant.* Un o filoedd ar filoedd.

"Be oedd ar dy ben di, Lafinia?" gofynnodd yn awr.

"Roedd angan help arni hi, Gruff. Weithia, ma hynny'n ddigon o reswm."

Rhoes glec i weddill ei brandi a chodi i'w sefyll.

"Lle w't ti'n 'i chychwyn hi rŵan?" holodd Gruff Edwards.

"I'r un lle ag yr o'n i'n cychwyn pan gyrhaeddaist ti yma."

"Ma Mrs George wedi ca'l sedatif gan ei doctor ... " cychwynnodd yr inspector.

" ... ond mi fydd Mrs George yn deffro ohono fo'n hwyr neu'n hwyrach," torrodd Lafinia ar ei draws, "ac mi fydd angan gweld wynab cyfarwydd, cyfeillgar arni pan agorith ei llygaid."

Nodiodd Gruff Edwards yn araf. Safodd yntau hefyd. "Tyrd, 'ta," meddai. "Ond Lafinia – paid ti â holi dim ar y gr'aduras, w't ti'n dallt? Mi wnawn *ni* hynny – hynny fydd angen ei wneud."

"Gruff bach, faswn i ddim yn meiddio gneud y ffasiwn beth."

(iv)

Ond fe wnaeth ei gorau i holi Gruff Edwards yn dwll. Eisteddai'r ddau yng nghegin Mrs George tra oedd y technegwyr SOCO yn gorffen archwilio ystafell wely Janina uwch eu pennau. Yno hefyd, yn ei fasged, roedd Hamish: y peth cyntaf a wnaeth Miss Preis oedd gofalu bod gan y creadur ddigon o fwyd sych a dŵr yn ei bowlenni. Ar ôl archwilio fferau'r inspector yn drwyadl a chael o-bach am ei drafferth, rhoes y ci ei sylw i'w swper cyn setlo yn ei wely.

"Waeth iddyn nhw heb," meddai Miss Preis, am y tîm SOCO. "Does 'na neb ond Janina a Lily George wedi bod yn y stafell yna."

"Ond ma'n rhaid iddyn nhw chwilio, rw't ti'n gwbod hynny. Rhag ofn."

Nodiodd Lafinia. Yna gofynnodd, "Oedd o wedi mynd â'i

harian hi, Gruff? 'I bag hi?

Ysgydwodd Gruff Edwards ei ben. "Nag oedd. Roedd 'i phwrs hi yn y bag, efo'i chyfeiriad hi ... wel, cyfeiriad Lily George, hynny yw. A rhyw bymtheg punt mewn arian papur a newid mân."

"Nid lladrad oedd o felly. Nid ca'l 'i mygio wna'th hi," meddai Lafinia. "Os na chafodd o 'i ddychryn i ffwrdd cyn iddo ... na, go brin. Ca'l 'i thagu wna'th y beth fach - dyna be ddeudist ti gynna, ynte?"

Nodiodd Gruff Edwards. "Efo rhwbath, ia – sgarff neu dei neu felt. Cawn wybod mwy ar ôl y post-mortem."

"A doedd o ddim wedi ... ysti ... wedi ymyrryd â hi o gwbwl?"

"Lafinia ... " cychwynnodd Gruff Edwards.

"Ty'd yn dy flaen, dwi ddim yn debygol o agor 'y ngheg y tu allan i'r stafall yma, yn nac 'dw? Ti'n fy nabod i'n well na hynna, gobeithio."

"Ro'n i'n ama mai fel hyn y basat ti," ochneidiodd yr heddwas. "Ma Lily George mewn trwmgwsg, felly rw't ti'n hefru arna i. Nag oedd, i atab dy gwestiwn di. A dy gwestiwn ola di hefyd. Sori, Lafinia, ond fel arall ma hi am fod heno." Tynnodd ei lyfr nodiadau o boced ei gôt. "Reit – Janina Varnyte, yn ôl y pasport yn 'i stafall hi." Edrychodd i fyny o'i lyfr. "Y pasport gafodd hi gan *rywun* ... a go brin fod y *rhywun* honno am ddeud wrtha i pwy yn union a luniodd y pasport hwnnw?"

"'Sgen i'r un syniad am be rw't ti'n siarad, Gruff."

"Nag oes, mwn." Dychwelodd at ei nodiadau. "Janina Varnyte ... "

"Cigfran," meddai Miss Preis.

"Sori - ?"

"Cigfran. Dyna be ydy ystyr 'Varnyte'. Tasa hi'n ddyn, yna Varn*as* fasa 'i chyfenw. Yr *–yte* ydy ffurf fenywaidd yr enw, felly ma'n siŵr mai rhwbath-Varn*as* ydy enw'i thad hi."

Nododd yr heddwas hyn yn ei lyfr.

" ... ond ma'n gyfenw digon cyffredin yn Lithwania, wedi deud hynny."

"Sut w't ti'n gwbod?" holodd Gruff Edwards.

"Pum munud ar y we, Gruff bach. Diolch am Google, yn de."

Ochneidiodd Gruff Edwards eto. Gwnâi hynny'n aml, sylweddolodd, bob tro yr oedd yng nghwmni Lafinia Preis.

"O ddinas Vilnius. Y brifddinas. Wel, dydy hynny ddim yn ein helpu ryw lawar, yn nac 'di? A dyna be dwi isio gen ti, Lafinia – llawar iawn mwy o wybodaeth am yr hogan fach yma."

Roedd hi'n hoffi bisgedi deijestif siocled, meddyliodd Miss Preis, gan deimlo'i llygaid yn dechrau llenwi.

Llyncodd. "Rw't ti'n gwbod cymaint â dwi'n 'i wbod," meddai. "Fwy ne' lai."

Twtiodd Gruff yn ddiamynedd. "Ty'd, rw't ti'n gwbod mwy na hynny, siawns," meddai. "O ble da'th hi? A *paid* â deud Lithwania neu Vilnius neu ryw atab clyfar-clyfar fel'na ... "

"Lerpwl," meddai Lafinia, gan daflu'r inspector am eiliad: doedd o ddim wedi disgwyl ateb mor barod.

"Lerpwl - ?"

"A dyna'r cwbwl dwi'n 'i wbod, Gruff, ar fy marw. Dwi ddim yn gwbod os y bu hi yn rhwla arall cyn landio yn Lerpwl – dwi ddim hyd yn oed yn gwbod *sut* y da'th hi drosodd o Lithwania."

"Yr un ffordd â gweddill y genod druan 'ma sy'n dŵad yma o ganolbarth Ewrop, decini," meddai Gruff Edwards. "Ond, Lafinia ... ?"

"Ond?"

Craffodd Gruff Edwards arni dros y bwrdd.

"Mae 'na wastad *ond* efo chdi, Lafinia Preis. Be ydy o?"

Tro Lafinia oedd hi nawr i ochneidio.

"Wel ... "

"Ia?"

Gwthiodd Miss Preis gudyn arian o'i gwallt i gornel ei cheg, rhywbeth a wnâi bob tro yr oedd yn meddwl yn galed. Yna chwythodd ef allan.

"Gruff – dim ond argraff ydy hyn, ôl reit?" Nodiodd yr heddwas. "Ond y teimlad ges i oedd ... wel, mai *dianc* yma ddaru Janina. Ffoi. Oddi wrth rwbath. Neu rywun."

Chwe mis ynghynt...

Daeth Janina gyda'r hydref – diwrnod braf a heulog gyda'r awyr yn ddigon glas i frifo'r llygaid a'r awel yn deintio fel ci bach chwareus. Dychmygodd Lafinia hi'n camu oddi ar y bws yn y sgwâr ac yn edrych o'i chwmpas yn ffwndrus.

Nid yn unig yr oedd hi mewn tref ddieithr; rywsut neu'i gilydd, roedd hi wedi crwydro i mewn i wlad ddieithr hefyd, yn ôl yr iaith a glywsai fwy fwy wrth iddi deithio tua'r gorllewin, gwlad oedd rhwng y môr ar yr ochr dde a mynyddoedd ar yr ochr chwith, y môr y diwrnod hwnnw cyn lased â'r awyr a chopaon rhai o'r mynyddoedd yn barod yn gwisgo haen o eira.

Aeth i mewn i gaffi a gofyn am baned o goffi. Eisteddodd mewn cornel yn wynebu'r drws, ei llygaid yn neidio i'w gyfeiriad bob tro y byddai rhywun gwahanol yn dod trwyddo. Yfodd ei choffi, pob llwnc fechan yn werthfawr, gan geisio anwybyddu'r ffaith fod ei bol yn ysgyrnygu bob tro y byddai'r weinyddes yn cerdded heibio i'w bwrdd gyda phlateidiau o fwyd.

Lle'r oedd hi, yn ddaearyddol, doedd ganddi'r un syniad. Bws ar ôl bws ar ôl bws oedd wedi dod â hi yma, wastad gyda'r môr ar y dde a'r mynyddoedd mawrion ar y chwith.

Ond oedd hi wedi dod yn ddigon pell?

Oedd hi'n ddiogel?

Roedd yr iaith newydd, ddieithr a glywai o'i chwmpas yn helpu: roedd rhyw gynhesrwydd rhyfedd iddi, ac yn y ffordd yr oedd pobl yn cyfarch ei gilydd ynddi, a wnâi iddi feddwl am gartref, er mai plentyn y ddinas oedd hi mewn gwirionedd, ac roedd y dref hon rhwng y môr a'r mynydd yn wahanol iawn i Vilnius.

Gorffennodd ei choffi a mentro allan i'r stryd. Roedd enw ambell siop yn gyfarwydd ond ni ddeuai hynny ag unrhyw gysur iddi. Weithiau byddai'r ofn yn dychwelyd yn annisgwyl a meddyliodd Janina am frân yn ei dilyn, ei grawc bob hyn a hyn yn ei hatgoffa ei fod o'n dal yno, yn dal i'w gwylio. Dyna pryd y byseddai'r groes fach arian a wisgai am ei gwddf.

Treuliodd hanner awr ar fainc mewn parc yn gwylio'r dail yn disgyn. Dylai chwilio am fws arall, gwyddai, ond ofnai nad oedd ganddi ddigon o arian i fynd â hi lawer ymhellach. Edrychodd i fyny ar yr awyr, oedd yn las tywyll erbyn hyn, a gwelodd fod y brain yn ymgasglu ym mrigau noethion y coed.

Cyffyrddodd â'i chroes fach arian.

Cododd a cherdded yn ôl am y strydoedd, yr awel bellach wedi troi'n wynt main yn ei chrafu fel rasal drwy'i chôt. Roedd y caffi'n dal ar agor a gofynnodd am goffi arall. Eisteddodd wrth yr un bwrdd ag o'r blaen, gan wenu'n swil ar y ddynes mewn oed gyda ffon gerdded a eisteddai ar ei phen ei hun wrth fwrdd arall gyda chyllell a fforc o'i blaen.

Roedd hi'n dywyll y tu allan erbyn hyn, yn ddigon tywyll i fod wedi troi ffenest y caffi'n ddrych anferth. Gallai Janina weld ei hun ynddo'n glir, yn swatian yn ei chornel – a golygai hyn wrth gwrs ei bod i'w gweld o'r tu allan, petai rhywun yn digwydd bod yn chwilio amdani.

Ond doedd hynny ddim yn debygol, ceisiodd gysuro'i hun. Doedd gan y dynion ddim diddordeb ynddi hi, dim ond yn y genethod eraill: roedd hi'n rhy dew iddyn nhw, ac yn rhy blaen, a'r unig beth hardd yn ei chylch oedd ei gwallt hir, du.

Diolch i Dduw.

Cyffyrddodd eto â'i chroes wrth glywed llais bach arall yn ei hatgoffa bod angen rhywun fel y hi ar y dynion eraill, y dynion creulon rheiny oedd biau'r tŷ ac a alwai yno mewn ceir mawr, gloyw: angen rhywun fel y hi i lanhau ar ôl y lleill, i baratoi'r bwydydd ac i olchi'r dillad a'u smwddio, ac i ofalu am y merched newydd, ifainc oedd yn mynd ac yn dod drwy'r amser, eu llygaid yn fawr ac yn llawn ofn ond eto'n methu â dychmygu beth oedd yn aros amdanyn nhw mewn gwirionedd yn y ddinas fawr, ddieithr hon.

Chwe mis...

Arhosodd Janina yno am chwe mis. Yna, un bore braf o hydref, cododd o'i gwely anghyfforddus yn atig y tŷ gyda'r wybodaeth ei bod wedi gweld digon a'r sicrwydd y byddai'n drysu'n llwyr pe bai'n gweld un peth yn rhagor. Un peth bach arall, meddyliodd, a byddaf yn gorwedd o dan olwynion y lori gyntaf i ruo heibio i'r tŷ...

Daeth y weinyddes â phlataid mawr o sglodion a physgodyn i'r ddynes. Chwyrnodd stumog Janina dros y lle, credai, a rhythodd i mewn i'w chwpan coffi cyn mentro edrych i fyny a gwylio'r ddynes yn bwyta'i swper.

Yna cododd ei llygaid fymryn yn uwch a gweld bod y ddynes yn syllu arni, a sylweddolodd ei bod wedi rhythu ar y greadures yn bwyta, wedi rhythu ar bob siwrnai fer a wnâi'r fforc rhwng plât a cheg.

Ond roedd y ddynes yn gwenu arni. Dywedodd rywbeth wrthi ond wrth gwrs doedd Janina Varnyte ddim yn ei deall. Chwarddodd y ddynes a phwyntio at ei phlât gan godi'i haeliau. Ysgydwodd Janina ei phen...

"Dwi'n cymryd mai Lily George oedd y ddynas honno," meddai Gruff Edwards. "Ond y tŷ hwnnw yn Lerpwl, Lafinia ...?"

Ysgydwodd Miss Preis ei phen. "Wa'th i ti heb â gofyn, does gen i'r un syniad. Dwi ddim hyd yn oed yn gwbod a oedd o'n bodoli ..."

"*Be* - ? Fedri di ddim jest creu ... "

" ... ond mae'n eitha sâff fod *rhywla* fel'na'n bodoli, Gruff, ac mai o dŷ tebyg iddo fo yr oedd Janina wedi ffoi. Am ei bywyd. Ty'd, rw't ti'n gwbod cystal â minna fod y tai yma'n bodoli, mwy a mwy ohonyn nhw bob blwyddyn."

"Mmmm, gwaetha'r modd," cytunodd yr inspector. "Ma'n wyrth nad oes 'na un wedi'i agor y ffordd hyn ... eto ... "

"Ac roedd hi'n byw ar ei nerfa, Gruff, pan gyrhaeddodd hi yma. Roedd hi'n neidio fel cwningan bob tro yr oedd drws y caffi'n agor, meddai Lily. Yn ofni'i chysgod, yn llythrennol, ac yn argyhoeddedig fod rhywun ar ei hôl hi."

"Ma'n ymddangos ei bod hi'n iawn hefyd," meddai Gruff Edwards. Cododd a mynd at ddrws y gegin a'i agor, cyn tynnu'i sigaréts o'i boced. "Dw't ti ddim wedi ail-gychwyn ... ?" Ysgydwodd Miss Preis ei phen, a thaniodd Gruff sigarét. Chwythodd y mwg allan drwy'r drws. Roedd hi'n dal yn bwrw'n drwm a safodd yno am rai eiliadau'n syllu ar y glaw. Yn ei fasged, agorodd Hamish un llygad, gweld ei bod yn stido bwrw, a mynd yn ôl i gysgu. Yna trodd Gruff. "Be ddigwyddodd wedyn?"

Talodd Lily George am bryd o fwyd iddi. Roedd yn amlwg o'r ffordd yr ymosododd Janina arno nad oedd hi wedi cael pryd iawn ers dyddiau. Yn raddol llwyddodd Lily i ddeall mai o Lithwania y deuai'r ferch swil; roedd hi wedi hen ddeall bod Janina wedi ffoi yma oddi wrth rywun.

Aeth Lily â hi adref hefo hi, yn ei thacsi. Dangosodd iddi lle'r oedd yr ystafell ymolchi, a'r ystafell wely sbâr. Roedd Lily ei hun yn cysgu yn y parlwr ffrynt erbyn hyn – roedd ei chrydcymalau wedi'i gorfodi i droi'r ystafell yn ystafell wely gan fod y grisiau'n drech na hi.

Ac wrth iddyn nhw wahanu am y nos – "Nos da" gan Lily, "Geros nakties" gan Janina – amheuai Lily George yn fawr a fyddai'r ferch yn dal yn y tŷ erbyn amser codi drannoeth.

Ond yno'r oedd hi, yn y gegin yn paratoi brecwast iddyn nhw'u dwy. Yna, ar ôl golchi'r llestri, rhoes ei chôt amdani a chydio yn llaw feddal, fregus Lily.

"Ačiū," meddai wrthi. "Thaa-nk you."

Ysgydwodd Lily ei phen arni'n ffyrnig, a thrwy bwyntio at Janina ac yna ar y llawr droeon, llwyddodd i wneud iddi ddeall nad oedd raid iddi fynd.

Yn ystod y bore hwnnw, cafodd Lafinia Preis alwad ffôn oddi wrth Lily, yn gofyn iddi ddod draw – a dod â'i chyfrifiadur gyda hi.

"Fel yr o'n i'n deud, Gruff – lle fasan ni heb Google, dywed? Dyna lle y bûm i drwy'r dydd, fwy neu lai, yn chwilio am ymadroddion Lithwanaidd y medrwn eu defnyddio efo Janina – i wbod rhyw fymryn amdani ac i drio'i sicrhau bod croeso iddi aros yma efo Lily. Yn gydymaith iddi, yn fath o nyrs answyddogol, yn forwyn os leici di."

Roedd Gruff Edwards yn ysgwyd ei ben mewn anobaith. "Nefi wen, ma isio sbio'ch penna chi, chi'ch dwy," meddai. Diffoddodd ei sigarét yn y diferion glaw a lynnai ar dalcen y drws cyn troi a gollwng y stwmp marw i mewn i'r bin pedal ger y sinc. "Gwahodd rhywun hollol ddiarth i'w chartra ... "

"Wn i, wn i," meddai Miss Preis ar ei draws. "Mi ges i air efo hi ynglŷn â hynny, paid ti â phoeni. Ond dydy Lily ddim yn hurt, Gruff. Cofia mai prifathrawes oedd hi cyn ymddeol, ac yn hen law ar drin pobl ifainc. Roedd hi'n gwbod na fasa Janina wedi gneud unrhyw niwed iddi. Ac ar ôl llai na chwartar awr yng nghwmpeini'r beth fach, gwyddwn inna hefyd ei bod hi'n rhy addfwyn i frifo neb – yn enwedig rhywun oedd yn garedig efo hi."

"Ia, ond eto ... " Unwaith eto, ochneidiodd Gruff Edwards. Doedd dim pwynt trio dadlau efo Lafinia Preis – yn enwedig pan yr oedd o'n ddistaw bach yn edmygu Lily George a'i charedigrwydd. Tasa mwy o bobl fel y ddwy yma yn yr hen fyd yma, meddyliodd ...

"Y ... Lafinia," meddai. "Bydd angan i rywun enwi'r corff yn swyddogol. Fedra i ddim gofyn i Lily, wrth reswm, ond ro'n i'n meddwl, tybad, fedri di ... ?"

Nodiodd Miss Preis, er bod ei thu mewn yn troi. Dyn a ŵyr, roedd hi wedi gweld mwy na'i siâr o gelanedd pan oedd hi efo'r heddlu ei hun – ac wedyn hefyd – ond roedd y syniad o sefyll yn y corffdy'n syllu i lawr ar elor wrth i wyneb Janina ddod i'r golwg fesul dipyn ...

"Pryd?"

"Does 'na ddim brys mawr. Yn ystod y dyddiau nesa ...wyddost ti fod rhyw ddiawl wedi agor ei geg i'r papurau newydd fwy neu lai'n syth ar ôl i ni ddod o hyd iddi? Ma pawb yn y dre yma'n gwbod amdani erbyn rŵan. Os ffeindia i pwy ddaru, yn de ... "

"Wnei di ddim, Gruff, fel y gwyddost. *Par for the course* y dyddia yma, yn dydy?"

Ond roedd meddwl Miss Preis yn awr ar Cefin McGregor. Tybed a oedd o'n gwybod erbyn hyn?

"Y cradur bach ... "

"Be - ?"

Sylweddolodd ei bod wedi siarad yn uchel. Ysgydwodd ei phen.

"Dim byd, Gruff, dim byd ... "

MAC

(i)

Dwi 'rioed wedi teimlo mor... mor... mor dda i ddim byd. Ro'n i'n ysu am gael gwneud rhywbeth, ond do'n i ddim yn gwybod be. Ro'n i jest â marw isio gwneud rhywbeth *i* rywun, ond do'n i ddim yn gwybod pwy.

Yn fwy na dim byd arall, ro'n i isio crio. *Ond fedrwn i ddim.* Do'n i jest ddim yn gallu. Roedd y dagra'n rhuthro i fyny i'm llygaid nes roeddan nhw'n llawn dop, ond doeddan nhw ddim yn dŵad allan; roeddan nhw jest yn aros yno, fel tasa rhywun wedi sticio seloffên yn dynn dros fy llygaid i. Ac roedd 'na lwmp *massive* yn 'y ngwddf i drwy'r amser nes 'y mod i'n cael trafferth i lyncu ac anadlu'n iawn.

"'Sdim rhaid i chdi boeni am dy rownd bapur," meddai Mam. "Dwi wedi ffonio'r siop i ddeud dy fod di'n sâl, ocê, boi?"

Ro'n i'n ddiolchgar am hyn, ond fedrwn i ddim dweud hynny wrth Mam, dim ond nodio fatha'r bwldog Churchill's 'na oedd gan y cwd copar hwnnw yng nghefn 'i gar. Ro'n i'n gwybod, taswn i'n dweud y gair "Diolch", y baswn i'n crio fatha babi – dim ond am fod Mam yn bod yn neis efo fi - ac er 'y mod i isio gwneud hynny, do'n i ddim isio'i wneud o o flaen Mam.

Ro'n i isio'i wneud o pan o'n i ar 'y mhen fy hun yn rhywle. Ond doedd hynny ddim am ddigwydd, ddim yn y fflat, beth bynnag, achos roedd gan Mam ddiwrnod i ffwrdd o Starbucks – ia, grêt, heddiw o bob diwrnod - a doedd hi ddim yn edrych fel tasa hi am roi yr un o'i thraed allan o'r fflat tan ar ôl te, pan fyddai'n gadael am 'i job yn y Ship.

Felly es *i* allan. Arhosais nes bod Mam yn y gawod cyn cipio fy siaced newydd a'r *keffiyeh* a gweiddi "Dwi'n mynd allan!" cyn iddi gael y cyfle i'm rhwystro.

Y peth cynta ddaru 'y ngwylltio oedd y ffaith fod yr haul allan, yn sgleinio'n gry ac yn gynnes ac yn gwenu, damia fo. Ia, yn *gwenu*, pan o'n i isio i'r byd i gyd grio, isio iddi biso bwrw fel y gwnaeth hi drwy'r nos neithiwr.

Ac roedd 'na bobl o gwmpas, yn gwneud petha *normal*. Roedd 'na blant yn chwara ac yn chwerthin ac yn rasio'u beicia o gwmpas y fflatia, ac roedd 'na bobl yn mynd â'u cŵn am dro ac yn chwara taflu-petha efo nhw yn y parc ac ar y caea chwara. Ac roedd y siopa i gyd ar agor yng nghanol y dre, efo pobl yn mynd i mewn ac allan ohonyn nhw a phawb yn edrych fel tasan nhw'n gwneud ati i wenu a chwerthin a siarad ar dopiau'u lleisia.

A dyna lle'r o'n i, yn 'u canol nhw ac ar dân isio gweiddi arnyn nhw, isio'u rhegi nhw i'r cymyla, isio mynd ar hyd y stryd efo berfa Miss Preis a thaflu pob un fricsan drwy ffenestr pob un siop.

Isio crio.

(ii)

Ocê, ocê – dwi'n gwybod mai dyna oedd y lle diwetha y dylwn i fod wedi mynd, ond fedrwn i ddim peidio. Es i draw at y cefna, lle, yn ôl yr hyn ddwedodd Mam yn gynharach, yr oedd Ianîna wedi ... lle'r oedd Ianîna neithiwr.

Roedd yn ddigon hawdd dweud pa gefna oedd o. Pan droais i mewn i'r stryd, roedd 'na glwstwr mawr o bobl wedi hel wrth geg un o'r cefna, a phan welais i'r rheiny, dylwn i fod wedi troi ar fy sawdl a'i bygro hi o'no.

Ond unwaith eto, fedrwn i ddim. Roedd o fel tasa gen i ddim dewis o gwbwl, fel tasa 'y nghoesa'n mynnu mynd â fi yno. Gwelais wrth i mi fynd yn nes fod plismyn yno hefyd, dau ohonyn nhw mewn iwnifform, un dyn ac un ddynes yn sefyll o flaen tâp gwyn a glas oedd wedi cael ei dynnu reit ar draws ceg y cefna. Roedd o'n sgleinio yn yr haul ac yn fflapian yn yr awel fach gynnes, yn edrych ac yn swnio fel y rhubana plastig rheiny sy'n cael 'u hongian allan ar ddiwrnod carnifal.

" ... felly wa'th i chi heb â sefyllian yma, does 'na ddim byd i'w weld," clywais un o'r plismyn – y ddynes – yn dweud wrth i mi gyrraedd. Mi ges i'r teimlad ei bod hi wedi dweud hyn sawl gwaith yn barod: roedd ei llais yn fflat ac yn flinedig, rhywsut, fel nad oedd hi'n disgwyl y bydda neb yn cymryd yr un tamaid o sylw ohoni.

Roedd hi'n iawn, hefyd, achos symudodd neb o'no. Roedd tua pymtheg o bobl yno i gyd, ac wrth i mi gyrraedd, dyma un brych yn codi'i blentyn i fyny ar 'i sgwydda er mwyn i hwnnw allu gweld i lawr y cefna'n well.

Nid bod yno unrhyw beth sbesial i'w weld – dim ond, tua hanner ffordd i lawr ar yr ochr chwith a reit yn erbyn giât gefn un o'r tai, mwy o'r tâp glas a gwyn hwnnw wedi'i osod reit ar draws y cefna, o'r chwith i'r dde ac o glawdd i glawdd. Roedd stribyn hir arall o'r tâp ychydig o droedfeddi oddi wrtho fo ac yn is i lawr y cefna.

Fan'na, meddyliais, *fan'na ddigwyddodd o, fan'na'r oedd hi neithiwr, yng nghanol y glaw trwm hwnnw a rhwng dau fin rybish...*

"...y beth fach," clywais ryw ddynes yn dweud.

"Pwy fasa'n meddwl, yn de? Yma ... o bob man ... " meddai rhywun arall.

"Ma hi 'di mynd, dydy hi ddim yn sâff yn nunlla..."

...ac yn y blaen, ac yn y blaen, ac ia, ocê, doeddan nhw ddim yn dweud dim byd cas, ond eto ro'n i isio sgrechian arnyn nhw i gau'u cega, i'w bygro hi o'no. Drwy sefyll yno'n rhythu roeddan nhw'n 'y ngwneud i'n un ohonyn nhw – a do'n i'm isio bod yn un ohonyn nhw, ro'n i'n wahanol iddyn nhw, yn do'n i?

Roedd gen i hawl bod yno.

Yna mi glywais i un llais yn dweud: "Wel ... ma rhei o'r genod ifanc 'ma'n gofyn amdani, yn 'y marn i."

Troais. Y brych hwnnw efo'r plentyn ar 'i sgwydda ddwedodd hyn. Dyn yn 'i dri dega, 'swn i'n dweud, yr un teip â'r fflemsan prifathro hwnnw sy ganddon ni yn yr ysgol 'cw, un o'r penna bach gwybod-bob-dim rheiny.

Roedd 'na sawl pen wedi troi tuag ato fo pan siaradodd o, ac roedd o wrth 'i fodd rŵan fod ganddo fo gynulleidfa.

"*Maen* nhw," mynnodd. "A does dim angan *genius* i wbod be'r oedd honna yn 'i 'neud neithiwr mewn stryd gefn dywyll, yn nag oes?"

"Be ti'n feddwl - ?" gofynnodd rhywun, yn reit fygythiol, a sylweddolais mai fy llais i oedd o.

Sbiodd i lawr arna i. Iawn, ma'r rhan fwya o bobol yn sbio i lawr ar foi bach fatha fi, ond roedd hwn y teip fasa'n sbio i lawr ar rywun oedd yn lot talach na fo.

"Ma'n amlwg, yn dydy, washi?" meddai. "Roedd hi ar y gêm, yn doedd?"

Dwi ddim yn amau 'y mod i wedi anghofio'n gyfan gwbwl fod ganddo fo blentyn ar 'i sgwydda - er mai'r ffaith 'i fod o wedi codi'r sbrog i fyny yno, er mwyn i hwnnw neu honno fedru gweld yn well, oedd wedi gwneud i mi gymryd yn 'i erbyn o yn y lle cynta.

Plannais 'y nwrn reit yng nghanol 'i stumog o.

(iii)

Roedd yn rhaid iddyn nhw gael Mam yno efo fi: doedd hyd yn oed y copars aeth â fi i mewn yn eu car ddim yn cael gofyn fawr o ddim byd i mi nes iddi gyrraedd. Dim ond gofyn pa mor ddwl o'n i mewn gwirionedd, yn ymosod ar y boi hwnnw reit o dan drwyna'r ddau gopar oedd yn gardio'r cefna.

Roedd hwnnw wedi plygu'n ei ddwbwl, gan wneud sŵn fatha matras wynt pan 'dach chi'n agor y falf a sathru arni. Oni bai bod yna ddyn arall wedi dal y plentyn, mi fasa hwnnw/honno wedi syrthio i lawr oddi ar sgwydda'r tad, ac wedyn, meddai'r copars yn y car, mi faswn i mewn hyd yn oed fwy o gachu.

"Roedd o'n gofyn amdani," dywedais.

"Cau hi."

"Ond mi *oedd* o ... "

"Cau hi, ocê? Ma gynnon ni betha lot gwell i'w gneud na wastio'n hamsar efo rhyw blydi iobs fatha chdi."

"Ddyla fo ddim fod wedi siarad fel'na am Ianîna, dyna'r cwbwl dwi'n 'i ddeud."

Ro'n i wrthi'n sbio'n bwdlyd allan drwy ffenest y car, felly wnes i ddim sylwi am funud fod y copar yn sêt y pasinjar wedi troi i sbio arna i.

"Ocê, ocê – ddeuda i ddim byd arall," dywedais, wedi cymryd mai dyna pam 'i fod o'n syllu arna i.

"Ti'n siarad fel dy fod yn 'i 'nabod hi," meddai.

"Mi o'n i, reit?"

Nodiodd yn araf, cyn troi i ffwrdd a sbio ar y dreifar. Nodiodd hwnnw'n araf hefyd, ond ddwedon nhw ddim byd arall nes i ni gyrraedd y *copshop*. Yno roeddan nhw isio gwybod f'enw llawn i a lle'r o'n i'n byw a ballu, i gyd yn ddigon clên, jest iawn fel taswn i wedi mynd yno i gael cyfweliad ar gyfer rhyw job.

Wedyn mi ges i fy sodro mewn stafell efo bwrdd a chadeiria ynddi, a phlismones ifanc yn cadw cwmpeini i mi. Blondan, ddim yn rhy annhebyg i Duffy, ro'n i'n meddwl. Sharon o'dd 'i henw hi, meddai hi, hogan o Ddolgellau'n wreiddiol, ac roeddan ni wedi dechra dŵad yn dipyn o fêts, yn yfed te a bwyta *Kit-Kats* ac yn siarad am fiwsig a ffilms a'r teli a ballu – roedd ganddi hi *thing* am ryw foi oedd ar *Coronation Street* - pan gyrhaeddodd copar arall efo Mam, a'r newyddion fod un o'r inspectors isio 'ngweld i.

Tarodd Sharon winc fach slei arna i, cystal â dweud, "Paid â phoeni," ond roedd yn anodd peidio, a dweud y gwir. *Inspector* - ? 'Mond rhoi dwrn i'r boi 'na yn 'i fol wnes i, mi fasa Sharon 'i hun wedi gallu sortio hynny allan.

Aeth Sharon i ffwrdd a daeth yr inspector i mewn (ro'n i wedi hanner disgwyl mai'r brych CID hwnnw welais i'r diwrnod o'r blaen yng ngardd Miss Preis y basa fo, nes i mi gofio mai ditectif-sarjiant oedd y pôsyr hwnnw). Roedd hwn yn ddyn mewn oed, boi anferth oedd yn edrych fel ffarmwr – a ffarmwr oedd wedi bod ar 'i draed ers wythnos yn tynnu ŵyn, hefyd, achos roedd o i'w weld yn hollol nacyrd. Mwy na hynny, roedd o'n DCI – *Detective Chief Inspector* – fel Morse a Frost a'r boi bôring hwnnw yn *Midsomer Murders.* Steddodd gyferbyn â mi a sbio arna i dros wyneb y bwrdd, yn edrych yn fwy nacyrd na Mr Rees yn yr ysgol, hyd yn oed.

"Ianîna Varnyte, ugain mlwydd oed, yn enedigol o ddinas Vilnius yn Lithwania," meddai. "Roeddat ti'n 'i nabod hi, Cefin, yn ôl fel dwi'n dallt. Dyna be ddeudist ti wrth PC Lloyd, beth bynnag."

Nodiais.

"Yn dda?"

Codais f'ysgwydda. Ochneidiodd yr inspector a chau'i lygaid am eiliad.

"Dallta hyn, boi," meddai. "Dwi 'di bod ar 'y nhraed drw'r nos – ma'r rhan fwya ohonan ni, tasa'n dŵad i hynny. 'Sgen neb ryw lawar iawn o fynadd heddiw 'ma. Felly pan dwi'n gofyn cwestiwn i chdi, dwi'n disgwl ca'l atab call yn ôl. Ydan ni'n dallt y'n gilydd, Cefin? Mrs McGregor?" meddai, gan gynnwys Mam yn y cwestiwn hefyd fel 'tasa hitha wedi camfyhafio efo fi.

"Ateba'r inspector yn gall, Cefin," meddai Mam. Dyna, fwy neu lai, oedd y peth cynta iddi'i ddeud ers iddi gyrraedd: roedd 'i hwyneb hi'n hollol wyn pan ddaeth i mewn i'r stafell ata i a Sharon yn gynharach, ac ma'n siŵr mai hyn oedd yr union beth yr oedd hi wedi gweddïo na fasa byth yn digwydd – hi, yn gorfod dŵad i'r *copshop* oherwydd rhywbeth yr o'n i wedi'i wneud.

"Ocê, ocê. Ylwch – dwi'm yn gwbod be dach chi'n feddwl, reit? Be dach chi'n feddwl efo nabod Ianînan dda?"

"Ty'd, hogyn, ma'n gwestiwn digon syml, siawns."

"Nac 'di. Ma'n dibynnu be 'dach chi'n 'i feddwl efo 'yn dda', yn dydy?"

Do'n i ddim yn trio bod yn coci efo fo, ond roedd o'n edrych na fasa fo byth yn coelio hynny.

"Iawn – mi awn ni fesul dipyn, felly. Ond *roeddat* ti'n nabod Ianîna Varnyte."

"O'n," atebais, ar ôl cael pwniad ysgafn gan Mam. "Ond do'n i ddim yn gwbod mai dyna be oedd 'i henw hi, chwaith."

"Ers faint oeddat ti'n 'i nabod hi?"

Dechreuais godi f'ysgwydda eto cyn meddwl, na, ella y basa'n well i mi beidio.

"Dim llawar. Rhyw bythefnos... tair wsnos, ar y mwya."

"Sut ddoist ti i'w nabod hi, Cefin?" Edrychodd y tu mewn i ffeil oedd ganddo fo ar y bwrdd o'i flaen. "Oherwydd, yn ôl fel rydan ni'n dallt, doedd hi ddim yn un am fynd allan rhyw lawar. Doedd hi ddim yn mynd allan i yfad ac i glybio a ballu, a doedd ganddi ddim ffrindia oedd yn galw amdani drwy'r amsar. Roedd hi'n ddigon hapus yn aros yn 'i llofft yn gwylio'r teledu. Weithia – a dim ond weithia – mi fydda hi'n mynd i'r pictiwrs. Ti'n gweld, Cefin ... " Edrychodd i fyny o'i ffeil. "Dwi ddim isio i chdi na dy fam feddwl fy mod i'n snob na dim byd felly, ond dwi yn ca'l dipyn o draffarth dallt sut yn union y da'th hogan dawal fel y hi oedd byth bron yn mynd allan o'r tŷ i 'nabod hogyn sy'n byw yn fflatia Bryngwylan. Ti'n gweld 'y mhroblam i?"

Roedd ganddo baned o goffi mewn cwpan blastig a chymrodd sip o hwnnw rŵan wrth i mi 'i ateb o.

"Trwy Miss Preis," dywedais, a daeth y creadur o fewn dim o dagu dros ei goffi. Saethodd allan drwy'i ffroena a dros ei ffeil.

"Miss ... Miss *Preis* - ?" meddai wrth gael 'i wynt ato. "Nid Miss *Lafinia* Preis?"

"Ia ... "

"Wel yr arglwydd mawr - !"

Gwgodd dros y bwrdd ar Mam a fi nes i'r ddau ohonan ni ddechra teimlo'n reit annifyr.

"Be sy?" gofynnodd Mam.

Ysgydwodd ei ben fel ci'n trio cael gwared ar chwanen o'i glust.

"A sut ..." meddai, gan dynnu hances o'i boced a rhwbio'i siwt a'r ffeil, "... sut w't ti'n 'nabod Miss Lafinia Preis?"

"Ma gynno fo rownd bapur," meddai Mam, "ac mae o'n delifro i dŷ'r ddynas 'ma."

"Cefin - ?" Sbiodd yr inspector arna i.

"Ia ... y ... yndw ... *Times, Sunday Times, Daily Telegraph ...*"

"Ac mi ddoist ti i 'nabod Ianîna Varnyte drwy Miss Preis. Ydw i'n ddigon dewr i ofyn sut, sgwn i?"

"Roedd hi'n dŵad drosodd i roi bwyd i'r Doctor," atebais, ond wrth i mi ddweud hyn, dechreuais deimlo'r hen lwmp mawr hwnnw'n chwyddo'r tu mewn i 'ngwddf i unwaith eto, a'm llygaid yn dechra llosgi.

"Doctor ... Pa blyd ..." Yna cofiodd. "O. Ia. Y gath ddiawledig 'na sy gan Miss Preis."

Nodiais. O leia roeddan ni'n gallu cytuno ar *rywbeth.*

"Ond ... dwi'm cweit yn dallt ... os mai dim ond rownd bapur sy gen ti, Cefin, sut oeddat ti o gwmpas y lle'n ddigon hir i ddŵad i nabod Ianîna Varnyte? A Miss Preis 'i hun, tasa'n dŵad i hynny? Ma 'na hogyn yn dŵad â phapur acw bob bora, ond pur anaml y bydda i'n taro llygad arno fo. 'Mond gwthio'r papur trwy'r drws mae o, ac i ffwrdd â fo."

"Mae o 'di bod yn garddio iddi hefyd," meddai Mam, ac edrychodd yr inspector arni fel tasa hi'n rhyw niwsans oedd yn ei rwystro rhag mynd i'w wely.

"Plîs, Mrs McGregor – gadwch i Cefin atab 'i hun. Mi fedran ni i gyd fynd adra'n o handi wedyn."

Doedd Mam ddim yn un am adael i neb ddweud wrthi am gau'i cheg a gwelais ei gwefusau'n mynd yn fain ac yn dynn, un o'r *danger signs,* felly dyma fi'n brysio i ateb cyn iddi fedru dweud unrhyw beth y basa hi'n ei ddifaru wedyn.

"Ma Mam yn iawn – dwi 'di bod yn gneud dipyn o arddio i Miss Preis," dywedais. "Wel – dwi ddim 'di ca'l y cyfla i ddechra *garddio* eto, ma 'na ormod o waith clirio sy angan 'i 'neud i ddechra."

"Ac mi ofynnodd Lafinia Preis i ti 'neud y gwaith 'ma iddi?"

"Do."

Ysgydwodd yr inspector ei ben – pam, doedd gen i ddim syniad: roedd 'na rywbeth am Miss Preis oedd yn amlwg yn gwneud iddo fo fod isio ysgwyd ei ben fel hyn.

"A be am Ianîna Varnyte?" gofynnodd. "Sut ddoist ti i'w 'nabod hi?"

"Ro'dd hi yno un diwrnod, yn doedd? Efo Miss Preis ... "

Teimlais yr hen lwmp mawr hwnnw'n dechra chwyddo yn fy ngwddf i unwaith eto. Hwnnw oedd y tro cynta i Ianîna wenu arna i, mor swil, mor neis. Y tro cynta i unrhyw hogan wenu arna i fel'na.

Tyfodd y lwmp yn fwy. Dwi'n meddwl bod yr inspector wedi synhwyro hynny. Ro'dd 'i lais o'n fwy clên o beth uffarn pan ofynnodd o: "Sori, boi, ond ma hyn yn dŵad â ni yn ôl at yr un hen gwestiwn hwnnw. Oeddat ti'n 'i nabod hi'n dda?"

Ysgydwais 'y mhen efo'm llygaid wedi'u hoelio ar y bwrdd. Ddim dweud "na" o'n i, ond trio dangos 'y mod i'n methu â'i ateb o – roedd y lwmp hwnnw'n anferth rŵan ac yn dal i chwyddo'n fwy ac yn fwy, fatha balŵn mawr.

"Oeddat ti 'mond yn 'i nabod hi'n dda i ddeud helô pan fyddat ti'n digwydd taro arni ar y stryd?" gofynnodd yr inspector. "Neu oeddach chi'n ffrindia? Yn fêts?"

Ddwedais i ddim byd, 'mond dal i rythu i lawr ar y bwrdd.

"Neu ... oeddach chi'n gariadon?" holodd yr inspector.

Ysgydwais 'y mhen yn ara. Roedd y balŵn rŵan yn llenwi 'ngwddf i ac roedd fy llygaid yn teimlo fel'sa nhw'n crio nodwydda.

"Cefin ... ?" clywais lais yr inspector yn gofyn.

"Nag o'ddan, ddim eto," mwmblanais, prin yn gallu cael y geiria allan achos roedd y balŵn yn gwneud 'i gora i 'nhagu i.

"Sori, boi – be oedd hynna ... ?"

Sbiais i fyny ac yn yr eiliad hwnnw ro'n i'n 'i gasáu o â'm holl nerth.

"Chawson ni mo'r blydi cyfla - !" gwaeddais ...

... a dyna pryd fyrstiodd y balŵn o'r diwedd o'r diwedd o'r

diwedd diolch i Dduw, mi ddaru hi fyrstio o'r diwedd ac roedd yr ecsplôshiyn yna'n ddigon achos allan â nhw o'm llygaid, yr holl ddagra rheiny oedd wedi bod yno ers i Mam 'y neffro i a dweud bod Ianîna wedi marw, bod Ianîna wedi mynd, allan â nhw yn boeth fel deiarîa ac roedd Mam a'r inspector yn sbio arna i, wedi'u dychryn, achos doeddan nhw ddim wedi disgwyl i mi wneud hyn, 'run ohonyn nhw, ac roedd yn rhaid i mi roi 'y mhen i lawr ar 'y mreichia, ar y bwrdd, achos roedd hi'n dywyll neis yno ... ac yna teimlais freichia Mam, hen freichia annwyl Mam, yn cau amdana i ac roedd yna ogla adra ar 'i dillad hi a dyna lle'r o'n i, yn crio fatha babi, efo un balŵn ar ôl y llall yn chwyddo y tu mewn i 'ngwddf i ac yn byrstio fesul un achos do'n i ddim yn gallu peidio meddwl am Ianîna.

GORAN

Roedd hi'n oriau mân y bore pan orffennodd Gruff Edwards a'r tîm SOCO yn nhŷ Lily George. Roedden nhw i gyd wedi ymlâdd erbyn hynny, ond roedd Lafinia Preis yn hollol effro. Os rhywbeth, roedd hi fel wimblad o aflonydd.

Sylwodd yr inspector ar hyn wrth iddo ymadael.

"Lafinia," meddai, "dwi'n gobeithio nad oes raid i mi d'atgoffa di, rw't ti wedi ymddeol rŵan."

"Wn i hynny."

"Does â wnelo'r busnas ofnadwy yma ddim byd â chdi, beth bynnag."

"Wn i hynny, hefyd."

"Gad ti'r cwbwl i ni."

"Mi wna i, siŵr."

"Dwi ddim isio hyd yn oed clywad dy fod di'n busnesa."

"Wna i ddim, siŵr! Be ti'n feddwl ydw i, Gruff?"

Edrychodd Gruff Edwards arni am eiliadau hirion, ei lygaid, sylwodd Lafinia, yn goch a chwyddedig.

"Wna i ddim atab hynna, os nad oes ots gen ti," meddai o'r diwedd. "Mae'n mynd yn ddigon croes i'r graen i mi d'adael di yma."

"Does gan Lily neb arall," protestiodd Miss Preis. "Y fi ydy'i ffrind gora hi, ac mi fydd angan gweld wynab cyfarwydd, cyfeillgar arni pan ddeffrith hi."

"Cyn belled nad ydy'r wynab hwnnw'n un busneslyd," oedd geiriau olaf yr inspector wrthi.

Y peth cyntaf a wnaeth Miss Preis ar ôl iddo yrru i ffwrdd oedd brathu 'i phen heibio i ddrws ystafell wely Lily. Roedd hi'n cysgu'n sownd ac yn edrych yn rhyfeddol o ifanc efo'i llygaid ar gau a'i hwyneb wedi ymlacio'n llwyr. Heblaw am ei gwallt gwyn a'r ffon gerdded a bwysai'n barod yn erbyn y cwpwrdd bychan wrth ochr ei gwely, hawdd buasai ei dychmygu'n agor ei llygaid a neidio allan o'r gwely fel rhywun mewn hysbyseb *Corn Flakes* ar y teledu.

Yr ail beth a wnaeth Miss Preis, wrth gwrs, oedd cael golwg ar ystafell wely Janina.

Nid oedd y tîm SOCO wedi creu cymaint o lanast ag arfer, roedd Lafinia'n falch o sylwi. Ond wedi'r cwbwl, meddyliodd, doedd y drosedd, y llofruddiaeth, ddim wedi digwydd yma. Roedd powdwr olion bysedd i'w weld yma ac acw, ac roedd y droriau a'r cypyrddau wedi cael eu hagor a'u cau a'u cynnwys wedi cael eu harchwilio'n ofalus, ond teimlai Lafinia na fyddai'r holl chwilio yn ildio llawer. Dim ond mewn ffilmiau y mae'r dioddefwr neu'r ddioddefwraig yn gadael dyddiaduron cyfleus ar eu holau.

Gwnâi'r ystafell iddi feddwl am ystafell wely hogan oedd flynyddoedd yn iau na Janina druan. Roedd y cwrlid lliwgar bron iawn o'r golwg o dan domen o degannau meddal – gwelodd Lafinia sawl tedi, dwy gwningen, carw ac o leia hanner dwsin o gŵn – dau ohonyn nhw'r un ffunud â Hamish, a oedd yn dal yn chwyrnu'n braf yn ei fasged yn y gegin tra'n breuddwydio, mae'n debyg, am erlid cwningod dros lethrau'r glens yn yr Alban. Ar y mur uwchben y gwely roedd poster anferth o ryw grŵp pop neu'i gilydd, ac ar y silff lyfrau roedd rhesaid o ffilmiau DVD: edrychodd Lafinia drwy'r rhain a gweld mai cartŵnau megis *Finding Nemo*, *Mulan* a rhai Disney oedd y mwyafrif, gydag un neu ddwy o ffilmiau o Asia fel *House of Flying Daggers* a *Crouching Tiger, Hidden Dragon* yn eu canol. Roedd set deledu newydd gyda sgrin go fawr iddi yng nghornel yr ystafell, a pheiriant DVD ar silff oddi tani.

Eisteddodd Lafinia ar y gwely, gyda thon o dristwch wedi golchi drosti mwyaf sydyn. *Plentyn* oedd Janina i bob pwrpas, sylweddolodd, er gwaetha'r ffaith ei bod yn ugain oed. A pham? Oherwydd i flynyddoedd olaf ei phlentyndod gael eu cipio oddi arni: chafodd hi ddim gorffen tyfu. Dyna pam fod yr ystafell wely hon yn debycach i lofft hogan oedd eto i weld ei phymthegfed penblwydd, nag i ystafell dynes ifanc oedd ar drothwy ei hugeiniau.

Roedd rhywbeth wedi digwydd iddi gartref yn Lithwania a'i sbardunodd i deithio cannoedd o filltiroedd i'r wlad hon – a beth yn union oedd hynny, doedd wybod. Mae'n siŵr na chawn ni fyth wybod yn awr, meddyliodd Lafinia Preis.

Ond gwyddai nad Janina Varnyte oedd yr unig un, o bell ffordd. Heidiai cannoedd – miloedd, hyd yn oed – o ferched ifainc o ganolbarth Ewrop bob blwyddyn, i gyd yn chwilio am fywyd gwell na'r un oedd ganddyn nhw gartref yn Lithwania, yng Ngwlad Pŵyl, yn Croatia ... ac roedd canran uchel iawn ohonyn nhw wedi cael eu hudo yma gan bob mathau o addewidion. Fod palmentydd o aur, er enghraifft, yn aros amdanyn nhw, nid yn unig yma yn ninasoedd Prydain ond yn y rhan fwyaf o ddinasoedd enwog Ewrop: Rhufain, Berlin, Paris, Madrid.

Ond addewidion gwag oeddynt i gyd, a throdd eu breuddwydion yn freuddwydion cas.

Ac yn achos Janina Varnyte, daeth y freuddwyd gas yn wir.

Cododd Miss Preis oddi ar y gwely a mynd allan, gan gau'r drws ar yr ystafell fach dawel, drist.

(ii)

Treuliodd hynny oedd ar ôl o'r noson ar soffa Lily George. Digon ffwndrus yr oedd Lily pan ddihunodd, a gwyliodd Lafinia'r dagrau'n rhuthro i'w llygaid wrth i ddigwyddiadau erchyll y diwrnod cynt ddychwelyd i'w chof fesul un.

"Janina," meddai. "Janina fach ... "

Roedd ei cheg yn sych ar ôl y tawelydd a gafodd gan y meddyg y noson cynt: yfodd ddŵr a the, ond doedd Lafinia ddim am fentro'i bwydo nes bod y meddyg wedi galw eto. Eisteddodd ar erchwyn y gwely gyda llaw Lily yn ei llaw hi.

Heblaw am ambell i ebychiad o dristwch, arhosodd Lily'n dawel ac ni fu'n hir cyn dechrau pendwmpian. Cododd Lafinia oddi ar y gwely a mynd i eistedd yng nghadair freichiau Lily, wrth ochr y gwely ac yn wynebu'r un ffordd. Teimlai'r haul yn gynnes ar ei hwyneb. O leia mi fedra i weld o'r fan hon os bydd rhywun yn galw yn fy nhŷ i, meddyliodd: roedd ei drws ffrynt i'w weld yn glir. Mi fydd yn rhaid i mi biciad adre pan ddaw'r meddyg, i gael cawod a newid a bwydo'r Doctor ... dechreuodd hithau bendwmpian hefyd.

Deffrodd gyda'r sicrwydd fod rhywun yn syllu arni. Trodd ei phen. Gwenodd.

"Sori, Lily ... "

Ond roedd Lily'n syllu heibio iddi, allan drwy'r ffenest, gyda'i meddwl ymhell. O'r diwedd, ochneidiodd.

"Be dda'th drosti, does gen i'r un syniad," meddai.

"Ma'n ddrwg gen i - ?" meddai Lafinia. Oedd ei hen ffrind yn dechrau ffwndro eto? Ond na – roedd yn hollol effro'r tro hwn, a'i llygaid yn glir.

"Ro'n i'n eistedd yn union yn lle'r w't ti'n eistedd, rŵan, pan a'th hi, ysti."

"O ... ?" meddai Lafinia'n ofalus. Ai cyfeirio'r oedd Lily at pan *fu farw* Janina? Ac efallai'n teimlo – gyda'r euogrwydd gwirion hwnnw y mae pawb yn ei deimlo yn sgil colli rhywun annwyl – y dylai fod wedi bod yn gwneud rhywbeth amgenach nag eistedd yn sbio allan drwy'r ffenest? "Yli, wa'th i ti heb â hel hen feddylia fel'na ... "

Gwgodd Lily arni. "Ond yma *ro'n* i, Lafinia. Mi welais i hi'n mynd. Ffordd acw ... " – a phwyntiodd efo'i bawd dros ei hysgwydd, yn ôl i fyny'r stryd yn hytrach nag i lawr i gyfeiriad tŷ Lafinia. "Fel tasa'r diafol ei hun ar ei hôl hi." Brathodd ei gwefus isaf. "Mi oedd o hefyd, yn doedd? Rhyw ddiafol mewn croen ... "

Dechreuodd meddwl Miss Preis droi. Roedd yr hen gosi bach rhyfedd hwnnw yn ei ôl yng ngwaelodion ei stumog. Dros y blynyddoedd roedd hi wedi dysgu pa mor bwysig oedd gwrando arno. Roedd o'n dweud wrthi'n awr fod yr hyn yr oedd Lily George yn ceisio'i ddweud yn bwysig aruthrol.

"Lily," meddai'n bwyllog, "deud wrtha i'n union be welaist ti ddoe. Cymera d'amsar. Lle'n union oedd Janina'n mynd?"

"I'th dŷ di, ynte."

"Acw - ? O ... i fwydo'r Doctor, ia?"

Ysgydwodd Lily ei phen, ychydig yn ddiamynedd, fel petai Lafinia ddim wedi gwrando arni hi'n iawn.

"Naci, naci – roedd hi wedi gwneud hynny sbelan ynghynt. Pan dda'th hi'n ei hôl roedd hi'n cochi ar ddim ac yn giglan drwy'r amser – a dwi wedi gweld llawer gormod o ferched ifainc yn ymddwyn felly yn fy nydd i beidio â gwbod *pam* eu bod nhw felly."

Nodiodd Lafinia Preis. Roedd y ddwy ohonynt, ond ddyddiau ynghynt, wedi gwneud eu siâr o giglan eu hunain wrth sylwi fel roedd Janina a Cefin McGregor wedi cymryd at ei gilydd. Roedd o mor amlwg, a dyna lle'r oedd y creaduriaid bach naïf yn meddwl eu bod yn llwyddo i'w guddio.

"Ia, Cefin," cadarnhaodd Lily. "Roedd hi fel gafr ar daranau ar ôl bod yn bwydo Doctor Watson, nes o'r diwedd dywedais wrthi am fynd yn ôl ato fo. 'Go on, Janina,' medda fi wrthi. 'Go ...'. Rhoddodd sws i mi, Lafinia, ar 'y nhalcen, cyn mynd – rhywbeth na wna'th hi erioed o'r blaen – ac allan â hi. Trodd un waith ar ôl cau'r drws ffrynt ar 'i hôl, a sbio i mewn drwy'r ffenest ochr yna arna i. 'Go!' medda fi eto, a chododd ei llaw arna i a throi ... "

Tewodd Lily. Roedd ei llygaid, gwelodd Lafinia, wedi'u hoelio ar y ffenest ochr honno – rhan o'r ffenest fae fawr oedd gan tai Heol Moelwyn i gyd – a gwyddai Lafinia fod Lily unwaith eto yn gweld Janina yno, yn ei meddwl.

"Yna ... mi rewodd hi ... a sefyll yn stond ... yn rhythu drosodd i gyfeiriad dy dŷ di. Yna trodd yn wyllt i'r cyfeiriad arall, a diflannu nerth ei thraed i fyny'r stryd."

"Oedd 'na rywun yn rhedeg ar ei hôl hi, Lily? Welist ti rywun?"

Ysgydwodd Lily ei phen yn araf.

"Neb, Lafinia. Neb o gwbwl. Ond mi fasat ti wedi taeru fod yna haid o Gŵn Annwn wrth 'i sodla hi. Stryffaglais i sefyll ... " – a gallai Miss Preis ddychmygu hyn yn ddigon hawdd: roedd hi wedi gwylio'i ffrind yn gwneud hynny droeon gyda chymorth ei ffon gerdded. Sodrai'r ffon yn syth yn y carped o'i blaen cyn dringo i fyny'r ffon, mewn ffordd, nes iddi allu sefyll, " ... ond erbyn i mi fedru edrych allan yn iawn drwy'r ffenestr, doedd yna neb yr ochr arall i'r ffordd, 'chwaith. Neb o gwbwl. Roedd yn union fel tasa Janina fach wedi gweld ysbryd – ysbryd doedd neb arall ond y hi yn gallu 'i weld."

(iii)

Oedd y syniad – y *syniad gwallgof* - yng nghefn ei meddwl wrth iddi groesi'r ffordd o gartref Lily i'w thŷ hi 'i hun? Oedd o yno ers i Lily adrodd ei stori – *tra* oedd hi'n ei hadrodd, hyd yn oed?

Doedd wybod. Eisteddai yn ei chegin, ei thŷ yn dawel heblaw am sŵn y Doctor yn sglaffio a chrensian ei fwyd, yn gwneud ei gorau glas i fygu'r syniad.

Ond roedd y syniad – *y syniad gwallgof* ! - yn mynnu brwydro yn ei herbyn. Yn mynnu ymladd am ei fywyd.

"Lafinia – bydda'n gall rŵan, wnei di?" meddai'n uchel.

Ceisiodd ganolbwyntio ar y *ffeithiau.*

Roedd Janina, yn ôl yr hyn a welodd Lily drwy'r ffenest, wedi gadael y tŷ yn hapus fel y gog, wedi troi a chodi'i llaw ar Lily, cyn troi *i wynebu'r ochr arall i'r stryd* ... a rhewi. Roedd hi wedi gweld rhywbeth *yr ochr arall i'r stryd* a'i dychrynodd am ei bywyd, rhywbeth – neu rywun – oedd wedi'i gyrru i redeg i ffwrdd *i'r cyfeiriad arall.*

Ac erbyn i Lily George fedru codi i'w sefyll ac edrych allan, doedd dim golwg o neb. Gwyddai fod Lily'n cael trafferth i sefyll, ond hyd yn oed petai hi'n dal ar ei heistedd, buasai wedi cael cip ar bwy bynnag a ddychrynodd Janina petai'r person hwnnw neu honno wedi rhedeg ar ei hôl – oherwydd buasai'n rhaid iddyn nhw fod wedi rhedeg heibio i'w ffenest hi.

Car, felly? Efallai, ond, eto'n ôl Lily, doedd yr un car wedi gyrru heibio i'w thŷ.

Dyna rai o'r ffeithiau.

Ffaith arall, a'r un erchyll, oedd bod *rhywun* wedi lladd Janina yn fuan wedyn.

Rhesymol, felly, oedd derbyn mai'r llofrudd oedd pwy bynnag a'i dychrynodd wrth iddi adael tŷ Lily George.

Pwy bynnag oedd yr ochr arall i'r stryd.

Ochneidiodd Lafinia Preis. "O, Doctor bach!" meddai. "Dyma lle ma pethau'n dechrau mynd yn flêr. Yn flêr ac yn ofnadwy o anodd."

Ond oedden nhw'n *wallgof*?

"O, mi fasa'n dda gen i taswn i ddim yn gallu *meddwl*!" ebychodd. Trodd y Doctor gan sbio arni dros ei ysgwydd yn ddilornus, cyn dychwelyd at weddillion ei fwyd. Cododd Lafinia a mynd at y ffenestr. Gwelodd fod y ferfa yn yr ardd yn llawn o rwbel. Cefin, meddyliodd, Cefin druan. Tybed a ydy o'n gwybod bellach? Ydy, yn sicr: mae sôn am y digwyddiad yma wedi ffrwydro fel tân gwyllt drwy'r dref.

Ond roedd o yma ddoe, a brysio'n ôl yma i'w weld o yr oedd Janina...

... cyn iddi weld rhywun arall.

Roedd ei llygaid, felly, pan gamodd allan o dŷ Lily George, yn sicr o fod wedi'u hoelio ar dŷ Lafinia...

... cyn iddi weld y rhywun arall hwnnw. Nid Cefin, wrth reswm, oedd wedi peri iddi redeg i ffwrdd i'r cyfeiriad arall.

Am ei bywyd.

Pwy arall oedd wedi galw yma ddoe?

Ysgydwodd ei phen yn ffyrnig.

Na! Dyna'n union pam nad o'n i eisiau meddwl yn gynharach!

Ond doedd ganddi ddim dewis – y hi, o bawb, dynes oedd

wedi dibynnu ar hyd ei hoes fwy ar ei meddwl na dim byd arall.

Ond roedd ei meddwl heddiw'n troi ei stumog yn dalp o rew.

Er gwaethaf hi 'i hun, trodd a mynd trwodd i'r ystafell fyw. Nag oedd, doedd hi ddim wedi gwagio'r biniau ysbwriel. Diolch byth nad oedd hi wedi cael cyfle i gynnau tân yn yr ystafell fyw neithiwr: i lygad hwnnw y byddai'r nodyn wedi mynd, mae'n siŵr. Tynnodd ei llawes dros ei llaw a'i bysedd, a chan ei defnyddio fel maneg, plwciodd y nodyn yr oedd hi neithiwr wedi'i rowlio'n belen allan o waelod y bin.

Agorodd ef yn ofalus.

Darllenodd ef eto...

...a dim ond cael a chael wnaeth hi i gyrraedd sinc y gegin cyn taflu i fyny.

(iv)

Drannoeth, ar ôl noson ddi-gwsg, cododd ben bore; erbyn hanner awr wedi saith, roedd hi'n gyrru i'r dwyrain ar hyd yr A55, gyda'r môr ar ei hochr chwith a'r bryniau a'r mynyddoedd ar ei hochr dde. Cychwynnodd gyda'r haul yn ei llygaid, ond ni fu'n hir cyn bod y môr wedi troi'n llwyd, cyn bod y cymylau wedi cuddio'r copaon a sŵn olwynion y car ar wyneb y ffordd fel hisian piwis nythaid o nadroedd.

Yn yr hen ddyddiau, cyn iddi gau'r busnes, buasai wedi gofalu bod y swyddfa'n gwybod lle'r oedd hi. Gwenodd yn chwerw'n awr wrth gofio mor unig ac allan-ohoni yr oedd hi wedi teimlo pan ymddiswyddodd gyntaf o'r heddlu a'i mentro hi fel ditectif preifat; heddiw, roedd hi ar ei phen ei hun yn gyfan gwbl, gyda neb y tu ôl iddi a neb â'r un syniad ble'r oedd hi.

A doedd o ddim yn deimlad braf.

Arhosodd mewn gwasanaethau ar gyrion Lerpwl; roedd ei stumog yn glymau i gyd, felly dim ond coffi a gafodd i frecwast.

Hen fwyd digon di-flas sydd i'w gael yn y llefydd hyn beth bynnag, meddyliodd. Ond roedd y coffi'n ddigon derbyniol, yn gynnes ac yn gryf.

Be w't ti'n 'i wneud yma, Lafinia? fe'i holodd ei hun. Mor braf fuasai medru troi a dychwelyd adref, gan gymryd arni mai nonsens llwyr oedd ei hofnau a'i hamheuon, dim byd mwy na dychymyg hen ddynes wirion yn mynd dros ben llestri.

Ond gwyddai na fedrai wneud hynny, na fedrai wthio'r holl syniad dan garped ei meddwl a gadael iddo bydru'n dawel yno nes ei fod wedi troi'n llwch.

Cychwynnodd godi efo'r bwriad o brynu rhagor o goffi, nes iddi sylweddoli mai dim ond esgus fuasai hynny dros beidio â bwrw yn ei blaen.

Dychwelodd i'w char, ac erbyn deg o'r gloch roedd wedi ei barcio mewn maes parcio aml-lawr ger yr Amgueddfa Forwrol. Trodd ei chefn ar yr adeilad difyr hwn, fodd bynnag, gan gerdded i'r chwith i fyny Strand Street, cyn croesi'r ffordd ac anelu am orsaf James Street.

Roedd hi'n bwrw glaw mân erbyn hyn a deuai awel oer a llaith o gyfeiriad y Mersey. Crynodd Lafinia. Fe'i cafodd ei hun yn hanner gobeithio y byddai'r caffi wedi cau, neu, yn well fyth, wedi mynd yn gyfan gwbl. Ond na, roedd yn dal yno, gyferbyn â'r orsaf – caffi digon plaen a disylw, y math o le y cyfeiriai pobl ato fel *greasy spoon*: caffi bacwn-ac-wy os y bu un erioed.

Cer adra, Lafinia!

Ond croesi'r ffordd a wnaeth hi, ac ysgwyd y gwlybaniaeth oddi ar ei hymbarél cyn agor drws y caffi a mynd i mewn.

(v)

Os oedd ei stumog yn troi ynghynt, yna roedd yn chwyrlïo wrth i arogl bwyd y caffi ei tharo. Roedd yn glòs ofnadwy, gyda'r holl stêm yn gwneud i'r ffenestri edrych fel tasan nhw'n chwysu chwartiau. Tua dwsin o fyrddau oedd yma i gyd, rhai hirsgwar wedi eu gosod rhwng seddau a edrychai fel seddau capel ond â chefnau uchel iddynt. Roedd rhywun yn eistedd wrth bob un heblaw am y bwrdd pellaf o'r drws, reit yng nghefn y caffi. Roedd drws gyda'r geiriau **Staff Only** arno wrth ymyl y bwrdd hwn.

Nodiodd Lafinia iddi 'i hun. Gwyddai fod wiw i'r un enaid byw eistedd yno. Dydy rhai pethau byth yn newid, meddyliodd, a heblaw am absenoldeb y blychau llwch oedd yn arfer teyrnasu dros wynebau'r byrddau a'r haen dew o fwg sigaréts a hongiai wrth y nenfwd fel gwe pry copyn mewn *haunted house*, edrychai'r caffi'n union fel y gwnâi'r tro diwethaf iddi fod yma, wyth mlynedd yn ôl. Synnai hi ddim petai'r un gerddoriaeth yn chwarae'n uchel dros y lle – cerddoriaeth pop o ganolbarth Ewrop.

"*Yes, chuck* - ?" meddai'r ddynes ganol oed y tu ôl i'w chownter. Dynes dal gyda llond pen o wallt tywyll – gwallt oedd yn rhy ddu i ddynes o'i hoed hi, barnodd Miss Preis. Safai merch ifanc denau wrth ei hochr.

"*Please tell Goran I'd like to see him*," meddai Miss Preis.

Ysgydwodd y ddynes ei phen. "*Nobody here of that name*," meddai.

"*Just tell him Lafinia's here, please*," meddai Miss Preis.

Edrychai'r ddynes fel petai hi am ddadlau ymhellach, ond cafodd gip ar lygaid llonydd, sicr Miss Preis. Nodiodd a dod allan o'r tu ôl i'r cownter a diflannu trwy'r drws yn y cefn. Anwybyddodd Miss Preis y ferch ifanc oedd yn ei llygadu gyda chryn chwilfrydedd. Doedd neb arall yn ymddangos fel tasan nhw wedi cymryd unrhyw sylw ohoni, ond gwyddai Lafinia fod sawl un o'r cwsmeriaid wedi'i hastudio'n chwim pan glywson nhw hi'n dweud enw Goran. Er gwaetha'r ffaith ei bod yn teimlo'n nerfus ofnadwy – os nad yn ofnus – daeth yn agos at wenu wrth feddwl bod hyn bron iawn fel golygfa mewn hen ffilm Ddraciwla gan stiwdios Hammer: hanner disgwyliai ddal ambell un o'r cwsmeriaid yn croesi'u hunain, fel cwsmeriaid tafarn Transilvania pan fo rhywun diniwed yn dweud ei fod ar ei ffordd i'r Castell.

Ymhen llai na dau funud, dychwelodd y ddynes drwy'r drws. Gwnaeth ystum ar i Lafinia fynd ac eistedd wrth y bwrdd gwag. Roedd ei hagwedd, sylwodd Miss Preis, wedi newid yn llwyr – nefoedd, roedd y greadures fwy neu lai'n moesymgrymu iddi! Brysiodd i'r tu ôl i'r cownter gan gyfarth ar y ferch ifanc mewn Croateg a neidiodd honno i'w gwaith fel tasa hi mewn ras. Ymhen dim roedd yna gwpanau a soseri tsheina, del ar y bwrdd o flaen Lafinia, gyda *cafetière* ffres o goffi drud yn cyrraedd yn fuan yn ei sgil.

Yna agorodd y drws **Staff Only** a daeth Goran trwodd. Fel y caffi, doedd ei berchennog ddim wedi newid llawer iawn dros y blynyddoedd 'chwaith. Roedd yna ychydig bach mwy o wyn yn y mwstas a'r gwallt trwchus, blêr, efallai, ac ychydig mwy o floneg o gwmpas y bol, ond gan fod hwnnw mor anferth yn y lle cyntaf, anodd iawn oedd dweud.

"Lafinia - !"

Cododd Miss Preis ei llaw i'r dyn mawr ei hysgwyd, ond yn lle hynny cydiodd Goran ynddi a gwyro drosti cyn ei chusanu. Teimlai ei llaw yn fach ac yn fregus yn ei bawen fawr ef.

Ymwasgodd Goran i mewn i'r sedd gyferbyn â hi. Fel yn yr hen ddyddiau, gwisgai siwt ddu gyda chrys gwyn a thei du ac edrychai fel petai ar ei ffordd i angladd.

Ond achosi angladdau a wnâi'r dyn hwn yn hytrach na'u mynychu. Edrychai fel dyn addfwyn a chlên tu hwnt – bron iawn fel rhywun a fyddai'n cael ei ddewis i arwain noson lawen, meddyliai Lafinia'n aml – ond roedd y llygaid siriol yna wedi gweld pethau ofnadwy, a'r dwylo mawrion yna oedd yn gyfrifol am nifer helaeth o'r pethau hynny. Anghofiwch am bethau fel llywodraeth a chynghorau: Goran oedd yn rheoli'r ddinas hon, a rhai tebyg iddo oedd yn rheoli dinasoedd eraill Prydain. Roedd â'i fysedd ym mhob math o fusnesau anghyfreithlon, ond wedi dweud hynny, roedd ganddo yntau ei god moesol personol ei hun: roedd yn casáu'r bobol rheiny oedd yn ymwneud â phuteiniaeth – nid y merched, doedd ganddo ddim byd ond tosturi a chydymdeimlad tuag atyn nhw; ond y dynion barus, seimllyd a di-wyneb rheiny oedd yn eu rheoli.

Dyna un rheswm pam fod Lafinia wedi dod yma heddiw i'w weld; rheswm arall oedd fod Goran yn adnabod pawb.

Ond yn gyntaf, rhaid oedd rhannu paneidiau o goffi a rhoi'r byd yn ei le. Roedd y ddau yma'n adnabod ei gilydd ers dros chwarter canrif – ers i Lafinia, ar ôl iddi adael yr heddlu, wneud ffafr â Goran pan aeth ei ferch hynaf i drafferthion gyda chyffuriau. Anna oedd ei henw, ac aeth yn gaeth i heroin pan yn un ar bymtheg oed; dihangodd gyda'r dyn oedd wedi'i chyflwyno i'r cyffur yn y lle cyntaf – sef Bahir, brawd ieuengaf dihiryn o wlad Algeria oedd yn berchen ar sawl bwyty yn ardal Lerpwl, ac a oedd yn gyfrifol ar y pryd am smyglo merched ifainc o Algeria drosodd i Brydain. Ymhen deufis roedd Anna ar y stryd, yn un o'r merched rheiny ac yn fodlon gwneud unrhyw beth am arian i dalu am y cyffur.

Daeth Lafinia o hyd iddi mewn drws siop ym Mae Colwyn un noson stormus o Ragfyr, yn crynu fel deilen ac yn gleisiau byw drosti i gyd. Doedd ganddi nunlle i fyw ar ôl i Bahir ei defnyddio a'i thaflu i'r neilltu fel ysbwriel: roedd hi bellach yn rhy ddibynnol ar y cyffur i fedru ennill yr un geiniog ac felly'n dda i ddim byd, yn nhyb Bahir. Aeth Lafinia â hi adref gyda hi, ac yn raddol, dros un o'r misoedd mwyaf uffernol o'i bywyd, llwyddodd i dynnu Anna oddi ar y cyffur. Yn y cyfamser cysylltodd Lafinia â Goran. Daeth y dyn mawr ar ei union i gartref Lafinia, a dyna'r unig dro iddi ei weld yn crio. Ceisiodd fynd ag Anna'n ôl gydag ef i Lerpwl, ond gwrthododd Anna fynd – yn wir, stranciodd yn frawychus, gan fynnu cael aros yng ngofal Lafinia.

Edrychodd Goran arni, ei lygaid yn crefu: am y tro cyntaf yn ei fywyd, sylweddolodd Lafinia, doedd gan y dyn anferth a phwerus hwn yr un syniad beth i'w wneud.

"Mi edrycha i ar ei hôl hi nes iddi fendio," meddai Lafinia wrtho. "Mi fydd hi'n tshampion yma efo fi nes y bydd hi'n teimlo 'i bod yn barod i fynd adra."

Syllodd Goran arni am eiliadau hirion, yna gwasgodd ei hysgwydd.

"Dwi'n gwbod," oedd y cyfan a ddywedodd.

Dychwelodd Goran i Lerpwl. Yn ystod y mis canlynol, tra oedd Anna yn gwella, llosgwyd nifer o fwytai yn ardal Lerpwl. Hefyd, daethpwyd o hyd i gorff Bahir mewn sgip ar gyrion Penbedw – *a dim ond y corff.* Cafodd dau gigydd oedd yn cyflenwi bwytai brawd mawr Bahir fraw un bore tua'r un adeg pan sylwon nhw fod rhywun wedi hongian braich a choes ar fachau yn ffenestri eu siopau – a gorfu i'r brawd mawr ei hun ddychwelyd i Algeria ar ôl derbyn parsel drwy'r post un bore.

Y tu mewn i'r parsel roedd pen Bahir.

Roedd yn amlwg oddi wrth yr olwg o boen ar ei wyneb fod Bahir yn fyw pan ganodd yn iach i'w freichiau a'i goesau. Gwyddai Lafinia hefyd – heb i neb orfod dweud hynny wrthi'n blwmp ac yn blaen - fod y dyn addfwyn ei olwg a eisteddai gyferbyn â hi'n awr wedi gwneud yr holl lifio a thorri ei hun.

Pan o'r diwedd y cyhoeddodd Anna ei bod yn ddigon da i fynd adref, daeth ei thad i Wynedd i'w 'nôl. Cyn mynd, meddai wrth Lafinia: "Alla i ddim diolch digon i ti – yn llythrennol felly. Ma'n amhosib diolch digon i rywun a wnaeth yr hyn wnest ti. A dwi ddim am dy sarhau drwy gynnig arian i ti. Ond dwi am gynnig fy nghyfeillgarwch i ti – mae hwnnw gen ti am byth."

Roedd Anna bellach yn briod, yn fam i bedwar o blant ac yn byw'n hapus braf yn Ne Ffrainc. Derbyniai Lafinia gerdyn oddi wrthi bob Nadolig, ond chafodd hi erioed wahoddiad i fynd draw yno i'w gweld. Gallai ddeall pam: byddai presenoldeb Lafinia'n atgoffa Anna o'r cyfnod erchyll, ofnadwy hwnnw yn ei bywyd.

Yn awr, gwenodd Goran fel giât pan holodd Lafinia amdani hi a'i theulu.

"Dwi ar fin mynd drosodd i Ffrainc i'w gweld nhw eto," meddai mewn Saesneg perffaith, er bod acen ei gynefin yn dal i fyrlymu'n gryf yn ei lais dwfn. "Mae arna i ofn fod Taid yn tueddu i'w difetha nhw'n rhacs. Ond dyna fo – dyna beth ydy swyddogaeth pob taid, ynte, Lafinia? Ond beth amdanat ti? Dwyt ti byth wedi priodi, dwi'n cymryd?"

Ysgydwodd Miss Preis ei phen. "Go brin y gwnaf bellach, Goran."

Ochneidiodd y dyn mawr. "Gwastraff ... gwastraff ofnadwy. Ond buasai angen dyn arbennig iawn, dwi'n meddwl, i'th ddofi di." Chwarddodd yn dawel cyn gorffen ei goffi, gwthio'i gwpan a soser i'r neilltu a phlethu'i ddwylo o'i flaen ar wyneb y bwrdd – arwydd fod y mân siarad wedi'i wneud.

"Felly ... ?" meddai.

"Ia. Felly ... " Anadlodd Miss Preis yn ddwfn. Dyma pam y daethost ti yma, Lafinia, fe'i hatgoffodd ei hun, nid i falu awyr. Ar ei ffordd yma, penderfynodd ei bod am ddweud y cyfan wrth Goran – yr holl ffeithiau a'i holl amheuon.

Yr holl stori am y ferch o Lithwania.

(vi)

Aros, wedyn, i'r ffôn ganu. Ar ei ffordd adref o Lerpwl, roedd wedi ildio o'r diwedd a phrynu paced o sigaréts, a chasáu ei hun am wneud hynny.

"Ma'n rhaid i mi gael *rhywbeth*," meddai wrth y Doctor, "neu mi fydda i wedi drysu'n lân."

Wrth adrodd yr hanes wrth Goran, roedd hi wedi gobeithio – wedi gweddïo – y byddai'r holl beth yn swnio'n hollol wallgof ac y byddai Goran wedi chwerthin am ei phen a dweud wrthi am gymryd gwyliau go hir yn rhywle pell a phoeth. Ond na. Wrth iddi glywed ei geiriau ei hun yn arwain y dyn mawr drwy'r holl ddigwyddiadau a chyd-ddigwyddiadau, swniai'r cyfan yn gallach nag erioed.

Ddywedodd Goran yr un gair nes iddi orffen. Yna estynnodd ei law dros y bwrdd a chydio'n ysgafn yn ei llaw hi. "Rwyt ti yn sylweddoli, yn dwyt ti, Lafinia, nad ydw i'n adnabod y bobol afiach yma?"

Roedd Miss Preis wedi nodio. "O, ydw. Ond hwyrach dy fod yn gwbod pwy ydyn nhw, a bod gen ti well syniad na fi pwy i'w holi."

"Y genod druan yma," ochneidiodd Goran, a gwyddai Lafinia ei fod yn meddwl am Anna, am fel yr oedd hi bum mlynedd ar hugain yn ôl. Ysgydwodd ei ben yn ddigalon. "Dwi'n cymryd fod gen ti lun?" gofynnodd.

Estynnodd Lafinia hanner dwsin o luniau o'i bag, chwe wyneb gwahanol, a phob llun gyda rhif ar ei gefn, o 1 i 6. "Pobol gyffredin ydy pump o'r rhain," eglurodd. "Os ydw i'n iawn, yna bydd pwy bynnag fyddi di'n ei holi yn adnabod un ohonyn nhw."

Nodiodd Goran a'u cadw'n ofalus ym mhoced ei siwt. "Rho ychydig o ddyddiau i mi, Lafinia. Fe wna i dy ffonio efo'r un rhif arbennig hwnnw cyn gadael am Ffrainc."

Bu ar bigau'r drain wedyn, yn neidio bob tro y byddai ei ffôn symudol yn canu ac yn rhuthro ato, ond i'w anwybyddu pan welai nad y rhif arbennig a roes Goran iddi oedd yn ymddangos ar y sgrin.

Tanio un sigarét ar ôl y llall pan oedd gartref, ac fel gafr ar daranau pan oedd hi drosodd yn nhŷ Lily George, a oedd yn ddigon craff i sylwi ar arogl y mwg ar ddillad a gwallt ei ffrind ond hefyd yn ddigon sensitif i beidio â gwneud môr a mynydd o'r peth. Wedi'r cwbwl, roeddynt eu dwy wedi cael hen sioc annifyr iawn yn ddiweddar, yn doeddynt? A digon hawdd i rywun sy erioed wedi ysmygu bregethu ar bobol eraill, meddyliodd.

Ond gwyddai Lafinia Preis y byddai'n ysmygu llawer iawn mwy pe byddai Goran yn ei ffonio gyda'r ateb nad oedd arni hi eisiau ei glywed o gwbl.

(vii)

Daeth yr alwad ffôn ar y pedwerydd bore. Sychodd Miss Preis gledrau ei dwylo ar gluniau ei jîns cyn codi'r ffôn.

"Goran - ?"

"Rhif pedwar, Lafinia."

Caeodd Miss Preis ei llygaid.

"Lafinia ... ?"

Cliriodd ei gwddf.

"Diolch, Goran."

"Dwi'n cymryd nad newyddion da o lawenydd mawr ... ?"

"Na ..."

"Ro'n i'n ofni." Saib fechan. "Os wyt ti eisiau i mi ... "

"Na. Diolch, Goran, ond ... na."

"Bydd yn ofalus, Lafinia, o'r gorau? Yn ofalus iawn."

"Mi wna i."

Diffoddodd Miss Preis ei ffôn. Crynai ei dwylo'n afreolus wrth iddi danio sigarét.

Y LLOFRUDD

Roedd o i gyd mor annheg, mor uffernol o annheg! Ond megis dechrau'r oedd o, ond yn dechrau cael ei draed oddi tano.

Ond yn awr – hyn.

Pam oedd yn rhaid i hyn ddigwydd iddo fo?

Roedd popeth yn mynd mor wych ... nes i'r ast fach dew honno 'i weld a'i adnabod. Honno, o bawb! Yr un oedd wastad wedi ymddangos mor lywaeth, mor ddi-ddim, yn dda i ddim byd ond i lanhau a golchi ac ateb y drws...

...a dyna oedd camgymeriad Gregor, ynte? Gadael iddi ateb y drws bob tro, a gweld yr holl wynebau.

Roedd hi wedi sylwi ar yr holl wynebau.

Ac, yn amlwg, wedi cofio'r holl wynebau.

Yn enwedig ei wyneb o.

Efallai, pe na bai o wedi mynd i banig mawr... ond na, doedd ganddo ddim dewis. A chredai ei fod wedi llwyddo, wedi gwneud joban dda o dacluso pethau. Yn wir, roedd o hyd yn oed wedi dechrau ymlacio – er nad oedd o byth wedi dod o hyd i'r groes honno – ac wedi dechrau caniatáu ei hun i gredu bod y perygl drosodd, wedi'i ddileu'n llwyr mewn stryd gefn y noson lawog honno wythnos yn ôl.

Tan heddiw. Tan yr holl alwadau ffôn rheiny. Daeth y gyntaf i'w ffôn symudol, ben bore, ac yntau ar ei ffordd yn ôl o Wrecsam.

"Mae rhywun wedi bod yn holi amdanat ti."

"Be? Pwy - ?"

Saib fer, ac yna:

"Goran Dragovic."

Roedd o yn y car pan gafodd o'r alwad yma, a diolch byth ei fod o wedi tynnu i mewn i ochr y ffordd cyn ateb ei ffôn neu buasai'n sicr o fod wedi sglefrio dros y lle.

"*Be* - ? Pam?"

"Yn hollol. Dyna be mae'r Llais isio'i wybod."

Ebychodd yn uchel, fel petai rhywun newydd ei gicio'n galed yn ei stumog.

"Dydy o ddim yn gwybod am hyn ... ?"

Ochenaid ddiamynedd dros y ffôn. "Tyfa i fyny, wnei di!"

"Ond ... ond ... " Ceisiodd lyncu, ond roedd ei geg yn sych grimp. "Wir i ti, Gregor, does gen i'r un syniad pam fasa rhywun fel Goran Dragovic yn holi amdana i. Ar fy marw..."

Roedd y distawrwydd y pen arall i'r ffôn yn tanlinellu eironi'r tri gair diwethaf. Ymdrechodd i lyncu eto.

"Dwi erioed wedi dŵad ar ei draws o, hyd y gwn i. Pa fath o holi oedd o'n ei wneud, felly ... ?"

"Basa'n syniad i ti ddod draw," meddai Gregor. "Yfory."

"Be? Ond fedra i ddim dŵad ar fyr rybudd fel hyn, yfory dwi i fod yn ... "

"Yfory," meddai Gregor, a diffodd y ffôn.

Brith gof yn unig oedd ganddo o weddill ei siwrnai. Cadwodd y BMW yn ei garej a gyrru'n ôl i'w fflat yn yr hen Ford Focus. Yno, tywalltodd wisgi cryf iddo'i un, ac roedd wedi yfed ei hanner pan ddaeth yr ail alwad.

"Dwi isio i ti ddŵad draw yma cyn gyntad â phosib." Roedd y llais hwn yn oeraidd, ond gallai glywed cryndod bychan yn rhedeg trwyddo.

Be oedd ar *hon* ei eisiau, heddiw o bob diwrnod? Ceisiodd ymddangos mor ddi-hid, mor ddibryder – mor ddiniwed – ag y medrai.

"Dew annw'l, be sy mor bwysig, felly?"

"Jest ty'd yma, Erfyl, wnei di? Gora po gynta."

"Ond fedra i ddim jest ... helô? Anti Laf ... ? Helô - ?"

Ond roedd hithau, hefyd, wedi rhoi'r ffôn i lawr arno. "Dwi ddim angan hyn heddiw," meddai'n uchel. Be oedd arni ei eisiau, tybed? Aeth allan efo'i wisgi ar falconi ei fflat. O'r diwedd, roedd heulwen y gwanwyn wedi dechrau teimlo'n gynnes a dawnsiai'r cychod ar donnau gleision y llanw llawn yn y marina oddi tano, ond theimlodd o mo'r haul na sylwi ar y cychod. Roedd rhyw oerni annifyr newydd ruthro trwy 'i gorff, er gwaetha'r wisgi, ac yn ei feddwl ni welai ddim heblaw'r nodyn hwnnw a wthiodd drwy ddrws tŷ ei fodryb wythnos ynghynt.

Doedd bosib fod y bitsh fusneslyd wedi ... ?

Callia, meddai wrtho'i hun. Pam fasa hi'n dy amau di? A doedd neb wedi'th weld – digwyddodd yn ddigon pell o Heol Moelwyn, ac roedd hi'n dywyll ac yn stido bwrw glaw.

Ond roedd ei llais mor oeraidd ...

Na, rhywbeth arall sy'n bod, fe'i cysurodd ei hun: rhywbeth teuluol, er Duw a ŵyr be. Neu mae hi'n flin gythreulig efo fi am beidio â galw i edrych amdani yn fwy aml.

Serch hynny, rhoes glec i weddill ei wisgi a thywallt un arall iddo'i hun. Doedd dim rhaid iddo fod yn ei swyddfa ym mhencadlys yr heddlu tan ddiwedd y prynhawn, felly roedd hen ddigon o amser ganddo ...

Dyna pryd y canodd ei ffôn eto fyth. Petrusodd uwch ei ben cyn ei ateb. Doedd o ddim yn adnabod y rhif ar y sgrin, un o orllewin Gwynedd yn ôl y cod deialu.

"Helô ... ?"

Doedd ganddo ddim clem pwy oedd yno nes iddi ddweud ei henw: yr hogan ifanc honno – Erin rhywbeth-neu'i gilydd - o'r clwb drama uffernol hwnnw y bu'n ddigon dwl i ymaelodi ag o ar ôl iddo symud i'r ardal. Bai Gregor oedd hynny; fo oedd wedi dweud bod y Llais yn hoffi i'w bobol ymddwyn mor normal â phosib.

Deallodd fod yr eneth yma'n chwilio am ei fodryb, a chofiai iddo awgrymu ei bod yn cyfweld Lafinia ar gyfer rhyw brosiect ysgol neu'i gilydd: lwmp o hogyn fu'n ei holi ef, cofiai'n awr, hanner dwsin o gwestiynau arwynebol am yr heddlu.

"Nac 'dw, sori," meddai wrth y ferch pan holodd a oedd o'n gwybod a oedd Lafinia i ffwrdd yn rhywle, a rhoi'r ffôn i lawr. Y peth olaf roedd arno'i angen yn awr oedd cael ei fwydro gan ryw blentyn ysgol.

Gorffennodd ei wisgi cyn mynd i lanhau'i ddannedd a chychwyn am dŷ ei fodryb; o leiaf, meddyliodd wrth danio peiriant y Ford Focus, fe wnaiff hyn 'y nghadw i rhag poeni drwy'r pnawn pam mae anifail fel Goran Dragovic yn gofyn cwestiynau amdana i.

A dwi ddim eisiau *dechrau* meddwl am y Llais...

LAFINIA

Doedd hi ddim yn gallu edrych arno, nid yn llawn, nid ar ei wyneb, ac yn sicr nid i fyw ei lygaid.

Allan yn yr ardd gefn yr oedd hi pan gyrhaeddodd o. Clywodd rhythm uchel a digywilydd ei guriad – "coci" oedd yr unig air i'w ddisgrifio, meddyliodd – ar y drws ffrynt, rhyw *shave-and-a-haircut* powld a berodd iddi neidio. Neidiodd eilwaith pan rwbiodd y Doctor yn erbyn gwaelod ei choes wrth iddo sleifio heibio iddi i mewn trwy ddrws y gegin.

Teimlai'n swp sâl. Dyn a ŵyr sut ydw i am ddŵad dros hyn, meddyliodd; dyn a Duw a ŵyr.

Agorodd y drws ffrynt iddo a gadael iddo gerdded i mewn heibio iddi, cyn brathu'i phen allan a gweld mai'r hen gar oedd ganddo, y Ford Focus gyda'r ci gwirion hwnnw ar silff y ffenest gefn.

"Lle ydan ni?" clywodd ef yn gofyn. "Y gegin? Y stafall fyw?"

"Stafall fyw," atebodd Lafinia. Arhosodd am eiliad neu ddau yn y cyntedd yn ceisio llonyddu'i hun.

Dylet ti fod wedi gofyn i rywun arall fod yma, fe'i dwrdiodd ei hun. Oedd, roedd hi wedi ystyried hyn – ond gofyn i bwy, dyna oedd y peth. *Goran*, meddai'r llais bychan hwnnw, *Goran oedd y dewis amlwg.*

Ond roedd Erfyl yn *deulu*! A doedd arni ddim eisiau dychmygu'r hyn a wnâi Goran iddo petai'n credu am eiliad ei fod yn fygythiad i Lafinia.

Roedd yn sefyll â'i gefn ati yn edrych ar y llyfrau pan fagodd

Lafinia'r nerth i fynd i mewn i'r ystafell ar ei ôl.

"Wel," meddai heb droi tuag ati, "be sy mor ofnadwy o bwysig felly?"

"Janina," meddai Miss Preis. "Janina Varnyte."

Sylwodd fel yr oedd ei gorff wedi tynhau trwyddo wrth iddi ddweud yr enw. Symudiad bychan iawn – ond roedd hi'n aros amdano ac wedi'i weld mor blaen â phetai Erfyl...

... dy nai, unig blentyn dy unig frawd, dy unig deulu bellach!

... wedi dawnsio'r *Highland Fling*.

Trodd yn araf tuag ati.

"Pwy... ?"

Teimlodd Lafinia'i chalon yn suddo go iawn. Oni ddylai pawb o'r heddlu fod yn gyfarwydd ag enw Janina erbyn hyn?

"O, ty'd yn dy flaen, Erfyl, mi fedri di wneud yn well na hynna, siawns!"

"Sori, Anti Laf, ond dwi'm yn dallt... "

"Dy weld di wna'th hi, yn de?"

"Be 'dach chi'n feddwl?"

Roedd ei wyneb, gwelodd Miss Preis, yn wyn fel y galchen. "Pan gamodd Janina allan o dŷ Lily George, Erfyl, ar ei ffordd yma roedd hi. Ond wrth sbio i'r cyfeiriad yma, mi welodd hi rywun ai dychrynodd am ei bywyd, rhywun a wnaeth iddi droi a rhedeg i ffwrdd i'r cyfeiriad arall."

"A dach chi'n meddwl ... dach chi'n meddwl mai y *fi* oedd hwnnw - ? Blydi hel, Anti Lafinia... !"

Ond doedd dim cryfder y tu ôl i'w eiriau, dim hanner digon o gryfder. Sylweddolodd ei bod hi'n awr yn gallu rhythu arno, ei llygaid yn trywanu'i lygaid ef fel dwy gyllell finiog, a'i fod o'n methu'n glir ag edrych arni hi; roedd ei lygaid yn dawnsio dros yr ystafell fel adar caeth yn chwilio am ffordd allan.

"Erfyl, dwi'n gwbod," meddai Miss Preis gyda thristwch mawr yn llenwi'i llais. "Mae'n siŵr dy fod yn melltithio'r ffaith dy fod wedi penderfynu galw yma i edrach amdana i, ac wedyn dy fod wedi gwthio'r nodyn hwnnw trwy'r drws. Troi'n ôl at dy gar oeddat ti, ia, pan welist ti Janina'n rhythu arnat ti o'r ochor arall i'r ffordd?"

Roedd o'n syllu ar y ffenest yn awr, a gallai Miss Preis weld dafnau bychain o chwys ar ei dalcen gwyn.

"A sôn am dy gar ... ro'n i'n gweld mai'r hen racsyn hwnnw sy gen ti eto heddiw. Lle ma'r BMW, Erfyl? Dan glo yn rhywla, decini. Ia, doeth iawn. Dw't ti ddim isio i bobol ddechra holi sut ma DS yn y CID yn gallu fforddio car fel'na. Dim cymaint o bwys am dy gydweithwyr – mater bach fasa deud dy fod wedi etifeddu pres ar ôl i Lynwen farw. Dy fam druan, mi fasa hi'n troi yn 'i bedd. A'th dad hefyd. Ond fasat ti byth wedi gallu deud hynny wrtha i, yn na fasat, a minnau'n gwbod yn iawn nad oedd gan dy rieni ddigon o bres i fedru talu am Fini i ti, heb sôn am BMW *top of the range* fel hwnna. Ia – peth doeth oedd ei gadw o'm golwg i, Erfyl. Ond doethach fyth fasa peidio â phrynu'r fath gar yn y lle cyntaf, ond dyna chdi, roedd yn rhaid i chdi'i gael o, yn doedd? Fel yna oeddat ti pan yn blentyn, dwi'n cofio. *Rhaid* oedd cael y teganau diweddara bob tro, dim ots faint roeddan nhw'n 'i gostio ... "

"Ia, ocê!"

"Ma'n siŵr nad ydy pres yn broblam i ti'r dyddia yma? Ma'n siŵr eu bod nhw'n talu'n dda i ti am edrych y ffordd arall, pobol fel Gregor Zamachowski a phwy bynnag ydy mistar y Mistar Mostyn hwnnw ... "

Rhoes naid bendant y tro hwn, a gwelodd Lafinia rywbeth tebyg i ofn yn rhuthro i'w lygaid.

" ... ma'n werth cryn dipyn iddyn nhw ga'l aelod o'r adran *vice* yn eu pocedi. Deud i mi, Erfyl – ydyn *nhw'n* gwbod am Janina? Am yr hyn wnest ti iddi hi?"

"Wnes i'm byd iddi ... "

"Erfyl – plîs. Mae o wedi'i sgwennu dros dy wynab di, yn union fel tasa'i gwaed hi drosto fo'i gyd."

Rhoddodd ei ben yn ei law ar hyn, a safodd felly am rai eiliadau. Pan symudodd ei law ac edrych i fyny'n ei ôl, roedd ei lygaid wedi llonyddu.

"Be ydach chi am 'i 'neud nesa, Anti Lafinia?" gofynnodd.

"Fi ...? Wel – dim byd. *Os* gwnei *di'r* peth iawn."

"A be ydy hynny?"

"Oes raid i mi ddeud wrthat ti - ?" rhyfeddodd Miss Preis.

"Ylwch ... doedd gen i ddim dewis," meddai wrthi. "Mi wna'th hi fy nabod i'n syth. Do, mi es i ar ei hôl hi ...ond damwain oedd o i gyd, do'n i ddim wedi bwriadu iddi farw. Trio rhesymu efo hi o'n i, trio deud wrthi nad oedd ganddi unrhyw reswm i boeni, do'n i ddim am achwyn amdani na dim byd felly ... "

"Dwi isio i ti fynd i weld Gruff Edwards," meddai Lafinia ar ei draws.

"Be - ? Ond ylwch, dwi newydd egluro ... "

"Rw't ti wedi gwrth-ddeud dy hun, hogyn! *Dim dewis* meddat ti i gychwyn, wedyn mi drodd y peth yn ddamwain ... Roeddat ti'n gwbod yn union be oeddat ti'n 'i wneud! Felly dwi am i ti fynd i weld Gruff Edwards a chyfadda'r cyfan."

Safai yno'n rhythu arni am rai eiliadau.

"Ac os wrthoda i ... ?"

"Yna fydd gen i ddim dewis ond mynd ato fo fy hun."

"A 'dach chi'n meddwl y gwnaiff o'ch coelio chi?"

"O, ydw – ma Gruff yn fy nabod i'n rhy dda."

"Ond does gynnoch chi ddim prawf."

Edrychodd Lafinia arno. "Falla ddim, ond bydda i wedi deud digon iddo fo ddechrau chwilio, Erfyl. A hyd yn oed os *na* fasa Gruff yn fy nghoelio, am ryw reswm, yna does dim angen unrhyw brawf cyfreithlon ar Goran Dragovic. Un alwad ffôn, ac yna ... wel, does wybod, efo dynion fel Goran. Ac unwaith y bydd y llall hwnnw, Gregor Zamachowski, yn sylweddoli 'i fod o wedi pechu Goran ... "

"Mi fasach chi wedi fy lladd i wedyn, Anti Laf, rydach chi *yn* sylweddoli hynny, yn dydach?" meddai, efo'i lais yn crynu. "Unwaith y bydd Gregor yn gwybod ... a'r Llais ...."

"Y Llais - ?"

Ysgydwodd Erfyl ei ben. "'Dach chi ddim isio gwbod am y Llais. Ylwch, dwi'n erfyn arnoch chi ... mi a i i ffwrdd, fasa hynny'n gneud y tro? I ffwrdd i ... i ... unrhyw le, unrhyw le 'dach chi'i isio ... "

Roedd o'n crio'n awr. *Be sy'n bod arna i*? meddyliodd Miss

Preis. *Alla i ddim teimlo dim byd tuag ato fo ond dirmyg a ... ia ... a chasineb.*

"Cer i weld Gruff Edwards, Erfyl. Dyna'r unig ddewis sy gen ti. Mi ddo'i efo chdi, os leici di ... "

Edrychodd arni. "Efo fi?"

"Os ei di, a chyfaddef, yna mi fydd pethau'n well arnot ti o beth myrdd."

Edrychodd Erfyl i lawr. Yna nodiodd.

"O'r gora ... " sibrydodd.

I feddwl ei fod o wedi tyfu i fod fel hyn, meddyliodd Miss Preis yn drist.

"Os y dowch chi efo fi," meddai, ei lygaid o hyd ar y carped.

"Mi a i i 'nôl fy nghôt," meddai ...

... a phetai hi ond wedi aros eiliad yn hwy cyn troi i ffwrdd oddi wrtho, efallai'n wir y buasai wedi cael cip ar yr olwg slei a ddaeth i'w wyneb. Ond welodd hi mohono. Welodd hi mo Erfyl 'chwaith yn ymsythu a chydio yn y cerflun pren hwnnw oedd ganddi ar y seidbord; welodd hi mohono fo'n ei godi'n uchel ac yna'n ei fwrw i lawr ar ei phen gyda'i holl nerth. Cafodd yr argraff fod ei phen wedi ffrwydro a bod y carped yn rhuthro i fyny amdani. Ffrwydrodd ei phen eto a'r tro hwn tywyllwch di-waelod a ruthrai drosti, felly theimlodd hi mohono yn ei tharo eto ... ac eto ... ac eto ...

Y LLOFRUDD

... nes i'w fraich ddechrau blino wrth i'r hen banig cyfarwydd hwnnw gilio fesul dipyn. Meddyliodd am eiliad fod rhywun arall yn yr ystafell yn eu gwylio ond sylweddolodd mai ef ei hun oedd yn gwneud yr hen sŵn annifyr hanner-chwerthin, hanner-igian crio hwnnw a glywsai ...

... ac wrth iddo ddod ato'i hun, gwelodd y cochni oedd wedi sblasio dros y carped a choesau'r dodrefn ac ochrau'r llyfrau oedd agosaf at y drws a'r drws ei hun a'r mur o'i gwmpas ...

... a sylweddolodd hefyd ei fod yn dal i gydio yn y statiw pren o'r ddynes noethlymun honno, a bod y cochni oedd ar hwnnw'n llifo i lawr ei hyd a thros ei fysedd fel y saws mefus hwnnw sydd weithiau'n dod gyda chorned hufen iâ ...

... a gollyngodd y statiw ar y carped, y drws nesaf i gorff marw ei fodryb, pan glywodd rhywun yn curo wrth y drws ffrynt.

MAC

Roedd y boi hwnnw y rhoddais i ddwrn iddo fo reit yng nghanol ei stumog wedi dewis peidio gwneud mwy o'r peth, meddai'r cystodi sarjiant wrtha i pan oedd Mam a fi'n gadael y *copshop*. Mi ddwedodd o'n ddistaw bach fod y copar oedd yn gardio'r stryd gefn wedi'i glywed o'n awgrymu bod Ianîna'n hwrio, ac wedi dweud wrtho fo 'i fod o fwy neu lai wedi haeddu slap ac mai peth dwl fasa cwyno gormod.

Y diwrnod hwnnw, wrth gwrs, fasa uffarn o bwys gen i tasan nhw wedi 'y nghloi mewn cell a rhoi ffling i'r goriad, ond mi aeth y teimlad hwnnw fesul dipyn wrth i'r dyddia fynd heibio. Roedd pawb yn glên efo fi – hyd yn oed Colin o'r siop bapur newydd sy wastad yn flin efo pawb, fel tasa gorfod sbio ar y newyddion digalon sy ar flaen y papura bob diwrnod wedi dweud arno fo: dwi'm yn gwybod pwy ddwedodd wrtho fo, ond roedd o wedi clywed am yr hasl ges i efo'r cops ac mi ddwedodd o wrtha i am gymryd wythnos i ffwrdd.

Ro'n i'n reit falch a dweud y gwir, achos ro'n i'n 'i chael hi'n anodd ar y naw meddwl am ail-gychwyn ar fy rownd bapur yn yr ardal lle'r oedd Ianîna wedi byw, ac mi es i i weld Colin cyn i'r wythnos orffen a gofyn iddo fo os y cawn i newid fy rownd.

"Dallt yn iawn, washi, dwi'n dallt i'r dim," medda fo, gan ddweud bod Carwyn Matthews, hogyn o'r ysgol sy'n dipyn o wimp, a bod yn onast, jest â thorri'i fol isio gwneud fy rownd i;

roedd 'na hogia'n pigo arno fo ar 'i rownd o, meddai Colin, gan daro winc arna i, *man to man* felly, cystal â dweud na fasa'r hogia rheiny'n poeni boi caled fatha fi o gwbwl. Roedd o'n iawn, hefyd. Gan 'y mod i'n reit fychan, dwi wedi gorfod dysgu sut ma cwffio ers pan o'n i yn yr ysgol fach. Dwi hefyd yn dipyn o *loner*, a does 'na neb yn siŵr iawn ohona i, ond ma pawb yn gwybod am Dad, ac fel roedd Taid i mewn ac allan o'r jêl fatha cwcw'n mynd i mewn ac allan o gloc, jest iawn, felly dwi'n tueddu i gael llonydd gan y rhan fwya o'r hogia eraill.

Y peth ydy, do'n i ddim yn gallu meddwl am fynd yn ôl i Heol Moelwyn; ro'n i'n dal i gael lwmp mawr yn 'y ngwddf a dagra poethion yn fy llygaid bob tro yr o'n i hyd yn oed yn meddwl am Ianîna. Ond erbyn diwedd yr wythnos honno, ro'n i wedi dechra teimlo'n euog am Miss Preis. Chwara teg, ro'n i wedi addo gneud joban o waith iddi a dyma fi rŵan wedi'i gadael ar ei hanner heb hyd yn oed ddweud wrthi nad o'n i'n cîn iawn ar y syniad o fynd yn ôl yno.

"Ella y dylat ti drio mynd i'w gweld hi, Cefin," meddai Mam. Erbyn hynny, dwi ddim yn ama, roedd hi wedi dechra cael llond bol arna i'n gorweddian o gwmpas y fflat efo wynab fatha ffidil. Ac roedd Nain wedi bod yn 'i phen hi hefyd, wedi mynd yn un swydd i Starbucks i'w gweld un bore – ia, Mam a Nain yn eistedd wrth yr un bwrdd ac yn cael panad efo'i gilydd! Be nesa? Poeni amdana i yr oedd Nain, wedi clywed – fel pawb arall yn y lle 'ma, decini – am 'y nghyffyffyl i efo'r brych hwnnw wrth geg y stryd gefn, ac wedyn efo'r copars. Taswn i wedi galw yno i edrych amdani, yna mi fasa hi wedi cael gweld sut o'n i drosti'i hun, ond do'n i ddim am fynd ar gyfyl y lle tra oedd Dad yno. Y peth ola ro'n i'i angen oedd hwnnw yn 'y mwydro am ryw *professionals* oedd ond yn disgwyl am y nòd oddi wrtho fo cyn creu hafoc ar fy hen rownd bapur i. Rywsut neu'i gilydd, doedd y broblem honno ddim yn edrych mor anferth ar ôl yr hyn oedd wedi digwydd i Ianîna druan. Dwi'n meddwl 'y mod i wedi dŵad yn agos at wenu – am y tro cynta ers wythnos – pan gofiais mai Carwyn Matthews oedd am wneud fy hen rownd i o hyn ymlaen. Os oedd o'n poeni'i hun yn swp sâl am yr hogia rheiny oedd yn arfer 'i haslo fo, yna mi fasa fo'n cachu llond berfa o frics tasa fo'n gwybod am *professionals* Dad.

A sôn am frics mewn berfa...

"Roedd hitha'n ffrindia efo'r hogan fach 'na hefyd, cofia," meddai Mam. Doedd hi byth yn deud enw Ianîna'n uchel – ella fod ofn arni y baswn i'n udo crio dros y lle tasa hi'n gwneud hynny. "Hwyrach 'i bod hi'n methu dallt pam nad w't ti wedi galw yno, yn dy weld di'n gr'adur od ar y naw."

"Mmm ... " Roedd Miss Preis wedi bod ar 'y meddwl inna hefyd, fwy a mwy wrth i'r dyddia fynd heibio. "Ocê, mi bicia i yno ar ôl cinio."

Do'n i ddim yn edrych ymlaen at weld Miss Preis, yn benna achos roedd ofn arna i y basa hi mewn gwaeth stâd nag yr o'n i. Dwi'n anobeithiol efo pobl sy 'di ypsetio ar ôl i rywun farw: fydda i byth yn gwybod be i'w ddweud ac yn teimlo'n annifyr i gyd pan fydda i yn eu cwmni nhw ac yn ysu i gael 'i ffaglu hi oddi yno. Ocê, do'n i ddim yn disgwyl gweld Miss Preis yn rhwygo'i dillad duon ac yn sgrechian fel dynes wedi drysu; ond wedi dweud hynny, do'n i ddim isio iddi eistedd i lawr efo fi dros baned a dechra sôn am Ianîna chwaith – rhag ofn i *mi* ddechra crio neu rywbeth gwirion felly.

Yn wir, roedd 'na lwmp yn bygwth codi yn 'y ngwddf wrth i mi nesáu at Heol Moelwyn, wrth i mi feddwl cymaint yr o'n i wedi edrych ymlaen at ddŵad yn ôl yma cyn i Mam 'y neffro i efo'r newyddion am Ianîna. Chwiliais yn wyllt am rywbeth – unrhyw beth – i fynd â'm sylw nes bod y lwmp wedi suddo i lawr yn 'i ôl a'r dagra wedi cilio unwaith eto. Sbiais i fyny ar haid swnllyd o frain oedd yn hedfan uwchben y stryd, ymhell dros ugain ohonyn nhw, yn mynd fel coblynnod i un cyfeiriad cyn troi'n ddirybudd ac am ddim rheswm yn y byd i gyfeiriad arall, i gyd efo'i gilydd a phob un yn crawcian yn goman.

Un diwrnod dwi am fynd ati i wybod pam yn union fod adar yn gwneud hyn weithiau: dwi wastad wedi bod yn trio meddwl pam.

Teimlwn yn well erbyn i'r brain fynd o'r golwg; hynny ydy,

do'n i ddim yn teimlo mor ddigalon, ond ro'n i *yn* teimlo 'chydig yn nerfus wrth i mi gyrraedd at ddrws ffrynt Miss Preis.

Doedd dim cloch drws ganddi, 'mond hen nociwr mawr hen ffasiwn efo pen llew arno fo. Rhoddais 'y nghlust yn erbyn pren y drws cyn ei guro, ond doedd yna'r un smic i'w glywed. Roedd y lle fel bedd.

Curais y drws, ac aros.

Dim byd.

Ffiw, meddyliais ... ond yna dyma fi'n sylweddoli y bydda'n rhaid i mi ddŵad yma'n ôl, fory neu drennydd.

Curais eto. Yna sbiais ar y ceir oedd wedi'u parcio ar y stryd, ond do'n i ddim callach a deud y gwir. Ro'n i'n gwybod bod ganddi gar, ond pa un oedd o? Do'n i 'rioed wedi'i gweld hi'n dreifio.

Ac ella mai ond wedi piciad allan yr oedd Miss Preis ... ia, siŵr iawn, wedi mynd drosodd at y ddynas honno yr oedd Ianîna'n arfer edrych ar 'i hôl hi.

Ond fedrwn i ddim troi a sbio drosodd at dŷ honno, heb sôn am fynd yno.

Wn i, dwi'n cofio meddwl, mi a i rownd i'r ardd gefn: do'n i ddim wedi cadw'r ferfa na chlirio rhyw lawer ar f'ôl y tro diwetha yr o'n i yma. Ac ella, yn y cyfamser, y daw Miss Preis adre.

Troais oddi wrth y tŷ.

Yna rhewais, ac edrych yn ôl dros f'ysgwydd, wedi cael y teimlad sicr fod rhywun yn 'y ngwylio i drwy un o'r ffenestri. Symudais fy llygaid o ffenest i ffenest, ond welais i neb.

Rhwbiais 'y mreichia – roeddan nhw'n groen gŵydd drostyn nhw i gyd, reit i fyny at f'ysgwydda.

Mi faswn i wedi gallu taeru bod rhywun yno.

Yna mi ges i'r syniad mai wedi *clywed* rhywbeth yr o'n i, fod Miss Preis ella wedi cael 'i tharo'n wael a'i bod yn gorwedd yn y tŷ ac yn gweiddi am help. Yn ôl â fi, felly, at y drws ffrynt a mynd i'm cwrcwd o flaen y letyr-bocs a sbio drwyddo fo.

Neb.

Diolch byth.

"Helô - ? Miss Preis?" gwaeddais drwyddo fo, jest rhag ofn, a gwrando.

Dim byd.

Ond mi ges i'r teimlad sbŵci, annifyr hwnnw fod y tŷ yn dal 'i wynt. Sefais a gadael i fflap y letyr-bocs glecian i lawr yn 'i ôl. Roedd o'n swnio'n uchel uffernol, fatha gwn yn tanio, ac unwaith eto, wrth i mi droi a mynd, mi ges i'r teimlad fod rhywun yn 'y ngwylio.

Crîpi...

Mac, rw't ti'n dychmygu petha. *Weirdo*...

Ro'n i jest â chyrraedd at gornel y stryd pan sylweddolais 'y mod i wedi gweld rhywbeth. Troais yn ôl, a sbio.

Ia, ro'n i'n iawn – Ford Focus llwyd efo tolc ynddo fo, a'r bwldog Churchill's hwnnw ar y ffenest gefn. Car y brych o blisman hwnnw oedd wedi fy haslo wythnos yn ôl. Oedd y cachwr hwnnw o gwmpas eto heddiw? Doedd yna ddim golwg ohono fo... ond ella'n wir fod y sgerbwd yn byw ar y stryd yma; basa hynny'n egluro pam 'i fod o wedi dewis fy haslo i'r diwrnod hwnnw – wedi 'y ngweld i drwy un o ffenestri cefn ei dŷ, ma'n siŵr, a meddwl 'y mod i'n trio torri i mewn i dŷ Miss Preis. *Neighbourhood Watch*, myn uffarn i.

Doedd dim golwg ohono fo erbyn i mi fynd rownd i'r cefn, chwaith. Roedd y ferfa yn union lle'r o'n i wedi'i gadael hi, yng nghanol yr ardd ac yn hanner llawn o hen frics a cherrig, lot ohonyn nhw wedi syrthio allan o'r clawdd fel hen ddannedd wedi pydru.

O'n i am gario 'mlaen, a gorffen y job? Do'n i ddim yn siŵr. Dwi'n un o'r bobl rheiny sy'n casáu gadael joban o waith ar 'i hanner... ond roedd hyn yn wahanol, yn doedd? Ro'n i'n ei chael hi'n anodd uffernol bod yma, achos y tro diwetha i mi fod yma, roedd Ianîna...

... a dyna pryd y dechreuais i deimlo go iawn fod yna rywun yn 'y ngwylio i o'r tu mewn i'r tŷ.

Sbiais i fyny'n sydyn gan hanner disgwyl gweld rhywun yn sefyll yn un o'r ffenestri – Miss Preis ei hun, ella, wedi cyrraedd adre tra o'n i ar fy ffordd i'r cefn – ond doedd neb yno i'w gweld.

Eto, teimlais yn sicr fod rhywun wedi camu'n frysiog yn ôl oddi wrth y ffenest i dywyllwch un o'r stafelloedd wrth imi gychwyn codi 'y mhen.

Does 'na neb yno! dywedais wrth fy hun. Ond pam, felly, fod y blew bach ar gefn 'y ngwdd i'n cosi ffwl sbîd, fel tasa 'na bry' copyn efo coesa blewog yn cropian drwyddyn nhw?

Ella fod rhywbeth yn trio dweud wrtha i *fod* Miss Preis yn sâl wedi'r cwbwl, yn trio dweud wrtha i am fynd a sbio i mewn trwy'r ffenestri cefn, o leia. Mi fasa'n uffernol taswn i jest yn troi a mynd adre, a ffeindio allan wedyn 'i bod hi yno drwy'r amser, wedi disgyn a thorri'i chlun neu rywbeth. Ma hynny'n digwydd i hen bobl yn reit aml, yn dydy?

Symudais tuag at y tŷ. Am ryw reswm roedd 'y ngheg i'n sych grimp, ond roedd 'y nwylo'n wlyb efo rhyw hen chwys oer. Sychais nhw ar goesa fy jîns, ac wrth i mi fynd yn nes at y tŷ bu jest iawn i mi neidio allan o'm 'sgidia wrth i frân fawr ddu fflio'n isel dros yr ardd gan grawcian yn uchel – mi faswn i wedi gallu taeru bod y blydi peth yn sbio reit arna i.

Blydi hel, roedd hyn yn stiwpid. Tŷ *Miss Preis* oedd o, nid rhyw *haunted house*!

Ond wrth gyrraedd y drws cefn, gwelais fod hwnnw wedi'i adael yn gilagored.

Doedd *hyn* ddim fatha Miss Preis. Dechreuais deimlo'n fwy a mwy sicr fod rhywbeth wedi digwydd iddi.

"Helô - ? Miss Preis ... ? Helô!"

Gwthiais y drws efo blaena 'y mysedd. Ro'n i'n hanner disgwyl iddo fo agor efo gwich uchel, fel caead arch Draciwla, ond agor yn ddistaw ddaru o.

"Miss Preis - ?"

Neidiais pan glywais sŵn hisian yn dŵad o gornel y gegin – y blydi gath honno mewn basgiad. Ro'n i o fewn dim o droi a mynd, achos do'n i ddim yn ffansïo cael y *rottweiler* yna'n neidio am 'y ngwddf, ond roedd 'na rywbeth gwahanol am y bwystfil y tro yma; roedd o'n hisian arna i fel tasa f'ofn i arno fo.

"Miss Preis ... ?" galwais eto, a chamu fwy i mewn i'r gegin. Caeodd y Doctor ei geg a setlodd distawrwydd y tŷ o'm cwmpas fel rhywbeth trwm, fel rhywbeth byw.

Wel, doedd neb ond y Doctor yn y gegin, beth bynnag. Ond o'n i'n ddigon dewr i fynd i fyny'r grisia, i'r llofftydd?

Doedd gen i ddim dewis, yn nag oedd?

Edrychai'r pasej o'r gegin i'r stafall fyw yn hir ac yn gul, efo'r drws ffrynt yn ei ben draw yn bell, bell i ffwrdd. Cychwynnais o'r gegin. Roedd twll dan grisia ar ochr dde'r pasej... ac yna sylwais fod yna rywbeth coch wedi cael 'i golli ar y carped wrth ddrws y stafell fyw, a'i fod o wedi sblasio ar baent gwyn y postyn drws.

Dwi'n meddwl 'y mod i wedi sylweddoli be oedd o cyn i mi fynd ato fo, ond bod 'y meddwl i wedi trio'i gicio fo i ffwrdd oddi wrtho, fel rhywun mewn ffilm gomedi neu gartŵn yn cicio bom sy newydd gael ei sodro yn ei ddwylo.

Ac wrth gwrs, ma'r bom yn ffrwydro bob tro, yn dydy?

Do'n i ddim yn siŵr i gychwyn ar be ro'n i'n sbio pan gyrhaeddais i'r stafell fyw. Edrychai fel dymi wedi'i wisgo ar gyfer Calan Gaea, ond bod y pen pwmpen wedi cael 'i sathru a'i sgwashio, ac roedd y stafell i gyd yn drewi'n uffernol, ogla cachu a phiso a rhywbeth fel copr...

...a dyna pryd dwi'n meddwl y gwnes i sylweddoli be oedd o i gyd, mai ogla *gwaed* oedd y copr ac mai Miss Preis oedd yn gorwedd ar y llawr wrth 'y nhraed efo'i phen i bob pwrpas wedi mynd fel tasa 'na lori wedi dreifio drosto fo...

... ac roedd 'na chwiban uchel yn llenwi 'y mhen fel tasa 'mrên i wedi troi'n decell mawr ac yn berwi ffwl sbîd, ac er bod y stafell yn llawn lliwia ro'n i ond yn gallu gweld coch a du, ac roedd 'y mhenglinia'n teimlo'n wlyb fel tasan nhw mewn rhyw slwj cynnas a phan sbiais i lawr arnyn nhw roeddan nhw ar y carped ac roedd y lle yn troi ac roedd yn rhaid i mi bwyso'n ôl yn erbyn y seidbord er 'y mod i jest â marw isio rhedeg i ffwrdd o'r stryd, o'r tŷ, o'r stafell ac oddi wrth y pen pwmpen wedi'i sgwashio hwnnw ar y llawr o dan fy nhrwyn i...

... a dwi'n meddwl 'y mod i wedyn wedi clywed rhywun yn sgrechian yn uchel ac wedi meddwl mai y fi oedd yn gwneud, ond pan sbiais i fyny, yr hogan snobi honno oedd yn sefyll yn y drws yn sgrechian fel dwn i'm be ac yn sbio arna i – *arna i*... a phan godais fy llaw i ofyn iddi am help i sefyll dyma hi'n troi a diflannu o'r drws, a dyna pryd y gwelais fod fy llaw i'n edrych fel taswn i'n gwisgo maneg goch.

ERIN

(i)

Y sgwrs honno yn Starbucks wnaeth i mi benderfynu. Yn enwedig Caren Ifans. Roedd hi mor nawddoglyd. Ro'n i ar fin ildio i'r demtasiwn i luchio gweddillion fy nghoffi drosti tasa hi'n fflicio'i gwallt *un waith* eto pan gyrhaeddodd Mam.

Yn y car, dywedais: "Ydy'n bosib i ni fynd drwy Heol Moelwyn ar y ffordd adra?"

"Does dim pwynt," meddai Llio o'r sedd gefn. "Nid yn fan 'no ddaru o ddigwydd."

"Be ... ?"

"Y mwrdwr 'na. 'Mond byw yn Heol Moelwyn oedd yr hogan 'na."

"Wn i hynny," dywedais yn siarp. "Mam ... ?"

Arhosodd Mam wrth oleuadau traffig. "Pam w't ti isio mynd yno?"

"Meddwl ydw i y dylwn i jest alw i weld sut ma Miss Preis. Roedd hi'n nabod Janina, honno gafodd ei lladd, a ... wel ... mi ddylwn i fynd i weld sut ma hi."

Dechreuodd y traffig symud yn ei flaen.

"Dwi ddim yn meddwl, Erin."

"Pam?"

"Isio mynd yno i fusnesu w't ti, yn de?"

"Naci!"

"Tasat ti wirioneddol yn poeni am Miss Preis, mi fasat ti wedi cysylltu efo hi cyn heddiw."

"Ond dwi wedi trio gneud ... "

"W't ti." Roedd yn amlwg oddi wrth y wên ddi-hiwmor oedd ar wyneb Mam nad oedd hi'n fy nghoelio.

"Yndw, Mam – ar fy marw. Dwi wedi trio'i ffonio hi deirgwaith, ond wedi methu â cha'l atab. Dyna pam dwi isio galw yno, jest i edrach a ydy hi'n ocê."

Roedd y sgwrs wedi ennyn diddordeb Llio, a gwthiodd ei phen rhwng ysgwyddau Mam a fi.

"Y ddynas ditectif honno fuost ti'n ei gweld? Oedd hi'n nabod yr hogan 'na gafodd 'i lladd? Onest - ?"

"Oedd. Ro'n inna hefyd, tasa'n dŵad i hynny." Dyna fo, roedd o allan rŵan.

"Doeddat ti ddim!"

"Wel, ocê – ddim yn 'i *nabod* hi, ella, ond mi wnes i 'i chyfarfod hi un waith."

Edrychodd Mam arnaf o gornel ei llygad. "Wnest ti?"

Nodiais. "Y tro diwetha i mi alw yn nhŷ Miss Preis. Roedd hi yno'n ca'l panad."

"Ddeudist ti ddim byd gynna, wrth y lleill," meddai Llio.

"Naddo, wn i. Mam ... ? Plîs ... ?"

Meddyliodd Mam am ychydig, yna nodiodd. "Pum munud, Erin, dim mwy. Olreit - ?"

(ii)

"Wel, ma 'i char hi y tu allan i'r tŷ, beth bynnag," sylwais wrth i ni droi i mewn i Heol Moelwyn.

"Yn anffodus, ma'n edrych fel bod pawb arall wedi dewis parcio yma hefyd," cwynodd Mam. Gyrrodd i ben bellaf y stryd, heibio i dŷ Mrs

George. Ffordd bengaead ydy Heol Moelwyn, a throdd Mam a gyrru'n araf yn ôl i lawr y stryd, ond roedd pob lle parcio wedi'i gymryd.

"Fan'ma," cynigiodd Llio.

Roedd ychydig o le rhwng cornel y stryd a'r car olaf oedd wedi'i barcio yno; roedd un o'r cŵn bach rheiny sy'n nodio ar silff ffenest gefn y car, y ci tarw hwnnw sy'n cael ei ddefnyddio i hysbysebu cwmni siwrans ar y teledu.

"*Oh yes,*" dynwaredodd Llio ef.

"A i fyth i mewn i fan'na, siŵr. Be ti'n feddwl sy gen i – Mini?" meddai Mam. "A fedra i ddim gyrru i fyny ac i lawr tra bo Erin yn nhŷ Miss Preis. Be am i ni ddŵad yn ôl rywbryd eto?"

"Ond 'dan ni yma rŵan," dadleuais. "Y cefn ... awn ni rownd i'r cefn."

"Oes 'na le i barcio yno?"

"Y...dwi ddim yn siŵr ... "

Do'n i erioed wedi bod i gefn tŷ Miss Preis, a gwelais, erbyn i ni gyrraedd, fod y stryd gefn yn rhy gul.

"Ylwch – ewch rownd y bloc neu rwbath, fydda i ddim chwinciad," dywedais.

"Dwi'n dŵad efo chdi," meddai Llio.

"*No way*!"

"Na, ma'n well i ni'n dwy aros yn y car, Llio," meddai Mam. "Dydan ni ddim yn nabod y ddynas. Mi fasa fo'n edrach fel ein bod ni wedi mynd yno'n un swydd i fusnesu."

Dringais allan o'r car a chau'r drws ar brotestiadau Llio.

"Pum munud, Erin, cofia!"

"Ocê!"

Brysiais i fyny'r stryd gefn. Roedd tai Heol Moelwyn fwy neu lai gefn wrth gefn â thai Ffordd y Borth, tai go fawr a phob un â chlawdd uchel. Cyfrais y tai nes i mi gyrraedd giât gefn Miss Preis. Roedd yn agored, a cherddais i mewn a thrwy'r ardd heibio i ferfa oedd yn llawn o rwbel. Roedd yn amlwg nad oedd Cefin McGregor wedi bod yn ôl i orffen ei waith.

Typical...

Euthum at y tŷ gan ddisgwyl gweld pen Miss Preis yn

ymddangos yn ffenest y gegin, ond doedd dim golwg ohoni.

Roedd y drws cefn ar agor.

"Helô - ?"

Clywais sŵn drws yn cael ei gau y tu mewn i'r tŷ. Ah, ma hi gartra, meddyliais, a chamu i mewn i'r gegin.

"Miss Preis - ?"

Neidiais wrth i'r Doctor saethu i mewn i'r gegin o'r pasej fel peth gwyllt, ac allan heibio i mi i'r ardd.

"Doctor! Be ti'n 'neud, jest â rhoi hartan i mi..."

Yna sylwais fod y Doctor wedi gadael olion ei draed ar lawr y gegin. Olion coch...

"Miss Preis - ? Erin sy 'ma..."

Euthum i fyny'r pasej, heibio i'r twll dan grisiau ac am yr ystafell fyw.

Cyrhaeddais y drws.

A sgrechian... a sgrechian... a sgrechian...

Y LLOFRUDD

Gyrrodd adref am ychydig wedi hanner nos, gan deimlo'n llawn ohono'i hun.

BAFTA, Oscar... rwyt ti'n haeddu un bob un o'r rheiny, meddai wrtho'i hun.

Oherwydd heno, rhoes ei berfformiad gorau erioed. A gwyddai, pan ddaeth yr amser o'r diwedd iddo droi a cherdded i ffwrdd oddi ar y llwyfan, ei fod wedi llwyddo i argyhoeddi ei gynulleidfa.

Ond dim ond cael a chael. Roedd o ar ei ffordd allan o'r twll dan grisiau pan gyrhaeddodd yr eneth honno – diolch byth ei bod hi wedi galw yn gyntaf, yn hytrach na martsio i mewn i'r tŷ. Llwyddodd i neidio'n ôl i mewn i'r twll dan grisiau a chau'r drws dim ond mewn pryd, a phan glywodd o hi'n dechrau sgrechian, allan â fo eilwaith – allan i'r ardd gefn y tro hwn, ond roedd y sgrechian yn dod ar ei ôl a throdd mewn pryd i ddod wyneb yn wyneb â'r eneth. Rhedodd i mewn iddo, heb sylwi'i fod o yno, ac aeth ei sgrechian yn waeth nes iddo'i hysgwyd. Mater bach iawn wedyn oedd rhoi'r argraff iddi mai ond newydd gyrraedd yr oedd o, a'i fod o ar ei ffordd i mewn i'r tŷ pan ruthrodd hi allan, dan sgrechian fel banshî.

Ac roedd yr hogyn yn dal yn y stafell fyw, yn hurt bost, ar ei liniau ar y carped gwaedlyd, a symudodd o'r un fodfedd tra oedd y llofrudd yn galw am back up.

"Ddim y fi ddaru," meddai, wrth gael ei gymryd i ffwrdd. "Ddim y fi ddaru!" – drosodd a throsodd a throsodd, ond doedd neb yn ei gredu.

Gobeithio.

Llithrodd gwên y llofrudd wrth gofio fel roedd Gruff Edwards wedi edrych arno'n gam. Yna fe'i cysurodd ei hun efo'r wybodaeth mai fel yna yr edrychai Gruff Edwards ar bawb. Na, doedd ganddo ddim i boeni amdano, roedd ei berfformiad yn rhy wych – ysbeidiau o ymladd yn erbyn y dagrau oherwydd ei hoff Anti Lafinia oedd yn gorwedd yno'n gelain, ac ysbeidiau o fod eisiau rhuthro am wddf y bachgen, yr iob, y thyg yna oedd wedi talu'n ôl iddi am ei charedigrwydd tuag ato drwy ymosod arni.

Oscar, BAFTA...

Roedd popeth wedi'i sortio'n awr, meddyliodd. Doedd dim rhaid i'r Llais boeni am ddim byd – ac yn bwysicach fyth, doedd dim rhaid iddo fo boeni am y Llais. Diawl, roedd o bron iawn yn edrych ymlaen at yfory, at gael tawelu meddwl Gregor a'r Llais.

Taniodd sigarét.

Ac yng ngoleuni sydyn y fflam cafodd gip ar rywbeth o gornel ei lygad chwith.

Rhywbeth oedd yn sgleinio, ar lawr y car.

"Wps - !"

Roedd y car wedi dechrau crwydro i ganol y ffordd. Trodd y llyw nes yr oedd yn gyrru'n gywir cyn mentro edrych i lawr ac i'w chwith. Welai ddim byd.

Dychymyg, meddai wrtho'i hun a gyrru yn ei flaen.

Ond roedd ei feddwl yn dal i'w bigo. Rhywbeth oedd yn sgleinio ...

Taflodd ei sigarét drwy'r ffenest ac ail-danio'i leitar. Dyna fo eto! Oedd, roedd rhywbeth yno, yn bendant, yn sbecian allan o dan ochr y mat rwber ar y llawr ...

... ac yna sylweddolodd beth ydoedd.

Croes – y blydi groes honno roedd yr hogan dew honno o Lithwania yn ei gwisgo, y groes arian y gwastraffodd gymaint o amser yn chwilio'r lle amdani. Yma roedd hi drwy'r amser, wedi syrthio o'i boced y noson honno, mae'n siŵr... Ia, cofiai'n awr fel yr oedd o wedi gwthio'i wregys i mewn i boced ei siaced wrth frysio i ffwrdd o'r stryd gefn honno, yn y glaw, ac fel yr oedd o wedi tynnu'r gwregys o'i boced pan gyrhaeddodd y marina a'i luchio i mewn i'r môr. Rhaid bod y groes wedi syrthio o'i boced bryd hynny.

Y blydi peth!

Heb feddwl, gwyrodd amdani, ei fysedd yn sgrialu o dan ochr y mat rwber, yn sgrialu, yn sgrialu… a chau amdani o'r diwedd. Diolch i Dduw!

Ymsythodd efo'r groes rhwng ei fysedd.

A gweld goleuni gwyn, cryf yn llenwi'r car a chlywed bloedd corn y lori anferth yn llenwi'i ben.

Ac yna dim byd ond tywyllwch.

Y DIWEDD